侦探小说

风字对牌

戴恒春\著

地震出版社

图书在版编目（CIP）数据
凤字对牌 / 戴恒春著 .—北京 : 地震出版社，
2015.12
ISBN 978-7-5028-4687-9
Ⅰ. ①凤… Ⅱ. ①戴… Ⅲ. ①长篇小说—中国—当代
Ⅳ. ①I247.5
中国版本图书馆 CIP 数据核字 (2015) 第 240088 号

地震版　XM3665

凤字对牌
戴恒春　著
责任编辑：范静泊
责任校对：凌　樱

出版发行：地震出版社
北京市海淀区民族大学南路 9 号　　邮编：100081
发行部：68423031 68467993　　传真：88421706
门市部：68467991　　传真：68467991
总编室：68462709 68423029　　传真：68455221
市场图书事业部：68721982
E-mail：seis@mailbox.rol.cn.net
http://www.dzpress.com.cn
经销：全国各地新华书店
印刷：北京地大天成印务有限公司

版(印)次：2015 年 12 月第一版　2015 年 12 月第一次印刷
开本：710×1000　1/16
字数：187 千字
印张：11.5
书号：ISBN 978-7-5028-4687-9/I（5382）
定价：28.00 元

内容简介

曹雪芹《红楼梦》书稿后40回的遗失之事一直是个千古之迷，但你有没有想到过这和一副“对牌”有关？（“对牌”虽然我们现代人不熟悉，但在中国封建社会却是名门望族的大家庭中下人支取物品的一种信物，它们多用竹、木等材质制成，上面刻有代表特定涵义的字或暗语，中间劈成两半。当仆人需要支取物品时，经当家人同意后，到当家人那里领取“对牌”的一半，然后凭此去支取物品。这样做是为了等到日后结算的时候，当家人可以用”对牌”进行核对。）据说曹雪芹去世后，两名处理其丧事的衙役将原书稿埋藏，并制作了一副精巧的“对牌”，其上刻有埋藏书稿之地的暗语，并各持一半，约定日后时机成熟时再一起来取走书稿，远走他乡。但因为当时时局动荡，兵荒马乱中他们随军打仗各奔东西，从此天各一方，“对牌”也就下落不明。

时至今日，著名“红学”专家、大学教授曹希峰却偶获半副“对牌”，他深知“对牌”的重要价值，也明白只有找到“对牌”的另一半，才有可能找到《红楼梦》遗失书稿的埋藏地点，揭开这千古之迷。为此他倾其毕生心血寻找另外半副“对牌”，希望能让遗失的书稿重见天日，圆了多少代中国人的《红楼梦》之梦。但不幸的是，“对牌”的另一半却流落海外，让协助某恐怖组织筹集经费的国际文物贩子、美藉华人约翰·杨在拍卖会上得到。他也知道了“对牌”的秘密，为了得到曹教授珍藏的“对牌”，他不惜雇佣杀手、远渡重洋来到曹教授家搜寻“对牌”的下落，并在误以为抢走了“对牌”的情况下（其实是复印品）残忍地杀害了曹教授，绑架了他的学生兼助手林峰阳。侥性的是，曹希峰教授在入院抢救的弥留之际把“对牌”的秘密也告诉了他的密友、已退休公安局长陈凌川，自此，一场正义与邪恶的搏斗围绕“对牌”开始较量，机关重重，险象环生。究竟“对牌”能否合一，落入谁手，《红楼梦》的千古之迷是否能够解开？

引 子

曹希峰将自行车在车棚中锁好，刚一转身，被迎面站着的一个男人吓了一跳。

男人30岁的年纪，身材魁梧，一头卷发，腮边露出没有刮干净的胡茬，一道刀疤横在额头上，脸色阴沉，两眼露出凶光。下身穿着一条旧水磨蓝牛仔裤，上身穿一件揉得满是皱折的蓝色棉外套。

曹希峰今天下午在学校的阶梯教室有一堂大课，给中文系二年级两个班的学生讲授古典文学，因此他上午没来学校，而是中午在家吃完饭才骑车过来。

他之前从未在校园里见过对面这个男人，不明白他为什么会死死地盯着自己看。最近校园里正在修缮教学楼，因此有一些施工队的工人在校园内活动，但这些工人一般只会在施工现场附近出现。

“您找我有什么事儿吗？”曹希峰主动搭话，笑着说道。

男人没有回话，又死死地盯着他看了两眼，然后似乎已经认准了他的长相，转过身去，迈着不慌不忙的步子离开了。

曹希峰摇摇头，也转身走开，很快便将这事丢到脑后。阶梯教室不在主教学楼内，而是在科研楼另辟了一个场所，因此除了上大课的学生外，平时人比较少。

他推开教室的门走进去，见两个班的学生已经到齐了，坐在座位上相互谈笑着。他走到讲台后，将一沓讲义放在上面。他瘦削身材，两鬓已有不少白发，戴着一副白框眼镜，两只套袖套在蓝布制服上，也许是长期在室内生活和工作的原因，他的面色有些发白。

他从讲台上的粉笔盒中拿起一支粉笔，转身在黑板的左半部位置写下了几个字：“中国古典诗词的起承转合式结构”。然后又走到黑板的右边，抄下了一首《红楼梦》中的七律诗：“精华欲掩料应难，影自娟娟魄自寒。一片砧敲千里白，半轮鸡唱五更残。绿蓑江上秋闻笛，红袖楼头夜倚栏。博得嫦娥应借问，缘何不使永团圆！”

写完后他转过身来，向上推了推眼镜，站直身体面对着坐在讲台下的学生。一些学生趁他在黑板上写字的时候，也把诗句抄录在自己的笔记本上。正在这时，上课铃声响起，教室中霎时静了下来，坐在第一排的一位学生干部不失时机地喊道："起立！"

80 多个学生从自己的课桌后面站起来，教室中传出一阵桌椅挪动的声响。

"同学们好！"曹希峰微微欠身，提高嗓音说道。

"老师好！"教室中的男女学生齐声答道。

"请坐。"

随着又一阵桌椅挪动的声音，学生们坐了下来。

"这一课我们要讲的，就是黑板上这个题目：'中国古典诗词的起承转合式结构'，"曹希峰用手指向黑板，开始上课，"所谓起承转合，是中国旧时诗词惯用的行文方法，后来泛指文章的做法。"曹希峰的语调铿锵有力，虽然已经快到退休的年纪，但每每站到这三尺讲台上，他的心中便充满了激情。"这个说法，最早见于元代范德玑的《诗格》一文：'作诗有四法，起要平直，承要春容，转要变化，合要渊水。'"

听着曹希峰抑扬顿挫的吟诵声音，教室中的学生们脸上露出疑惑表情。按照教学大纲的进度，这个月开始给中文系二年级的学生讲授中国古典诗词的格律及写作手法。

曹希峰不理会学生们的反应，接着讲道："起承转合式结构，是诗词的一种基本结构方法，清代刘熙载在《艺概·文概》中说，起者，起下也，连合亦起在内；合者，合上也，连起亦在内；中间用承用转，皆顾兼趣合也。"

教室里出现了窃窃私语的声音，有些学生已经坐不住。曹希峰笑了。"之乎者也，此之谓也，这么讲谁听了都是一头雾水。为了更通俗、更形象地解释清楚起承转合式的诗词结构，我今天特别挑选了一首七言律诗来进行讲解。同学们可能对这首诗也熟悉，这就是中国文学名著《红楼梦》中的人物香菱写的咏月诗。"

课堂的气氛活跃起来，学生们面露喜色。大家都知道曹希峰教授最会讲故事，一些佶屈聱牙、满篇生僻字的古代散文和诗词经他一讲，便会变成生动有趣、通俗易懂的故事，一堂课的时间似乎都不够用了。

"讲解这首诗之前，我想先把诗的作者和诗产生的背景向同学们介绍一下，"曹希峰双手撑在讲台上，微眯起双眼，表情仿佛回到了二百多年前曹雪芹创作《红楼梦》的年代，“香菱这个人物是《红楼梦》这部伟大小说的作者曹雪芹着力刻画并给予极大同情的一个典型形象，是《红楼梦》众女儿形象中第一个出场的角色。香菱原名英莲，谐音‘应怜’的意思，生于官宦人家，从小被人贩子拐卖，后卖给一个小乡绅之子冯渊，说好了三天后娶亲，谁知那个人贩子为了多捞些钱，又将香菱卖给了金陵一霸薛家。两家互不相让，薛家公子薛蟠，也就是薛宝钗的哥哥，就让手下家丁将冯渊打死，把香菱抢到手带着来到了京城。”

教室中的学生们被这个故事吸引，全神贯注地听着。曹希峰继续讲道：“看过《红楼梦》的同学都知道，小说的男主人公贾宝玉在睡梦中曾被警幻仙姑带着来到‘太虚幻境’的‘薄命司’，看到有十数个大厨，皆用封条封着，其中有金陵十二钗正册，金陵十二钗副册和金陵十二钗又副册。正册皆是大观园中的贵族小姐和少奶奶，又副册的是丫头和做家务的奴隶，还得是像袭人和晴雯这样的上等丫头。因为香菱生于官宦人家，后沦为妾，有别于一般的丫头，就放于副册之中。她的判词为‘根并荷花一茎香，平生遭际实堪伤。自从两地生孤木，致使香魂返故乡’。”

曹希峰提高语调：“这段判词请同学们记住，以后我们还会讲到。我们先来了解一下香菱的情况。我们已经知道香菱是呆霸王薛蟠买来的伺妾，对于她，《红楼梦》的脂砚斋评批是这样写的：‘细想香菱之为人也，根基不让迎探，容貌不让凤秦，端雅不让纨钗，风流不让湘黛，贤惠不让袭平，所惜者幼年罹祸，命运乖蹇，致为侧室。’这段描写对香菱的评价还是很高的。香菱读过书，很喜欢诗歌，但因为有薛蟠在，她没有机会到大观园中去与林黛玉、薛宝钗等人交流。终于有一天薛蟠被柳湘莲教训了一顿，无脸见人，便去经商。使得香菱获得机会进了大观园，向写诗高手林黛玉及其他人学习写诗。”

曹希峰停顿了一下，接着说道：“中国古人写诗讲究起承转合，平仄、虚实对仗，有一套比较严格的规矩。新文化运动后，这套规矩逐渐被打破了，自由体诗因为不受束缚，可以自由发挥想象而被更多的诗人所喜欢。比如最近社会上广受关注的一位网络女诗人的诗作《我穿过大半个中国去睡你》，就是典型的自由体诗。有评论说这首诗给诗歌带来了新鲜的生命，赞美她的诗简朴自然，爆发力之惊人像子弹般穿透灵魂，把苦难煲成了鸡汤；文字像饱壮的谷粒，充满重量和能量；语言的流星雨，灿烂得你目瞪口呆，在不经意中传播了巨大的励志正能量。”

坐在台下的同学们发出会心的笑声。

曹希峰向台下摆摆手。“关于自由体诗我们在以后的讲作中再结合这位女诗人出版的诗集专门抽时间讲，今天我们还是讲如何写律诗。首先声明，要论教授如何写律诗，林黛玉绝对可以在咱们学校当博士生导师，我是自叹不如的。因此还是先让我们来看一看林黛玉是怎么教香菱写诗的吧。”

曹希峰拿出讲义打开，说道：“在《红楼梦》第48回‘滥情人情误思游艺慕雅女雅集苦吟诗’中，香菱要拜黛玉为师学写诗，黛玉道：‘什么难事，不过是起承转合，当中承转是两副对子，平声对仄声，虚的对实的，实的对虚的，若是果有了奇句，连平仄虚实不对都使得的’。黛玉又说：‘词句究竟还是末事，第一立意要紧，若意趣真了，连词句不用修饰，自是好的，这叫做不以词害意。’”

曹希峰从讲义上抬起头来。“林黛玉又把如何才能把诗写好进行了言传身教。就这样，香菱经过熟读王维、李清照、杜甫和陶渊明等诗人的诗词，并学写了两首后，写出了黑板上这首脍炙人口的《咏月》。”

曹希峰笑着又停了一下。“因为时间的关系，今天我只能概要地讲讲，同学们课后可以自己阅读一下《红楼梦》第48回中香菱向黛玉学写诗的段落，揣摩一下黛玉教授写诗的方法，我想一定会受益匪浅的。……下面我们看这首咏月诗。这首诗既浅显易懂又意境深远，同时是典型的起承转合范例，我结合讲解词意来与同学们一起看一下。先看首联，也就是起联：‘精华欲掩料应难，影自娟娟魄自寒’。这一联从字面上不难理解，显然是借描写月亮来比喻香菱，当然也可以比喻所有经受过挫折的人，虽然遭遇坎坷但积极追求美好的生活，这种愿望谁也别想遮掩住。‘魂魄’一般是指精神层面的东西。下面是承联，也叫颔联：‘一片砧敲千里白，半轮鸡唱五更残’。这一联对仗十分工整，‘一片’对‘半轮’，‘千里白’对‘五更残’，‘砧敲’对‘鸡唱’，名词、动词和数词相互对应。”

台下的学生们专心致志地听着曹希峰的讲解，有的做着笔记，有的将钢笔支在下颏上，表情若有所思，只有曹希峰抑扬顿挫的声音在偌大的教室中回响。

“从我个人来讲，我最喜欢这一联传达出来的意境。”曹希峰抬起头来，仿佛沉浸在自己的想象之中。“砧敲，是指过去村落女子在河边洗衣服，将衣服放到砧石上，用木棒去敲。‘一片砧敲千里白’，是说许多女子在河边洗衣服，手中的木棒敲在月亮的白色反光中！”曹希峰伸出两只手，有些激动地说道：“同学们，诗中蕴含的情境用语言无法完全表达出来，现在请你们闭上眼睛，想象一下皎洁的月光洒在广阔无垠的河面上，一群女子在河边洗衣服时敲击砧石，声音此起彼伏地响起来。那样一种视觉和听觉的转换，是不是一种精神的享受啊！”

学生们被曹希峰的激情感动了，纷纷闭上眼睛，陶醉在诗词的意境当中。

过了一会儿，曹希峰才继续说道：“这一联的后一句当然是说天快亮时只剩下半轮残月，这一句我就不讲了，月亮到五更变残是不是鸡叫惹的祸同学们自己去体会。”

学生们被曹希峰的诙谐逗得哄堂大笑。

“下一联称为颈联，也就是转联。‘绿蓑江上秋闻笛，红袖楼头夜倚栏’，这一联主要写的是月夜的孤独，绿蓑、红袖分别指渔民和女性，因为蓑衣是由草或棕制成的，所以是绿蓑，披在身上挡雨。渔民秋天的晚上独自在江面上捕鱼，笛声悠扬；女孩子夜里睡不着觉，独自坐在绣楼上想心事。……请同学们注意这一联的画面之美。”

曹希峰的眼光越过听他讲解的学生，望着教室后排的位置。“尾联‘博得嫦娥应借问，缘何不使永团圆！’又称为合联，与起联相呼应，又落到了月亮的直接描写上。而这一次产生了反差，借嫦娥之口寄托了作者希望香菱及至天下人弥补缺憾、生活圆满的美好愿望。”

曹希峰讲解完诗词后，又恢复了平静，笑着说：“好诗歌的意境要靠每一个人自己去体会，每一个人的生活阅历不同，性格特征不同，对诗歌的理解也会不同。希望同学们自己在熟读诗词的基础上认真体会。好，下面我们开始讲古典诗词的平仄对仗……”

一

曹希峰将自行车在楼前台阶下锁好，随手拿起放置在车前筐里的一个蓝色帆布文件袋。这个文件袋还是他前年参加一次学术研讨会时，会务组发下来装材料的，自那以后，这个文件袋就成了他每天装教案和讲义的随身物品。

快7点了，天已经完全黑透，风顺着两楼之间的空隙吹过来，正是早春时节，天黑后天气很快就转冷了。曹希峰沿着楼外的阶梯拾级而上，见前面有人正在开启楼门的门禁系统，便紧走了几步，跟着那人身后进了楼门。

“谢谢！”他边走边对走在前面帮他扶了一下门框的男人笑着感谢道。

“您客气。”对方60岁的年纪，个子不高，头发有些花白，谦恭有礼地微笑作答。

这幢塔楼位于这个高档住宅社区的前部位置，说其为高档住宅社区，一是房价比附近的住宅楼贵了近一倍，使中低收入的市民群体望而却步，二是住在这里的住户大多为附近几家大企业的中高层管理人员及一部分收入较高的私企老板，还有的，就是一些购房较早的大学教授和行政人员。10年前曹希峰在这个住宅区刚开盘的时候买了现在这套3居室，虽然用尽了家中所有的积蓄，谁想到在那以后，房价便翻了番似地往上涨，涨到他都为之啧舌的地步。现在社区里像他这样每天骑自行车出行的人已经很少了，虽然房价和物业收费都挺高，但相较附近的社区比，住户素质比较高，安保措施比较严，因此虽然身处闹市，倒也显得没有那么杂乱。

曹希峰与一同进楼的男人彼此也不熟悉，但都在一幢楼里住着，有时候乘电梯或散步时会碰面，彼此便会客气地点头致意。

他们一起走到电梯间门前。这幢楼共有3部电梯，并列排成一排，电梯的操控板上显示两部正在上行，一部正在下行。已经过了下班的高峰期，电梯前没有人等候。他们走到那部正在下行的电梯前，按了候梯按钮，不一会儿工夫，电梯门打开了，里面没人，估计是刚才有人乘梯上去后放空梯下来。曹希峰示意让那位男人先进，俩人谦让了一下，先后走进电梯。男人站在门前，按了门边操控板上的“12”的数字，曹希峰按了“17”，退后两步靠里站下。两个数字按钮亮起灯来，像两只闪着光的眼睛。

电梯运行很快，瞬间就到了12层，电梯门打开，男人回身对他一笑，迈步走了出去。门又关上运行后，曹希峰将身体倚到电梯轿箱的板壁上，将眼镜向上推了推，轻轻呼出一口气。

下午在阶梯教室给中文专业的学生上完课后，他在教研室歇了一会儿，又去学校食堂吃了晚饭。从下午1点到5点，4个小时的时间他一直站着讲课，当时虽然如同往常一样并不感觉疲乏，但上完课后，他却觉得浑身都有些酸痛。毕竟年纪不饶人了，妻子3年前去世了，唯一的女儿在加拿大读完书后就在当地找了份工作，后来又结婚有了孩子，一年也不回来一次。

他在学校食堂吃了一碗馄饨，然后骑车回家。他没有注意到，一辆停在食堂门口黑影处的汽车超过他悄无声息地驶远了。

电梯轻微地抖动了一下停住了，操控板上亮着灯的“17”号按钮熄灭了，门悄然打开，曹希峰走了出来。

楼道里阒无人迹，安装在墙上的壁灯闪着淡黄色的光。这座塔式住宅楼每层有16个公寓单元，4个一组分别聚集在楼层的四个角。曹希峰向右拐，向5至8号的方向走。在通往这几个单元的地方还有一扇双开的弹簧门，住户刚搬来的时候，这扇门还经常关着，后来大家出来进去的嫌麻烦，就用木棍将门掩住，使其总是开着了。

林希峰走到门上钉着1705铜牌的家门前，从兜里掏出一串钥匙，挑出一把插入锁孔。随着他手中钥匙的转动，锁簧发出沉闷的“咔嗒”声，厚重的防盗门被打了开来。他右手抽出钥匙，向门内迈了一步，伸出左手去摸索墙上的开关。如同每一个回到家中的住户一样，这已经成为他条件反射式的习惯动作，但就在这时，从后面蓦地窜出一个黑影，他刚要回头，但还没等他反应过来，来人一把将他推到了房间里面。

这是一套客厅与门廊相连的公寓，门廊到客厅需要上一个台阶，曹希峰猝不及防地往前踉跄了几步，脚被台阶一绊，一下子扑倒在客厅的地板上。

他刚想挣扎着站起身来，听到防盗门在他身后重重地关上了，几乎与其同时，一个身形粗壮的男人几步上前骑在他身上，左手抓起他的头发，右手挥拳砸向他的侧脸。男人的拳头十分有力，没有几下，他就觉得眼冒金星，昏厥了过去。

不知过了多长时间，曹希峰从昏迷中醒了过来。他发现自己仍然躺在客厅的地板上，先是感到头疼欲裂，接着又感到浑身无力。他侧过脸来，勉强睁开眼睛，发现眼镜不知掉到什么地方去了。客厅里的顶灯没有打开，只有安置在电视柜上方屋顶的几只射灯照出光线来，使屋里显得有些昏暗，一个男人正单腿跪在地上，拉开电视柜的抽屉胡乱翻找着，抽屉中的光碟和纸片丢了一地。

“遇见入室抢劫的了。”曹希峰眯眼望着埋头翻找东西的男人，第一个反应涌上心头。男人长得高大结实，头上戴着一个头罩，只露出一对眼睛。他觉得这个男人的身形有些熟悉，想了想，回忆起就是下午在学校阶梯教室前遇到的那个男人。“他从下午就一直跟踪我，现在又到了家里，看来不是入室抢劫，而是另有企图。”他动了一下身体，心中有一种不祥的感觉。

男人觉察到曹希峰已经醒过来，停止了在电视柜抽屉中的翻找，起身走了过来。

“你醒了，嗯？”男人蹲下身子，抓住曹希峰的头发将他的脑袋拽离地面朝向自己，普通话说的有些拗口。曹希峰闻到男人嘴里呼出一股烟味，衣服上也有一股说不出的馊味，好像在拥挤的地铁车厢里，身边挤着一个搞装修的临时工身上散发出来的味道。

曹希峰没吭声，晃了一下脑袋，想挣脱男人抓着自己头发的手，但没奏效，只好作罢了。

男人从上衣口袋里掏出一个东西，举到曹希峰面前问道:“认得这个东西吗？”

曹希峰借着客厅内昏暗的灯光，见男人手中的物品是个长条形状的木片，有半个手机大小。木块呈黄黑色，上面有些密密麻麻的字迹。

曹希峰不禁心里一动，趴着的身体侧着卧过来，下意识地伸出手去，想将木片拿过来细看，男人见状却将木片向后挪开了距离。

“不行，你不能拿，给你看看就行了，”男人看出了曹希峰渴望的表情，冷笑道。

“我的眼镜摔掉了，看不清楚。”曹希峰皱起眉头，似乎想努力辨别眼前的物品。

男人犹豫了一下，又将木片凑到曹希峰眼前，手却没有松开。曹希峰用手握住木片的下半段，眯起双眼，仔细打量。

木片是一个大木片的另一半，由于时间久远，表面颜色显得发暗，正面的中间部分沿着左边有许多不规则的笔划。一般人辨别不出这是一个汉字，或者是一个什么字，而曹希峰只一瞥，便知道这是一个繁体篆刻字“鳳”的右半部分。用手摸起来，木片的后面也有字，他刚要将木片翻转过来看一下，被男人一把夺了回去。

“还没看够，说，是什么？”男人恶狠狠地说道。

“……是、是虎符吧！”曹希峰迟疑了一下答道。

男人抓住曹希峰头发的手一用力，将他的脑袋磕向大理石地面。曹希峰顿时感到眼前金星一片。

“什么他妈的虎符，骗谁呢！”男人骂道，“你是一个大学教古典文学的教授，又是什么著名的‘红学专家’，连这个都不认得吗？虎符是古代打仗时皇帝调动军队用的，是用青铜或黄金做的兵符。这个是木头的，会是虎符吗？这是对牌，是《红楼梦》中贾府用的对牌！我手里的只是这副对牌的一半，据我们了解，那一半在你手里，说，那一半你藏到哪儿去了？”

“我不知道你在说什么。”曹希峰含糊地低声应道。

男人站起身来，用脚使劲踢向曹希峰的前胸，边踢边骂道：“说，你藏到哪儿了？”

曹希峰疼得佝偻起腰来，身体蜷缩在一起，在男人不断的踢踹下，一会儿就又昏了过去。

又过了不知多长时间，一碗凉水将曹希峰浇醒。他睁开眼睛一看，见刚才踢他的男人又蹲在了他身边，手中拿着一只空碗。见他醒了，男人将空碗扔到地上，两手各拿了一只木片合在一起举到他眼前。

“你不是说那一半对牌你不知道在哪儿吗，这是什么？”男人得意地说道。

曹希峰一看，见男人手中的两只木片合在一起，篆刻字“鳳”的左右两部分的笔划准确地接在一起。他闭上眼睛，知道他放置在卧室床头柜里的“对牌”的另一半被这个男人翻出来了。

“这两片木头合在一起，是不是就叫对牌？”

曹希峰叹了一口气。“是的。”

“你留着这一半干什么用的？”

“……不过是个文物罢了，谈不上是干什么用的。”

“事到如今了还嘴硬，”男人狞笑道，“你不说也没有关系。我知道你一直想要找这副对牌的另一半，因为这牵扯到一笔天价的财富。真是皇天不负有心人，我们这些人的辛苦没有白费，让我们捷足先登了！……再留着你也是个祸害，去死吧！”

对方站起身来，又开始用脚踹他的胸膛。男人的脚又沉又重，曹希峰大口喘着气，一股血流从他的口腔中喷涌而出，很快就昏死过去……

他再醒过来的时候房间里已是一片寂静，那个袭击他的男人不见了踪迹，只剩下他一个人躺在空旷的客厅地板上。从窗外不知什么地方传来电视的嘈杂声，声音很远，又显得很近，飘渺不定的。他感到胸腔中如刀搅一样的疼痛，想试着站起身来，却又引起剧烈的咳嗽，随着咳嗽，血再次从嘴里流出来。

他又躺倒，感到头晕沉沉的，眼皮总想合在一起，有一种想要睡觉的感觉。他知道一旦他睡着了，可能就永远醒不过来了，因此强打精神睁开双眼，环顾着四周。

这里是他生活了多年的家，家具陈设虽然简单陈旧，但都是他和已经去世的妻子一件一件置办下来的，他不能就这么撒手而去，而要对后事有个交代，否则没脸去见已在天国等他的妻子。而且还有更重要的事情，这件事他大半生倾注心血进行研究和探索，今天意外地出现了线索，他不能让这条线索从他手里断掉！

他费力地挪动身体向客厅对面的沙发爬去。在双人沙发和单人沙发中间放着一个小茶几，上面有一部电话，现在这是他对外唯一的联系方式了。

不到 3 米的距离，他足足挪了有 5 分钟，中间还两次停下来喘气休息。最终他挪到茶几旁从电话机上摘下话筒，又在电话机上按了几个数字。

从电话听筒中传来一个年轻姑娘的声音：“您好，这里是 110 指挥中心！”

“……抢劫，抢……”曹希峰颤抖双唇勉强说出这几个字，大口喘着粗气，电话听筒里面传出年轻姑娘焦急的声音：“喂，您在哪里……喂！……”

“……宏源社区。”他说完这几个字又晕了过去，电话听筒从他手中滑落，悬挂在茶几边晃动着。

二

“清炖牛肉出锅喽！”随着一声吆喝，腰间围着一条围裙的陈凌川打开厨房的门，手中端着盛满牛肉的盘子兴冲冲地走出来。

他将飘着香味的清炖牛肉放到餐桌上，一面用围裙擦着双手，一面满脸喜悦地望着摆满一桌的菜肴，大声对着客厅喊道：“唉呀，这么丰盛的美食怎么没有人欣赏呐，糖醋排骨、清蒸鲈鱼、红烧冬瓜、银耳红枣汤，快来吃饭吧！”

陈凌川的妻子肖若霞从客厅里走出来，笑着说道：“干什么大呼小叫的，怕别人不知道你今天做了晚饭了？”

陈凌川也笑了。“人是需要褒奖的。今天是我退休后第一次执掌大厨权利，你们要觉得菜还合你们的口味，我以后就继续干，你们要觉得不行，我就不干了！”

“这话怎么听起来有点儿威胁人的味道！”肖若霞笑嗔道。她中等身材，梳着齐耳短发，鬓角处已经露出几绺银丝，人显得整洁干练，“以前你忙，老吃现成的，还总埋怨我做的菜上不了档次，说你退休后如何如何。现在你退休了，这项任务你就勇敢地承担下来吧。做得好继续努力，做得不好，今后加以改进，但决不能有撂挑子的思想。”

陈凌川将围裙解下来，无奈地撇了撇嘴。他今年60岁，前天刚办完了退休手续。他是一个名副其实的老公安了，退休前，曾任这座城市北城公安分局局长。受职业生涯的影响，又长期担任领导职务，使他很少能真正松下心来享受一下家庭生活的温暖安逸和舒适闲在，他也自觉对家庭亏欠太多。现在退休了，可以与以前的紧张工作做一下了结，从此他也要享受一下天伦之乐了。

女儿陈芷兰从自己的卧室走出来，手中拿着一本书，面露戚色地走到餐桌旁坐下。女儿女承父业，大学也报考了警官大学，今年研究生毕业，毕业后也不着急去找工作，成天闷在家里，还自得地称自己适合做“宅女”。

一家三口人围着餐桌坐下。餐桌顶部挂着一盏橙黄色的吊灯，光线柔和地撒在桌子上，愈发使桌子上的菜肴显出五彩斑斓的色泽来。

陈凌川给自己面前的酒杯倒了半杯红葡萄酒，显然被这其乐融融的家庭气氛感染了，兴致颇高地说道：“我要特别推荐这道清炖牛肉，我完全是按照网上流传的菜谱做的。用的是澳洲牛腩和牛腱子肉，完全按照菜谱上的程序进行操作：先是锅中放入水，水开后再放入牛肉清炖，配料有葱姜蒜、香叶、桂皮、花椒、大料……”

肖若霞用筷子夹了一块牛肉放入口中，点点头品评道：“不错，牛肉的香味炖出来了。只是肉还不够烂，有些嚼不动。”

“是吗？我尝尝。”陈凌川闻听忙也拿起筷子夹了一块。“是有点儿不够烂，不过还可以咬动嘛。”

“炖肉的时候火太急了，”妻子指出问题所在。“炖牛肉一定要小火慢炖。”

“我吃着还行，”陈凌川用力将嘴里尚未嚼烂的肉咽了下去，强词夺理地说道，“牛肉不能炖得太烂，太烂没有咬头。”

夫妻俩你一言我一语地议论着，却见女儿陈芷兰满面愁容，一言不发，似乎眼圈还是红的。

“怎么啦，又碰到什么伤心事儿了？”陈凌川停住话头，诧异地问道。

“晴雯真可怜，”陈芷兰用筷子拨着碗中的米饭，低着头，忧伤地突然冒出来一句，“她和宝玉就是纯洁的友情，结果却因为生得模样好，让王夫人起了疑心，在病中给赶出了大观园，最后在没人照料中生生的给病死了。”

陈凌川和妻子交换了一下眼神，看着女儿椅子旁边的书。“怎么，在读《红楼梦》呢？”

“这是第二遍读，”女儿答道，“上一次还是高考结束后在家等成绩的时候。已经看到第 77 回‘俏丫环抱屈夭风流，美优伶斩情归水月’了。这次读与上次感觉大不一样了。”

“噢，说说看，有什么不一样了？”女儿的话引起陈凌川的兴趣，他拿起杯子喝了一口酒。

“第一次读时，只顾着看宝玉、黛玉及宝钗三个人的爱情，别的都没有多想，”女儿见父母对她提起的话题感兴趣，情绪好转了，“这一次我除了看到宝黛钗的爱情和上层贵族的生活，也看到了众多丫头及下等人的心酸和痛苦。”

“《红楼梦》中你最喜欢哪个人物？”

“当然是晴雯了，”女儿快人快语，“她娇憨天真，任情任性，虽然身为奴仆，但一点儿没有奴颜婢膝之情。”

“说得不错，”陈凌川点头同意，“她是《红楼梦》的作者曹雪芹着力刻画的一个艺术典型。在作者介绍金陵十二钗的册子里，将她放在首位，甚至放到了地位在她前面的袭人前面，可见她在作者亦或贾宝玉心目中的地位。而且她是曹雪芹描写的一个完整的艺术形象，不像其他人物，在八十回以后的续书中才有交待。……哎，晴雯的判词是怎么说来着？”

陈芷兰拿起放在一边的《红楼梦》，刚要打开，坐在餐桌对面听着父女两人对话的肖若霞，似乎不假思索地脱口吟道：“霁月难逢，彩云易散。心比天高，身为下贱。风流灵巧招人怨。寿夭多因诽谤生，多情公子空牵念。”

“行啊，老妈！看不出来呀？”女儿惊诧地说道。

“这有什么，我年轻的时候，《红楼梦》的诗词我差不多都能背下来，”肖若霞有些得意地说道，又催促父女二人，“一边吃一边说，菜都凉了。”

“晴雯的身份在贾府的丫头中是最低的，”陈凌川接着说道，“她从小就被卖给荣国府的总管赖大役使，等于是奴隶的奴隶，连自己父母的乡籍姓氏都无从知道。后来还是贾母看她生得标致伶俐，十分喜爱，赖大的母亲赖嬷嬷就把她孝敬给了贾母，不久贾母又把她赏给了宝玉，才算是过上几天好日子。”

“晴雯被心胸狭隘的王夫人赶出大观园，宝玉到她哥嫂住的地方去探望她那一段确实写得感人至深，”肖若霞说道，“我觉得宝玉和晴雯就是一对相互爱悦、情投意合的情侣，而且曹雪芹的描写，就是在暗喻两个人之间举行了私下的结婚仪式。”

“噢？这我倒没有想到。”陈芷兰有些吃惊。

“两个青年男女互换了贴身穿的内衣，晴雯当时身无分文，把自己心爱的指甲咬下来送给宝玉作为定情之物。在那个男女授受不亲、主仆阶级森严的封建年代，这样的举动，不是相互以身相许又是什么呢？”肖若霞情绪显得有些激动地说道。

陈凌川用手转动着酒杯，笑着说："你这个观点挺新颖，搞红学研究的学者们好像没人这么说过。"

"我觉得我妈说得挺好，"陈芷兰抢白父亲道，"起码我感觉对晴雯的归宿是一种安慰，否则让这么一个聪明灵巧、对宝玉体贴入微的女孩子就这么孤单地死去，许多读者都觉得不忍。"

肖若霞叹了口气。"确实是不忍。我年轻的时候，每回读《红楼梦》看到晴雯与宝玉离别这个部分都会落泪。"

"一谈起《红楼梦》就有说不完的话题，咱们全家都成'红粉'了。"女儿陈芷兰已经转忧为喜，用筷子将一大块排骨夹到碗里。

"这也是受你奶奶的影响，"陈凌川将杯中的酒喝掉，心情似乎不错，陷入了往事的回忆之中，"你奶奶家的祖籍是山西灵石的，解放前因为家里穷，她父亲，也就是我姥爷，就从老家往河北固安县倒卖粮食。一来二去的，就把一家人都接到了固安。那个时候女孩子读书的很少，家里也没钱供她上学，你奶奶要强，每天陪她弟弟上学的时候就坐在课堂的最后一排听。后来学校老师看她这么好学，就减免了她一半学费。小学毕业后，她又考上了当时教会办的市立妇婴保育学校，也就是相当于现在的中专性质。"

"我奶奶可真行！"陈芷兰听得入了迷。因为父亲从事的警察职业，一家人过去很少围坐在一起聊天，家里的事儿她知道的也不多，"后来呢？"

"后来她毕业后找不到工作，就自己开了一家私人诊所，专门负责给没钱去不起医院的穷人上门接生，"陈凌川打开了话匣子，兴致盎然，"我听四姨说，那时候……"

"你爸说的四姨，就是你修奶奶，"肖若霞看陈芷兰有些不解，就插话解释道，"她是你奶奶小时候在固安上学时认识的结拜姐妹，关系一直很好，经常走动，就成为亲戚了。"

陈芷兰点头表示明白了。

"听你修奶奶说，那时候你奶奶就是个《红楼梦》迷，每次出诊去接生的路上，坐在黄包车里还捧着书看呢！"

"噢，原来咱家还是书香门第呀！"陈芷兰笑着打趣道，"爷爷是土八路出身，我还以为咱家只有根红苗正这一项优势呢。”

陈凌川摆摆手。“够不上书香门第。你奶奶也是苦出身，凭着自己努力上了个中专，在当时也就算是个小知识分子而已。解放后参加了革命，也就不兴再看这类书了。”

“说起《红楼梦》，我倒想起一件事，”肖若霞若有所思地将筷子放到桌子上，“73年的时候我刚刚分配到中学当老师，好像是春天的时候，有一个星期天学校一帮青年教师结伴到西山去玩。我们是骑车去的，下午玩完了往回走的时候，不知是谁说起来普觉寺附近的一个村子里，发现了一处留有曹雪芹笔迹的屋子。记得当时报纸还登载过，我们就在回来的路上拐了个弯儿，去了那个村。”

“叫黄叶村，”陈芷兰说道，“上大学的时候我们也去过西山玩，在植物园里建了个曹雪芹纪念馆，院门口的牌子上就写着‘黄叶村’三个字。”

“名字记不住了，”肖若霞继续回忆道，“只记得那里的房子都很破旧，也不像一般农村的房子是一家一户独立的，而是一排排的，像部队营房似的。道路是土路，四周都是农田。发现曹雪芹墨迹的房主好像是哪个中学的语文老师，是觉得屋子破旧想修缮一下，结果刚一动墙皮就剥落下来，露出里面的另一层墙皮，上面写满了毛笔字。有的是诗句，有的就是俗语。但当时那个房子也是够破的。”

“屋子里的哪面墙？”陈芷兰来了兴趣。

“好像是……”肖若霞被问住了，极力回忆。“时间过去太久，想不起来了。”

“是西墙，”这回是陈凌川插话了，他显得有些得意地对妻子说道，“那个地方我也去过，而且比你还早一年，是72年。”

“你们怎么都去过，”陈芷兰睁大了眼睛，“当时你们就认识啦？不会是在西山定的情吧。”

“这孩子！那会儿我和你妈可不认识，”陈凌川笑着嗔道，“当时我是派出所的一个小民警，你妈是中学的数学老师，套一句数学上的语言：‘不借助外力两条平行的直线是不会相交的。’但说起这件事我有发言权，当时我也算是个文艺青年，对这件事还挺有兴趣，不像后来……”

“您快说吧，别卖关子了！”女儿不耐烦地催促道。

“好、好，”陈凌川惹不起女儿，不得不打住话头，“发现曹雪芹墨迹那个地方过去并不叫黄叶村，正式地址是西山正白旗39号。之所以现在叫黄叶村，是因为曹雪芹有一个叫敦诚的朋友写了一首名为《寄怀曹雪芹》的诗，这首诗写于曹雪芹写完《红楼梦》后，因为生活清苦，想出去投靠亲友找点儿事做。敦诚写诗劝他不要出去，继续在西山这里写作。整首诗记不全了，最后一句是‘不如著书黄叶村’。黄叶村只是一种诗意的描写，并不确指某个村落。”

“可黄叶村这三个字确实挺美的。”陈芷兰还有些不甘心。

“曹雪芹是旗人，自然要住在旗营里，”陈凌川解释道，“你妈刚才说那里的房子都是一排排的，正好说明那里的房子是公家按规制统一建的，而不是当地农村的农民自己盖的。”

“我刚才说的情节都对吗？” 肖若霞得到丈夫的肯定，面露喜色，“过去30多年了，确实记不清了。”

“那家住宅的主人姓舒，满族人，是27中的语文老师，房子是他家清代祖上留下来的，一共是并排4间。71年春天的时候，因修缮房屋，不小心将最西端一间的西山墙上的白灰墙皮弄脱落了。墙皮下本应是糊的一层黄泥，但却还有一层白灰墙皮，就在这层墙皮上，载有满壁的诗文和俗句，后来称为‘题壁诗’。”

“房子又不是曹雪芹家的，怎么能证明题壁诗是他写的？”陈芷兰有些怀疑地问道。

“旗营的房屋是公家的，曹雪芹死后，房子就被收回另行分配给别人居住了。这已经是二百多年前的事情了，中间有许多战乱和变迁。”肖若霞帮丈夫解释道。

陈芷兰不屑地撇撇嘴。“您一直当警察，要说是什么案子记这么清楚还有情可原，怎么对曹雪芹的事儿记得这么清楚？又不是搞《红楼梦》研究的。”

“我当然不是搞《红楼梦》研究的，”陈凌川爽朗地笑了，“可我有红学专家的朋友呀，就是你曹叔叔，曹希峰教授。他可是研究《红楼梦》的大专家！”

“听说他70年代就在西山那一带插队。”肖若霞说道。

“可不是嘛，”陈凌川回忆道，“72年我刚到派出所工作不久，管片的一家副食店晚上被盗了，后来破了案，抓了3个人，其中一个小青年当时在西山门前村插队，私自溜回城后犯的案。为了搞清案情，我随派出所一位老民警去门前村外调。记得我们是开着所里的吉普车去的，当时曹希峰就在门前村插队，是生产队的会计。我们外调完了已经是下午了，他急急忙忙地跑来跟我们说他妈得了急病，来了电话，想搭我们的车回城。我们的吉普车也有空位，就把他捎回来了，从此以后我们就成了朋友。后来恢复高考后他考上了大学，毕业又留校当老师，但我们的交往一直没断。我退休前就想好了，过几天我就去找他，没事儿的时候也研究一下《红楼梦》。”

“还是先研究菜谱，怎么把菜炒好，不要一心二用。”肖若霞笑着开玩笑提醒丈夫。

“蛟龙怎么能困于溪水？”陈凌川笑应道，“弄不好下一个《红楼梦》专家就出在咱们家。”

“你就吹吧！”

“题壁诗有曹雪芹的落款吗？”陈芷兰没有理会父母的对话，仍然沉浸在刚才的话题中，“怎么就能判断这些字就是曹雪芹写得呢？”

“在民间流传的曹雪芹的诗句和题壁诗中的一致，而且房屋的位置也与传说的相同，”陈凌川说道，“还有一些证据，我也说不太清楚。这样，明天咱们全家去一趟西山，到曹雪芹纪念馆看看。再有什么不清楚的，找曹教授请教去。”

“明天不行，”肖若霞摆手不同意，“明天是我们退休教师唱歌的日子，一星期就一次，不能耽误了。”

“你的事永远最重要，”陈凌川笑着打趣道，“那就再过几天，周末去。”

一家人正说道，放在客厅的电话突然响起来。陈凌川习惯性地站起身来，迟疑了一下又坐下来。

“我已经办了退休手续了，不会是找我的，”陈凌川笑着对妻子说道，“一定是找你的，你们那些退休老师估计又要搞什么聚会。”

肖若霞站起身来，边往客厅走边自语道：“以往这个时间的电话都是找你的，从今往后要变了不成？”她拿起放置在沙发旁茶几上的电话听筒：“喂，哪里……好、你等一下。”她用手捂住话筒，转身向坐在餐桌旁的陈凌川喊道：“老陈，找你的！”

陈凌川起身走过来。“找我的？哪里来的电话？”

"局里来的。"肖若霞将话筒递给陈凌川。

陈凌川接过话筒，顺势坐在沙发上。"喂，我是陈凌川……什么，你再说一遍？……"他脸上露出凝重的表情。"……在哪家医院？……好的，我马上下楼。"

他放下电话听筒，思忖了一下，起身走向餐桌。肖若霞和女儿都默默地望着他。"曹希峰教授出事了，"他语气沉重地对妻子和女儿说道，"家中遇到抢劫，他被打伤了。伤势很重，有危险，他要求见我……。我得去一趟，接我的车已经到了。"

肖若霞走到通往大门的走廊处，从衣架上取下一件外衣递到丈夫手里。陈凌川走到鞋架旁将拖鞋脱下，换上皮鞋，一切似乎都是在按一套程序进行。

"我也要去！"陈芷兰在后面喊道，表情急切，"老爸，我想和您一起去看看曹叔叔。"

陈凌川停住脚，有些迟疑地转过身来。

"让芷兰跟你去吧，"肖若霞关切地说道，"天晚了，你眼睛不好，女儿在身边有个照应。"

陈凌川点点头。"一起去吧。她也是警官大学毕业的，也是警察，可以出现场……而且，我怕曹教授这次是凶多吉少，他可能有什么要紧事儿想跟我说，芷兰在身边可以帮我记一下。……你把警服穿上。"

三

陈凌川带着女儿乘电梯下了楼。这幢楼的位置位于住宅区的前部，离大门不远，他们走到门口，见有两辆警车停在门外的马路边，车顶的警灯闪烁不停，几个穿制服的警察在车旁站着。一看到陈凌川，一个警察忙迎过来，陈凌川认出是刑侦队的队长葛振。

"陈局长，"葛振队长 40 多岁的年纪，身材魁梧，走上前来敬了个礼，"时间紧，是不是在车上边往医院赶边向您汇报案情？"

陈凌川点点头，向葛振介绍道："这是我女儿芷兰，陪我一起去医院。"

穿着警服走在父亲后面的陈芷兰向前一步对葛振敬了个礼，然后在葛队长的引导下坐到后面一辆警车上。

两辆警车开起来，前面一辆警车鸣着警笛，提示路上的车辆和行人避让。

坐在后座上的陈凌川两指交叉放在身体前面，一改刚才在家里的放松情绪，语调沉稳地对坐在副驾驶座位上的葛振说道："葛队长，你把情况介绍一下吧。"

葛振侧身回过头来，语速很快地介绍道："晚 7 时 43 分指挥中心接到的报警，伤者报称遇到入室抢劫，家住宏源社区。指挥中心通知在附近的巡逻车赶赴现场，7 时 55 分巡逻车组赶到事发地，发现伤者处于昏迷状态，家中被翻得很乱，初步判断为罪犯入室抢劫，打伤事主。指挥中心在要求巡逻车赴现场的同时，也通知了急救中心，待救护车赶到后迅速将伤者送往第三医院进行抢救。"

"曹教授伤得重不重？"陈凌川关切地问道。两辆警车快速地通过一个十字路口，路过的车辆纷纷停下来避让。

"很重，"葛振点头答道，"在去医院的路上一直咳血。刚才在您住的社区门口等您的时候，队里在医院守候的同志给我打电话，说经检查，伤者肋骨折断了好几根，有两根折断的肋骨刺破了肺部，造成肺气胸。"

"看来凶手是要致曹教授于死地啊！"陈凌川眉头蹙在一起，"只是为了抢劫，为何下此狠手？"

葛振继续说道："伤者到医院后时而清醒时而昏厥，一清醒就叫您的名字，一定要立刻见到您，说有要紧的事情跟您说，因此我们就紧快接您来了。"

陈凌川点点头，转脸看着车窗外疾速退去的路边景物，不再说话。情况比他预料的还要严重，他这位一直在大学里搞学问的知识分子朋友一定有什么大事要亲自告诉他。……是什么事呢？

两辆警车开入第三医院，径直来到位于地下一层的急诊中心。大医院的急诊中心永远是最喧嚣、最忙碌的地方，站在门口等候的民警在前面引路，穿过在分诊台前挤成一团的人群，带着陈凌川直接来到一间重症监护室。

监护室门口两边各站着一名年轻警察，见到陈凌川一行走过来忙立正敬礼。门边靠墙安放着一排椅子，一个男青年坐在一张椅子上，局促不安地绞动着双手，见到警察给陈凌川敬礼也站了起来。

"这位是曹教授的学生，"葛振指着男青年向陈凌川介绍道，"巡逻车组赶到宏源社区不久，他也到了曹教授家，后来随同救护车一同来了医院。”

“我叫林峰阳，”男青年自我介绍道。他二十八九岁的年纪，戴一副角质架眼镜，身材瘦高，显得有些惊惶失措。“曹教授是我的系主任，今天晚上……”

陈凌川用手止住对方。“小林老师，先不说这些了，你负责通知一下你们学校的领导，告诉他们曹教授受伤的情况，另外，我记得她女儿在加拿大，想办法通知她，让她赶回来。……我们进去看一下曹教授的情况。”他一面说一面带着女儿与葛振一起推门走进监护室。

这间监护室不大，一张床放在中间的位置，床头堆满了各种仪器，室内没有开灯，只有一束台灯的光线照亮病人的上半身的部位。曹希峰躺在病床上，鼻腔插着氧气管，闭着眼睛，脸色由于灯光的映照愈发显得没有血色。

正在向一只输液瓶中注射药液的女护士循声走过来，口罩遮住整个脸，只露出两只眼睛。

葛振向女护士讲明了陈凌川就是伤者急于要见的人，询问能不能交谈。护士点点头说道：“病人现在情况刚刚稳定一些，可以交谈，但持续时间不要过长，一会还要手术，已经通知外科主任了，他现在正往医院赶。”

陈凌川谢过了护士，转身对葛振说道：“你守在门口，我与曹教授谈话的时候，除了医务人员，任何人不要进来。”

葛振点头答应，与护士一同走出了监护室。

躺在病床上的曹希峰已经听到陈凌川的声音，吃力地向他抬起一只插着输液针的手臂。

陈凌川见状赶快扑向前去，握住对方的手，口中说道：“老曹，别动、别动！”陈芷兰也随着父亲走上前，站到床边。

“老陈，你可来了！”曹希峰说道，紧紧握住陈凌川的手，情绪显得很激动。

“老曹，别激动，”陈凌川安慰道，坐在床边的一张椅子上，又指着站在身旁的女儿，“这是我女儿芷兰。”

眼中噙满泪水的陈芷兰伏下身子，轻声打招呼道：“您好，曹叔叔！”

“是兰兰呀，这么大了？”曹希峰脸上浮现出一丝笑容，点点头打招呼，但很快又把目光转向陈凌川，“老陈，我叫你来是有一件非常重要的事情要告诉你，告诉别人我不放心！我时间不多了……”

“老曹，别这么说……”

曹希峰用手止住陈凌川的话头。“别打断我，我的身体是什么情况我最清楚，下面你就听我说就行了，行吗？”

望着曹希峰恳切而又坚定的眼神，陈凌川只得点点头，陈芷兰掏出一个小笔记本，绕到病床的另一边。

“《红楼梦》第48回里有一个穷的连饭也没得吃的石呆子，在家中藏了二十把旧扇子，别人出多少钱他都不卖，最后被人整得家破人亡。我就像石呆子一样，也是因为手里有一件稀罕宝物，才落到这么个下场。”说话声音已很虚弱的曹希峰仍然不乏诙谐，自我打趣道。

陈凌川不做声，静听这位长期研究红学的大学教授娓娓道来。

“时间紧，我只能简单说。读过《红楼梦》的人都知道，该书120回的前80回是曹雪芹写的，后40回是高鹗补续的。咱们先不说高鹗的后40回补得好与不好，而是说红学界比较一致的看法是曹雪芹生前实际上已经写完了《红楼梦》，因为他自己在书中也称‘披阅十载，增删五次’嘛，但为什么一部写完了的书稿后面三分之一部分却不见了呢？这些书稿哪里去了呢？自这部小说问世以来，200多年时间里面，各种意见莫衷一是，许多学者也进行了不懈的寻找，也出现了许多猜测，但至今没有定论。巧的是，多年以前，一个偶然的机会，我得到了一副对牌的一半，却与寻找遗失书稿的线索有关系……”

“对牌？您说的对牌是什么？”陈芷兰停住笔，不解地问道。

曹希峰微微喘了一口气，解释道：“‘对牌’是封建社会豪门望族家中支取物品的一种信物。一般用竹、木等制成，中间劈成两半，仆人需要物品时，经当家人同意，拿对牌的一半去领取，结算时，当家人可用对牌进行核对。管理对牌在大家族中是一种权利的象征，《红楼梦》中王熙凤是当家的，描写她协理宁国府和日常管理时，书中多次提到对牌。”

说完一大段话后，曹希峰感觉有些累，他闭上眼睛，调整呼吸节奏，大口吸氧。房间里一片静谧，只能听到脉搏和血压监视仪发出的轻微嘀嘀声。

“我这半副对牌，还是‘文革’时我在农村插队时得到的。那时的事儿老陈你知道，”曹希峰歇了一会儿，精神状态恢复了一些，“几十年来，我一直在寻找另外半副对牌的下落，因为两半对牌上各有一首隐喻手稿下落的诗词，两首诗合在一起分析，也许能够提供寻找手稿的线索。几十年过去了，那半副对牌却如同石沉大海，踪迹杳无音讯。但今天晚上，那半副对牌却意外的出现了！只是可惜，它却出现在到我家抢劫的凶手手里！”

说到这里，曹希峰又有些激动，胸膛不停地起伏着。

陈凌川听得目瞪口呆。这太不可思议了！如果说有什么事儿可以用“天方夜谭”这个词来形容，那么就是他现在从躺在病床上的学者朋友口中所听到的故事。“红学研究”，这听起来是一个多么充满艺术色彩、学术气息的领域，虽然他也知道许多红学家往往会因为观点不同，对一些问题争得面红耳赤、甚至在学术刊物上与对方进行“论战”，但那都是舌枪唇剑，哪里听说在这个领域还有凶杀案发生！

“这个凶手到你家，是来找你手中那半副对牌的吗？”陈凌川小心翼翼地问道。

“是的。”曹希峰点点头。

“他找到了吗？”

“找到了。”

“找到了？”陈芷兰大惊失色，“这么说……”

“别担心，兰兰，”曹希峰脸上绽开一丝孩子气的顽皮笑靥，“他找到的是一个假的复制品。《红楼梦》第41回，刘姥姥来到大观园，王熙凤和鸳鸯要捉弄她，让她用大杯喝酒，拿出来的是用黄杨木根整抠的酒杯。我珍藏的真对牌木质就是黄杨木的，与刘姥姥喝酒的酒杯材质一样，而复制的对牌是黄松木的，诗句也不一样。”

陈芷兰松了一口气，又好奇地问道：“对方手里的半副对牌是真的吗？”

曹希峰思忖了一下。“应该是真的，或至少是仿真的。我要拿过来看，那个凶徒不让，我只是用手触摸了一下。对牌前面有繁体篆刻字‘鳳’的半边，但背后的诗词字迹太密，应该也是繁体篆刻字，但没有摸出来是哪一首。”

“对方发现找到的对牌是假的，会就此罢休吗？”陈凌川担心地问道。

“肯定不会，”曹希峰摇摇头，“我听那个人的口气，他们有一伙人，为了找这副对牌费了很大劲儿。他们不会善罢甘休的。”

“他们怎么会知道你手中有那半副对牌呢？”陈凌川有些不解。

“都怪我自己不小心，”曹希峰叹了口气，“以前我很注意，从未向外人说起过。但这几年我看总也没有那半副对牌的下落，有些着急，就在开红学研讨会时提过两次。后来研讨会的发言曾被摘要在红学刊物上发表过，当时外界也没有什么反响，有些学者还认为这可能就是一个古代喜欢《红楼梦》的文人骚客制造的噱头，一个玩笑而已。但真是说者无心、听者有意，谁知道就让坏人盯上了。”

“你珍藏的那半副对牌现在的处境安全吗？”陈凌川小心翼翼地问道。他现在已经意识到这半副对牌的背后可能藏有一个惊天大案，虽然一切都只是猜测，但决不能掉以轻心。

“老陈啊，我这么晚叫你来就是为了这件事儿！”曹希峰情绪又开始激动起来，“这半副对牌对我来说比性命更重要，我死不足惜，但对牌如果不能得到妥善保管，我死也不会瞑目的！”

他又轻声咳嗽起来，过了一会儿，他伸手抓住陈凌川的胳膊，压低声音接着说道：“现在我把这半副对牌托付给你，我死也放心了。我告诉你们，我把对牌存放在我家旁边的建设银行的私人保险箱里了，这件事只有我一个人知道。打开保险箱的钥匙，藏在我卧室床头柜上面放着的收音机里面。这台收音机是我和我妻子结婚时买的，我们用了多年，一直舍不得丢掉。另外，保险箱的密码是17630212。”

陈凌川和女儿俯身靠向曹希峰，认真听着他说的每一句话。陈芷兰边听边频频点头，随后又把他说的话在笔记本上记下来。

说完这段话，曹希峰如同完成了重大使命一样整个人松懈下来。“这下我就放心了！当然如果有可能，把另外那半副对牌找回来就更好了。过去我总以为珍藏的这半副对牌只能当作文物对待，另外半副不可能找到了，但今天晚上它的出现使我看到了希望。那个凶手说这牵扯到一笔天价的财富，他只看到了钱，他不知道如果这副对牌真能合璧，找到曹雪芹遗失的那部分原稿，那个价值不是金钱所能够衡量的。”

听到曹希峰的嘱托，陈凌川心里有一种异样的感觉，他用力握了握对方的手。“你放心，我们会全力以赴，争取让这副对牌合璧，了却你的心愿。”

“拜托了！”曹希峰闭上眼睛，一大滴泪水顺着眼角滑落下来。过了一会儿他又轻声说道：“门外那个年轻人是系里的教师，也是我的助手，人很上进，也聪明，手还挺巧，那块假木牌就是他雕刻的，也许能给你们破案和寻找对牌帮上忙……”

话没有说完，他又咳嗽起来，一股血水从他嘴角流出来。陈芷兰见状大惊失色，连忙按响了床头上方的呼叫器。

几个医生和护士从外面冲进来，一个护士对站在病床边不知所措的陈凌川父女说道：“病人有危险，你们先到外面等！”

陈凌川和女儿退到监护室外，见刑侦队长葛振和年轻教师林峰阳正焦急的站在门口，一面交谈一面想探头知道里面发生了什么事。

陈凌川把葛振拉到旁边离门远一些的一排椅上坐下，问道：“曹教授家的现场勘察了吗？”

“还没有。”葛振摇头回答道。“事发突然，又已经是晚上，我们的主要精力放在挽救伤者的性命上了。您的意思是今晚上就……”

“不必了，我不是这个意思，”陈凌川摆摆手，“明天再说。但今晚要多派些人把现场保护起来，任何人都不准进入。明天勘察的时候重点放在查找凶手踪迹上。”

“曹教授都说了些什么？”葛振问道，“时间匆忙，他又伤得严重，我们还没有来得及做问询笔录。”

“他的身体状况不知还能不能做笔录，”陈凌川忧虑地说道，“这样，我让我女儿把刚才他与我们的谈话追记个记录，明天一早交给你。”

“那太好了！”

在陈凌川和葛振坐到一边谈话的时候，陈芷兰见坐到门旁的那个青年教师林峰阳还是一脸的紧张不安，便坐到他身旁，试图安慰他。

“曹教授会好起来的，”陈芷兰说道，注意到林峰阳衣服上有几个地方沾上了血迹，“刚才他跟我们说了不少话，精神状态还不错。”

“我怕他是强撑着，”林峰阳用手将眼镜向上托了一下，说话声音不大，语气有些担心，“平时他就是这么个人，身体不舒服从来不说，别人根本看不出来。你们没来之前听医生说他伤得很重，肋骨都折了好几根。”

陈芷兰好像无意识地问道：“我们刚来的时候，你有话没有说完，你晚上到曹教授家去干什么？”

“我们约好在他家讨论我写的一篇文章，是关于曹雪芹祖籍地研究考证的。文章交给曹老师后，他提了些意见，说好今天去修改一下，文章就要定稿的，”林峰阳悲伤地摇摇头，“可我刚到老师楼下就觉得不对头。楼下有警车，还围了许多人。我当时心里就想别是曹老师家出事了吧，等一出电梯门看他家门口有警察出入就全懵了。我向警察说明了身份，当时老师也醒过来一会儿，认出了我。后来我就一直陪着老师到了医院。……不知他能不能闯过这一关！”他越说声音越低，泪水顺着面颊流下来。

“刚才跟曹教授谈话，他提到了《红楼梦》中的对牌，”陈芷兰看对方情绪激动，便转移了话题，“书中关于对牌的描述多吗？”

“有好几处，”林峰阳用手背抹去泪水，调整了一下情绪，解释道，“第13回‘王熙凤协理宁国府’那一回里，当时宁国府的秦可卿死了，丧事忙不过来，贾珍就邀请王熙凤协管宁国府的事务。经过王夫人和邢夫人同意后，贾珍立刻将宁国府的对牌交给王熙凤，当时王熙凤还假意推托，宝玉将对牌接过来塞到她手里。第24回‘女儿遗帕惹相思’中，贾芸到荣国府找王熙凤谋职，王熙凤同意后，贾芸过了晌午便写了领票来领对牌，拿着对牌和领票去银库领了二百两银子。书的后半部分，薛宝钗嫁给贾宝玉，成了荣国府的当家人，荣国府的对牌便交到了薛宝钗手中。另外书中还有几处仆人支领对牌领物品的描写。”

陈芷兰笑了。“你对《红楼梦》可真熟悉！”

林峰阳被夸得有些不好意思地挠挠头。“我除了是曹老师的助手外，也是他的学生。他是我的博士生导师，我的博士论文研究的课题就是《红楼梦》，对于原著的文本当然会熟悉一些。但要比起曹老师，我还差得远，他的功底……”

他的话还未说完，监护室的门蓦地打开了，一个年轻医生急匆匆地走出来，对门外聚拢过去的人们问道：“病人咳血不止，有危险，需要紧急手术，哪一位是病人的家属来签个字。”

林峰阳踌躇了一下，愈上前签字，被站在身后的陈凌川拦下了。“他的亲属不在本地，我是他的好友，我可以负责，由我来签字吧。”

“这是我们陈局长。”葛振在旁介绍道。

年轻医生看着陈凌川，点点头，说道：“那好，跟我来吧。”

曹希峰的手术一直做到凌晨两点才结束。这期间，学校的一位副校长和系里的同事也急匆匆地赶来，一直守候在手术室外面等到手术做完。待做完手术的曹希峰人被送到重症监护室，陈凌川又将病房的监视保卫任务向葛振等警察交待了一遍，才同女儿一起乘车回家。

“回去不要向你妈讲凶手为什么要袭击曹教授，”在车上，陈凌川对女儿叮嘱道。整座城市都已进入了梦乡，街道上空空荡荡、难得见到一个人。

“好的。”陈芷兰点点头。她将车窗降下来一半，任由凛冽的寒风吹拂着自己仍然发热的面庞。一晚上的经历使她这个警界新人感到头晕目眩，她不知道后面将有什么样的情况会发生，她希望能尽快理出个头绪来。

“明天早上你跟我去一趟曹教授家，看一下案发现场。”陈凌川说道。陈芷兰感到父亲的语调中有一丝凄凉和疲惫，完全不像刚才在医院一直保持的冷静和沉着。

四

尹亚提将工具面包车停在马路的便道上，锁上车，又用手拉了拉车门，然后向一幢老式的砖混结构的四层居民楼走去。

他在这个地方已经住了近一个月时间了。这一地段位于郊外城乡结合区，住着大量在城里打工的外地民工、刚毕业正找工作的大学生和做各种小买卖的商贩。平时人来人往、熙熙攘攘，操着各种口音的人们混杂在一起，与不远处的城市仿佛是两个天地。到了晚上，小摊贩们占据在每一盏路灯下，支上几张桌子就开始做起生意来。烤羊肉串的、炸臭豆腐的、摊煎饼的吆喝声此起此伏，一派热闹景象。白天受够了城里人白眼的打工者，只有到了这时候才算做回到自己，他们三五成群地坐在路边摊上，一面喝着啤酒，一面彼此诉说着生活的艰辛和社会对自己的不公。

尹亚提小心地穿过弥漫着各种气味、满地污秽的路边食摊，走进了居民楼的一个单元门洞。楼梯道的顶灯闪着昏暗的光线，楼梯旁的边墙上贴满了租房、交友、治各种性病的小广告。他走到三层，掏出钥匙打开一个房门，闪身走了进去。

他将房门在身后关好，随手打开了房间里的灯。这是一个两居室套房，屋内凌乱不堪，客厅里只摆了一张简易沙发，前面是一张茶几，上面堆满了方便面和榨菜的包装纸。他急匆匆地脱掉棉外衣扔到沙发上，人也坐上去，伸手将茶几上的包装纸扒拉到地上，在茶几上腾出一块空地。

他从口袋里将从曹希峰家搜出来的那半副对牌掏出来放在桌上，一丝不苟地摆放整齐，然后拿出手机，调出照相功能，从正上方选好角度对着对牌照了几张像。他先照的是对牌有“鳳”字的一面，照完后又将对牌翻过来照反面。对牌反面的字非常小，密密麻麻的一片，字体还都是曲里拐弯儿的。他只有小学文化，报纸上的汉字也不能全部认下来，对于甲骨文、金文、篆文等书法艺术更是一窍不通，因此对于这些字一个也认不出来。但这不重要，重要的是他已经完成了那个位于境外的老板交给他的任务，拿到了这半副对牌。明天他就将离开这座城市远走高飞了。

这次任务完成的并不容易。他从来没有看过什么古典文学名著《红楼梦》，更对什么“对牌”闻所未闻。当这次行动的负责人给他那块只有几寸长的小木片，并告诉他如果找到另一半，就会得到一大笔钱财时，他简直惊呆了。他只身一人辗转来到这座他从未到过的大城市，然后完全凭着身在境外的那位负责人的一步步指引，又在当地一个开了一家修车行的小老板的帮助下，找到了那个拿着另一半对牌的姓曹的大学教授。

找到那个人就简单多了。杀个人对于他来说易如反掌，而且更为幸运的是，那一半对牌竟然就在姓曹的家中藏着，让他给搜了出来！

他用手机联通了“推特”网，将刚才照下来的几张对牌图像发给了那位负责人给他的电子邮箱。发完后，他长吁了一口气，将手机扔到沙发上，现在只等着对方的确认了，他的任务已经完成，大笔的酬金即将打入他在伊斯坦布尔银行开设的账户。

他走到客厅的一个角落，在一块长方形的地毯上跪下，将全身的重量都压在两只脚上，两只手平放在腿上，闭上双眼，默默地开始吟诵："敌对真主和使者，而且扰乱地方的人，他们的报酬，只是处以死刑，或钉死在十字架上，或把手脚交互割去，或驱逐出境。这是他们在今世所享受的凌辱，他们在后世，将受重大的刑罚。"

尹亚提是在一个很偶然的机会走上这条路的。他从小在农村长大，靠着父亲在外打工寄回来的钱和母亲栉风沐雨在田地里的劳作，他和两个妹妹的生活虽然不算富裕，但也算是达到了温饱。但他小学毕业那年的一场变故，使一家人的生活陷入了困顿之中。

他父亲是在一家建筑工地做活的。有一天他和几个工友站在安装在楼外运送物品的升降梯里，准备到即将封顶的塔楼上去干活，没想到升降梯快到楼顶时突然失控坠落下来，将他父亲和几个工人重重摔在竖井中。他父亲和另一个工人当场死亡，另外两个工人摔成重伤。

施工老板倒还算仁义，赔偿了3万元钱作为赔偿。一个到城里打工，大字不识几个的农村人，碰到这样的事情只好自认倒霉。同去的工友和村里的乡亲都说遇到这样的老板就算万幸了，听说有的建筑工地人死了或者残了，老板不但赖着不给钱，还让负责施工的包工头赔偿设备呢。

家里虽然拿到了赔偿款，但父亲一死，家里的顶梁柱就倒了，只靠着母亲伺弄着家中的几亩田地，实在养活不了几个日渐长大的孩子。

当时只有十三四岁的尹亚提，却长成了一个肌肉发达、身体健壮的大个子，不但比村子里同年龄的男孩子高了一个头，而且比不少大人都要有劲。他对学课本上的那些算术题一点儿兴趣也没有，却对村委会院子里放着的几副大小不等的石锁和杠铃兴趣浓厚。每天傍晚吃完饭后，他就和几个伙伴来到村委会的院子里，将最重的一对石锁举起来绕着身体挥舞，直练到浑身是汗为止。为了帮助母亲承担起家庭的重负，同时也实在不愿意在学校中浪费时间，他辍学回了家，一边在家中帮母亲种田，一边有时到县城里的建筑工地或者农贸市场打个短工。

这样过了几年后，又一件突发事件使他彻底离开了那片他从小长大的家乡。

事情是因他母亲引起的。他母亲身材高挑，模样长得俊俏，从嫁到这个村就是远近闻名的漂亮媳妇，虽然已经生养了三个孩子，但脸庞身段仍像没有结婚的姑娘似的。

一天下午，正在县城一家铸造暖气片的小工厂做铸模工的尹亚提，正用钳子夹着模具，让其他工人往模具中倒铁水，谁知那个工人手一抖，铁水倒在模具外，他的脚收不及，被溅出的铁水烫伤了。他到医院简单包扎了一下，便提前从县城里骑自行车回了家。

走进自家用土坯垒墙的院子，见家门虚掩着，他走进外屋，就听见里屋传来母亲的呻吟声，他心里一惊，以为母亲出了什么事，忙掀开连接里外屋的门帘往里看，屋内的景象一下子把他惊呆了：只见母亲衣衫敞开地仰面躺在炕上，村委会姓丁的会计站在地上，裤子褪到脚脖子处，伏在母亲身上，气喘吁吁地在抽动身体。

他觉得浑身的血一下子全涌到脑袋里，返身来到外屋的灶台边，随手抄起又粗又长的擀面杖，进到里屋，二话不说，抡起擀面杖便向正在恣意淫乐的丁会计那已经没有几根头发的后脑勺砸去。

本来闭着眼睛，一任丁会计摆弄的母亲听到动静，一睁眼瞧见儿子抡着擀面杖冲过来，忙伸手将压在身上的男人往旁边一推。这一推救了丁会计一条命，他身子一歪，擀面杖没有砸到他脑袋上，而是重重地打在他肩膀上。他疼得大叫一声，爬起身来，一边提裤子，一边躲闪着尹亚提又接连打过来的擀面杖，撒腿跑了出去。

当天晚上丁会计肩膀疼痛难忍，连夜坐着驴车赶到县医院去看急诊，一照片子，说是肩胛骨给打碎了，得住院治疗。在医院住了几天，骨头正了位，打上了石膏，半个月后骨头倒是长上了，但从此留下残疾，走起路来吊着半个膀子，头也抬不起，路也走不直。而且那天正在兴头上，一受惊吓，从此裤裆里的家伙就只能用来撒尿了。

丁会计从家里逃出去后，尹亚提铁青着脸，收拾起几件随身穿的衣服就要离家出走。母亲含泪央求他别走，说她也是没有办法，自从他父亲去世后，村里的几个不三不四的男人就经常涎着脸想占她的便宜。这些日子，年纪已过半百，孙子都有了的丁会计三天两头上门纠缠，威胁说如果不满足他的要求，村里就不再向乡里申请父亲的抚恤金和困难补助，家里的责任田也要收回去重新分配。为了这个家，打碎的牙只能往肚里咽，再大的委屈她也只能忍了。

但尹亚提不理会母亲的哭泣，摔开母亲攥着他的手，毅然决然地离开了村子。

那以后的五年里，尹亚提四处游荡，先后在火车站搬运过货物，在建筑工地当过泥瓦工，给有钱的老板当过保镖，后来在一家煤矿挖煤时，认识了一个蹲过监狱的工友。此人名叫霍达恩，40 多岁的年纪，曾因聚众斗殴致人重伤被判过 10 年徒刑。两人在矿上挖煤分在一个小组，一同上班下井挖煤，又一同下班升井休息，吃住在一起，逐渐成了无话不谈的朋友。

有一天，霍达恩悄悄地对尹亚提说道，他准备这个月结完工钱就辞工不干了。尹亚提好奇地问他辞工后去干什么？霍达恩没有回答，却神秘地问他知道不知道国外有一个叫叙利亚的国家。尹亚提说具体情况不了解，但电视上的新闻天天播那个国家在打仗，每天死不少的老百姓，感觉那里挺乱的。霍达恩说那里现在就像中国古代的三国时期，风起云涌、群雄割据，人们想干什么就干什么，许多人趁着战乱都发了大财，干成了许多大事业。

霍达恩说，像他这样蹲过大狱的人，在国内一辈子都翻不过身来，最多也就干点挖煤、扫垃圾一类的粗活，不会有什么正经工作。现在有个机会，有一家在叙利亚和伊拉克边境附近占领了一大块地方的反政府叛军组织正在招兵买马，并说那个组织控制了好几个大油田，特别有钱，只要参加这个组织，就可以分到一套住房，分到一个老婆，干得好还可以挣大钱。

尹亚提听霍达恩这么一说也产生了兴趣，忙问怎么才能去那个好地方。他虽然比霍达恩年轻，但只有小学文化，除了有力气之外什么技能都没有，干了 5 年，全是出苦力，要能到国外混上一圈，没准还能改变命运，就说也想与他一起去闯闯天下。

霍达恩说，要去叙利亚得先到土耳其，据与他联系的人称，只要交 6 万元人民币，就有人组织偷渡，将他们运送到土耳其去，并说那个联系人称，现在通过这条路出去的人很多，让他只管放心。

离家在外这么几年，尹亚提倒是攒下了 5 万多块钱，他一咬牙，把这些钱全部从银行取出来交给了霍达恩，差的那些钱，他写下字据答应到了国外挣了钱就还上。

过了大约半个月，一天晚上矿上来了一辆车，接上他和霍达恩悄悄地把他们送上了开往云南的火车。

到了目的地，他们被安排住到一个位于郊区的居民楼的单元房中。那里已经住下了另外7个准备与他们一起偷渡的男人。据尹亚提从先到这里的人口中得知，他们这次的偷渡是这样安排的：

先是由组织偷渡的土耳其人伪造邀请函，组织、安排9名土耳其人向中国驻土耳其使馆骗取签证后入境，这些人收取报酬后，将他们的护照收集起来，比照准备偷渡的9个中国人的情况在国外进行伪造，然后他们就持着这些贴着自己照片、却是另一个人名字的护照去土耳其。

出发的那天，尹亚提手持着化名阿里·阿夫扎勒的护照，霍达恩手持着化名谢赫·古加尔的护照，与其他7个人一人提着一只旅行箱，随着组织偷渡的两个土耳其人乘一辆面包车到了机场。

那一天把尹亚提吓坏了。他从来没有乘过飞机，也没有到过机场这样的地方。他不敢抬头，只是夹在其他人中间机械地迈着步伐。在机场海关，他紧张得直哆嗦，感觉尿液已经顺着大腿根往下流淌。没想到的是，海关官员看到那两个土耳其人手中拿着的签证邀请函和一大叠护照，听着蓄着浓密胡须的土耳其人连说带比划、夹杂着土耳其方言的蹩脚英语，皱紧了眉头，却与他们无法沟通交流，最后只好作罢，竟然就让他们通过了。

为了保险起见，他们也不是直接去土耳其，而是先到了泰国，然后再转机去了伊斯坦布尔。到了那里，他们这9个人便各奔东西。尹亚提跟着霍达恩辗转来到位于叙利亚与伊拉克交界的那个叛军组织的营地。他们先是被分到了一个地名叫塔巴卡的训练营，每天进行祈祷和身体训练，一个月后，霍达恩被分到了作战分支，去与叙利亚政府军作战，而尹亚提却分到另一支负责为该组织筹措资金的分支。那以后，他再也没有见过霍达恩了，有人说他在与叙利亚政府军的战斗中被炮弹炸死了，有人说他想逃跑，被抓回来处决了。反正，尹亚提欠他的5000多元钱一直也没有还他。

扔在沙发上的手机不合时宜地响起来，而且似乎一声紧似一声。他站起身来，走过去拿起手机，瞥了一眼，发现居然是位于境外的指挥他进行这次行动的老板的电话号码。

“喂，是尹亚提吗？”对方的声音低沉沙哑，好像怕其他人听见似的。

“是的，老板，”尹亚提诚惶诚恐地答道，“刚刚发过去的照片您收到了吗？”

“收到了，但我不知道收到的是什么物件。”对方语带讥讽。

尹亚提心中一惊。“怎么，就是您让俺找的东西呀？有什么问题吗？”

“你看到背面的诗句了吗？”

“密密麻麻的一片……俺不认识。”尹亚提嗫嚅着答道。

“我念给你听：‘生命诚可贵，爱情价更高，若为自由故，二者皆可抛。’知道这是谁写的诗吗？”

“不知道。”尹亚提有些摸不清头脑了。

“你真如同一头毛驴一样愚蠢！”对方咬牙切齿地骂道，“这是匈牙利诗人裴多菲写的诗。他生于1823年，也就是说，曹雪芹的书写出来半个多世纪后他才出生，用你的脚后跟想也应该明白，他的诗怎么会出现在我们要找的对牌上！”

尹亚提被搞糊涂了。裴多菲和曹雪芹这两个名字他都十分陌生，他接受的任务就是把那块叫‘对牌’的木片从那个教授家找出来。他找到了，又如约将图像发给了境外的老板，怎么又出现了叫什么菲的奇怪名字。“俺不知道您在说什么，”他只能垂头丧气地重复说着这句话。

“你手中的对牌是什么材质的？是黄杨木的吗？”

尹亚提将那半副对牌从茶几上拿起来对着灯光看了半天，又掂了掂重量。“……俺不认识，分量挺轻的，也许是杨木做的。”

“真是个笨蛋，我怎么会用了你！”对方又骂道，“走之前不是让你补习了这方面的知识吗？都让狗给吃了！”

尹亚提默不作声了。他是补习了一些关于对牌的知识，搞清楚了对牌与虎符的不同之处，因此才在那个姓曹的教授家中没有让他蒙住了。但他真的搞不清木料的材质和什么诗词一类的玩意儿。这个姓曹的也太狡猾了，居然在家中藏匿了一个假对牌。

“你把姓曹的 beheading（斩首）了吗？”

“没有，”尹亚提争辩道。他知道这个组织的规矩，为了达到恐吓敌人的目的，杀人一定要Beheading，但他觉得这一次无此必要，“他身体很弱，俺只打了他几下，他就死了，不需要 beheading 了。”

“也许他还没有死，”对方这一次似乎没有要责备他的意思，“……你在家等着，我们通过远程监视技术进入医院的监控系统察看一下，如果他被送往医院抢救，你没有完成的任务还可以弥补。有什么情况再通知你。”

“那俺什么时候撤回去？”尹亚提冒冒失失地问道。

“你回来干什么？”对方大声喝斥道，“找不到那半块真对牌你就死在外面，不要回来了！”对方说完就挂上了电话。

尹亚提对着电话看了半天，刚才的好心情全没有了。他不愿意再去做祈祷，沮丧地一屁股坐在沙发上。

又过了不知多长时间，他的手机再一次响起来。这一次他是从睡梦中被惊醒的。他看了一眼墙上的挂钟，时间指向下半夜 3 点。他揉了揉眼睛，从沙发上坐直了身子，拿起了手机。

电话又是指挥他这次行动的老板打过来的。“尹亚提，这一次你给我仔细听好了。”

“我听着呢。”尹亚提小心翼翼地回答。

“我们刚才进入了第三医院的安保监控系统，切换到了急救中心，发现姓曹的果然没有死，而是被送到了医院。”

“要俺去医院杀他吗？”

“你给我听着，别插嘴！”对方训斥道，“现在不是要他死，而是要他活着。警方已经对姓曹的病房进行保护，你去杀他只能是自投罗网。”

尹亚提注意听着。

老板继续说道：“我们通过设在急救中心走廊的监控镜头发现，他入院后，不久就有一男一女两个人进入他的病房与他交谈了大约有 15 分钟。男的岁数比较大，穿便装，从在现场的警察对他的态度看，他很像是这些警察的领导。女的年纪很轻，穿警服，看不出是什么身份。他们与姓曹的是什么关系正在通过计算机数据库进行比对，估计很快就会有结果。”

“那要俺做什么？”尹亚提趁对方说话的空当急忙插话问道。

“从现在掌握的情况分析，来的这两个人一定与姓曹的关系不一般，他一定是有什么要紧事向这两个人交待。而这个时间的要紧事，一定与他手中藏匿的对牌有关系。也就是说，现在除了姓曹的，又有两个人知道了我们要找的那半副对牌的下落。”

“那他们就抢在我们前面了。”尹亚提有些着急。

“那是肯定的。姓曹的一定会将对牌托付给这两个人，我们已经落后了。但这也许是件好事，过去对牌在暗处，只有姓曹的一个人知道下落，而现在它落在这两人手中，它就在明处了，也许反而为我们提供了机会。”

“可您说这两个人有可能是警察，让俺去杀他们……”尹亚提为难地说道。

“谁让你去杀他们了，杀了他们对牌不是一样找不到吗？”对方抢白道，“我想，他们拿到那半副对牌，一定会想办法要找我们手里这半副对牌，而我们在暗处，他们在明处，我们的机会比他们的大……唉，你等一下！”

电话中传出一阵窃窃私语的声音，尹亚提不敢挂断，拿着手机等待着。

“数据库的比对结果出来了，”电话中又传来老板的声音，声音从遥远的地方传来，有时会变成双音。“那个男的是警察系统的一名局长，叫陈凌川，数据库的数据显示，上个月他年满60岁。按照中国的政策规定，他已经过了退休年龄，但我们这里数据库的数据还没有及时更新，因此不知道他有没有办理退休手续，也就是说不知道他还是不是现职的局长。那个女警察是他女儿，叫陈芷兰，她的其他情况不详。”

听到要与警察打交道，尹亚提感到有些发怵。“警察介入了，那俺能做什么？”

“你先待着不要动，躲一躲风头，同时做好准备。我们这边研究一下，制定个方案，看怎么对付他们。”老板也不置可否，挂断了电话。

五

第二天一早，陈凌川坐着女儿陈芷兰的车去了曹希峰教授家。本来刑侦队的葛振队长说派局里的车来接他们，但陈凌川说不用，刑侦部门对现场的勘验取证按程序进行，他和女儿就是去现场看一下，不参加勘验。

他并没有将曹希峰私下告诉他的关于对牌的事讲给葛振听。这样做是出于两层考虑：首先，他对曹教授所说的对牌之说持慎重态度。自《红楼梦》这部鸿篇巨制问世以来，两百多年间出现了大量的研究者和爱好者，许多红学家无疑都是有着深厚学养的大家，这他没有歧义。但不可否认，也有一些人由于过于痴迷，提出了许多匪夷所思的看法，做出不少令人啼笑皆非的事情来。例如，关于曹雪芹死后葬于何处，本来红学界有着较为一致的看法，认为是葬于北京西山他住的正白旗营房不远的本旗义地地藏沟，但1992年7月，在通县张家湾村却出现了一块刻有“曹公讳霑墓”的石碑，消息传出后，在红学界引发了一场关于曹雪芹到底葬于何处的考证、鉴定、研讨的学术大争鸣。这也倒罢了，因为学术研究历来是提倡百家争鸣的。谁想到，一位研究《红楼梦》的大学者，为了证明曹雪芹是葬于西山的，竟伪托清代文人，写了一首《蓟门登眺凭吊雪芹》的诗词，称古人踏青赏秋之时，站在元大都西土城遗址处的蓟门桥畔，远眺凭吊葬于西山的曹雪芹。后被人识破，引起红学界一片哗然。曹希峰教授的学术成就自然也是不容置疑的，但曹雪芹《红楼梦》的原稿已经遗失二百多年了，这么多年来，多少文人学者皓首穷经地寻找线索而一无所得，这一次仅凭一副对牌就能找到线索吗？陈凌川对此表示怀疑。

第二，这件事如果属实，那关系就十分重大了，一旦泄露很有可能会成为轰动国内外的大事件，知道的人自然是越少越好，他要先核实一下此事的真伪再做判断。而且，在目前阶段，刑侦队知不知道这件事并不影响他们对案件性质的判断，这显然是一起入室抢劫，现在首先要做的是对现场进行勘验，寻找罪犯留下的蛛丝马迹，确定追逃的方向。

陈芷兰驾车来到曹希峰住的“宏源社区”，没有把车开进社区，而是停在马路边划的停车位里。

“停一小时多少钱？”陈芷兰把车在一个划着停车线的车位里停好，下车后，一面用车钥匙上的遥控器将车锁上，一面问走过来的停车收费员。

“那什么，1小时5元，2小时10元。”收费员50多岁的年纪，常年在外风吹日晒，脸色黝黑，皮肤粗糙，说话带着外地口音。

“这么贵？”

“俺们这里是三环之内，收费完全是按照市委市政府的有关规定执行的。”收费员在说到“市委市政府”几个字时提高了嗓音，但很快又压低声音说道：“如果不要停车票可以减半。”

陈芷兰笑着回应道：“回来再说吧。”

离开马路停车位，陈凌川不解地小声问女儿：“为什么不要停车票就可以便宜一半？”

“你们这些当官做老爷的，连这都不懂，”陈芷兰笑着说，“停车票是公司按数发的，给出多少停车票，他就得交回公司多少对应的钱款，不给停车票，他就把钱装他自己兜里了。”

他们说着话，走进社区用拦车横杆挡着的大门。已经过了上班高峰，进出社区的都是一些上岁数的居民，不少人手中提着装满各种菜和食物的塑料袋。

曹希峰住的住宅楼陈凌川以前来过，因此不用打听就来到了楼门前。但陈芷兰用手推门，却发现楼门紧锁，正在无计可施的时候，一位穿着晨练的运动衣裤，头发花白，60多岁年纪的男人走过来。他走到楼门前，从兜里掏出一串钥匙，将拴在钥匙环上的一个装有电子芯片的小塑料片贴住楼门上的一个门禁触板，触板发出轻微的“嘀”声，门随即打开了。

陈凌川父女随着男人走进楼，来到电梯间前。3部电梯的操控板上正好显示有一部在一层，几个人一起进了电梯间。男人按了12层的按钮，陈凌川按了17层。

“冒昧地问一句，二位是公安局的吧？”电梯刚一启动，男人突然问道。

“噢？”陈凌川有些意外，看了看自己身上穿的便装，不动声色地笑着说，“何以见得？”

“你们不是这个楼的住户，”男人谦恭有礼地微笑作答。“又是去昨晚出事的曹老师住的楼层，……而且二位一脸正气，决非普通之人。”

陈凌川不置可否。“请问这位先生有何指教？”

“昨天晚上曹老师家出事之前，我是和他一起乘电梯上楼的。”

“是吗？那大概是几点？”陈凌川追问了一句。现场勘查有时就是这样有意思，有的情况你千寻万找也没有头绪，有的情况你会在不经意间就得到。

"差 5 分 7 点。"

陈凌川笑了。"为什么您记得这么准确？"

"我已经退休了，退休前在金融系统工作，对时间的概念比较强。"男人摊开双手，笑着说。"我每天 6 点吃完晚饭，下楼散步一个小时，7 点准时回家看《新闻联播》。几年养成的习惯，时间上相差不了几分钟。"

男人正说着，电梯在 12 层停住，门打开来，他用手按住电梯操纵屏上方的开门标志，并不急于走出去，接着说道："我姓何，住在 1203。曹老师是个好人，我虽然与他不很熟，但在同一个楼上住了好几年了，真想不到他家会出这种事！……如果有需要我提供帮助的，只管来找我。"

"谢谢您提供帮助。"陈凌川笑着说道。

姓何的男人走出电梯门，电梯关上后继续向上运行。

"看他的言谈举止，退休前可能担任过金融系统的领导。"陈芷兰看着电梯操纵屏上变换的数字，分析道。

"有可能，是个有责任心的人，"陈凌川点头同意女儿的判断，"一会儿记得提醒我，把这个情况告诉葛振队长，让他派人去 1203 再了解一下具体情况，做个笔录。"

电梯到了 17 层，他们走出电梯。楼道向两边延伸，通向两个单元门洞，陈凌川向两旁看了一下，见右边有一个上方亮着"安全出口"指示灯箱的对开门，走过去拉开探头看了一下。门内是步行楼梯道，黑黢黢的没有灯亮，他退出来，见右边尽头的那个单元门道拉起了黄白相间的警戒线。

站在单元门道担任警卫的年轻警察看见陈凌川忙举手敬礼，然后引导着他进了曹希峰的住宅。陈芷兰跟在父亲后面也一起走进去。

警察已经开始在住宅内进行现场勘验。陈凌川看到客厅的地板上用记号笔画着人形，知道那是被打伤的曹希峰躺着的位置。地上有多处血迹，有的有拖擦的痕迹，有的呈点状分布，一直通往沙发旁的茶几附近。屋内凌乱不堪，抽屉和橱柜、酒柜的门都被打开，里面的物品扔了一地。

"卧室勘验了吗？"陈凌川问从他来到现场后就陪在身边的葛振队长。

"还没有，"葛振摇摇头，"现场太乱了，我们也才开始不久。"

“我到卧室看一下，”陈凌川对葛振说道，“你去忙吧，不用跟着我。”

“是。”葛振答应了一声，离开了陈凌川。

陈凌川和陈芷兰向曹希峰的卧室走去。

卧室的陈设并不复杂，一张双人床摆在中间，靠墙摆放着一排衣柜，床头有两只小柜，一个上面摆着几盒药，另一个上面摆着一台老式的“红灯”牌收音机。卧室的景象同样乱成一团，衣柜里的衣服散乱地抛在地板上，床上的被褥都翻开来。

陈凌川用眼色向女儿示意，陈芷兰快步绕过双人床，来到放置着收音机的小柜旁。这是一台20世纪五六十年代很流行的收音机，木制的外壳，缎面的外观，造型简单大方，特别是开机后，在收音机前脸上会亮起一盏小红灯，因此深受那个年代民众的喜爱。70年代后，卡式录音机开始流行，这种只能收听广播的收音机逐渐被淘汰了。

陈芷兰将收音机反转过来，将背面朝向自己。收音机的后盖是一个钻有几处散热孔洞的三合板，嵌入机箱的卡槽中，轻轻一扳就拿了下来。她小心地将手探入插着一堆电子管和电阻器的收音机内部，沿着边框摸索了一会儿，从中取出了一把小巧精致的钥匙。她将钥匙攥在手里，回身向陈凌川点点头，又将收音机的后盖安上，在床头柜上复原了位置。

“拿到了。”她向父亲说道，激动的话音有些颤抖。

陈凌川没有说话。看来曹希峰手上确实有那半副对牌，否则不会把一切都说得这么准确，他现在也很急切地想看看那块对牌是什么样子的了。

他们走出卧室，陈凌川对正在笔记本上记着什么的葛振说道：“有什么发现？”

“门锁完好，凶手不是破门而入的，”葛振说道，“锁具是老式A型的十字锁芯，如果是老练的盗窃犯，1分钟就可以开启。但锁具被外力开启时必然会留下痕迹，而这个门上的锁具却没有，说明昨天晚上打开这个门锁的只有房间的主人。”

“看来罪犯是尾随曹教授进的房间，”陈芷兰在旁边插话道。刚从警官大学毕业，能亲临办案现场使人感到兴奋，虽然在学校也实习过，但处理的都是些丢钥匙或是丢宠物的小案子，与今天的情况有天壤之别。

“有可能，”葛振咧嘴一笑，“也有可能是与熟人一起进的房间。”

"可曹教授昨天晚上是一个人回来的呀！"陈芷兰快人快语。

"何以见得？"

"我们刚才乘电梯上来的时候，碰到一个这个楼的住户，他昨天晚上与曹教授一起乘坐的电梯，他说当时曹教授是单独一个人。"

"对了，那个住户姓何，住在1203房间，"陈凌川想起来了什么，人一上岁数就容易忘事儿，刚才还说一进门就向葛振说这件事，结果还是没想起来，"人很热情，大概退休前是个银行领导，你派个人去向他了解些情况。另外，派人去'安全出口'的步行楼梯道取一下证，我看见门里面扔了两个烟头，会不会是案犯在等着曹教授回家时在那里藏身。……还有什么反常情况？"

"案犯好像不是为了盗窃，而是要找什么东西，"葛振皱紧眉头，继续说道，"东西翻得很乱，满地都是，但有两个存折扔在地上却没拿走。"

陈凌川点点头。"昨天晚上曹教授向我们谈了一些情况，那个案犯有可能是有备而来。情况还不明了，我们先去核实一下，具体情况回局里我再向你们详细说。你们在这里继续取证，调取社区的监控录像看一下，再多找些住户谈一谈，看有什么可疑情况和发现了什么可疑人……"

"是。"葛振队长简短地答道。

"那我们就先走了。"

两人离开案发现场下楼出了社区，来到停在马路边的车辆旁。停车收费员见到他们急忙跑过来。

"多少钱？"陈芷兰拿出钱包。

收费员拿起夹在挡风玻璃雨刷器下的一个小纸片看了一下。"1小时过5分，……算了，按1小时，就收你5块钱吧！"

陈芷兰从钱包中掏出一张5元的纸币递过去。"给我一张停车票。"

收费员磨磨蹭蹭地从斜背在肩上的一个破挎包里拿出一叠停车票，不情愿地撕了一张递给陈芷兰。

等女儿将高尔夫型汽车驶入主路，陈凌川问道："你要停车票到哪儿报销去？"

"找我妈报销呗，我还没有参加工作，能到哪儿去报销！"陈芷兰一撇嘴，"我就是不能让他犯占小便宜的错误。"

"这孩子！"陈凌川无奈地摇摇头。

曹希峰所说的建设银行距宏源住宅社区有两个街区的距离，位于一个十字路口的东北角，面向西南方向。迈上高台阶进入银行内部，右手是一排办理储蓄业务的窗口，前面是顾客等候区，有几排座椅。正是上午时分，顾客坐满了椅子，扩音器中不时响起要拿到多少号码的顾客去几号窗口办理业务的广播声，左侧是一条走廊，通往里面的区域。

看见陈凌川两人走进银行，站在门首的一位穿蓝色制服的姑娘笑着点头打招呼："您好，请问是办什么业务？"

"保险箱业务。"陈芷兰答道。

"请这边走，"姑娘手式标准地指向左侧的走廊，"第三个房间，上面有标志牌。"

陈芷兰道过谢后向走廊深处走去。陈凌川跟在后面，他除了办过几起盗窃案到过银行外，从未来过银行，家里的钱财不归他管，家里有多少存款他都不知道。

第三个房间门扉上的玻璃上写着"保险箱业务"几个字，推门进去，见对面是个柜台，后面有一个穿同样制服的年轻女职员伏案正写着什么，听到有人推门进来，忙站起身来。

这是个套间，外间放置了一个柜台，空间十分局促，里外间被一个厚重的铁门隔开。

"请问你们是办理保险箱业务吗？"女职员长着两只大眼睛，笑容可掬地问道。

"是的，"陈芷兰答道，"我们是替一位顾客来取他存放在这里的物品，请问需要什么手续？"

"不需要特别的手续，"女职员没有正面回答，而是坐下来，将面前的计算机打开来，"请问那位顾客的姓名？"

"曹希峰。"

"保险箱密码？"

陈芷兰拿出手机，点开屏幕上的备忘录图标，看了一下，说道："17630212。"这8个数字密码她一时看不出来有什么逻辑，为了怕忘记，她把它输入到手机里。

女职员在计算机中输入曹希峰的姓名和保险箱密码，屏幕上显示出这位曹姓顾客的详细信息。

“您有曹先生保险箱的钥匙吗？”女职员抬起头来，大眼睛闪动着，又提出来一个问题。

“有。”陈芷兰将手中的钥匙举起来给对方看。

“请交给我。”女职员向陈芷兰要过钥匙，放在面前的一个黑匣子上，黑匣子上面闪烁的灯光霎时变成绿色，显示出“通过”的字样，显然这把钥匙中装有电子芯片。

“可以了，请您在这里签个字，然后跟我来吧，”女职员站起身来，将钥匙交还给陈芷兰，递上一个登记本请她签字，然后引导着两个人走到隔开里外房间的那扇厚重的大铁门旁边。

走到门口，女职员用一张卡片在门旁的门禁上刷了一下，门锁发出沉闷的“咔嗒”声，大门慢慢地自动开启了。

“曹先生的保险箱号码是2267，请二位进去吧，有什么需要帮助的再叫我。”女职员说完又返回了柜台。

父女二人走进里间，见里面是个很大的房间，天花板上的日光灯将屋内照得很亮。靠着四面墙壁摆放着顶到天花板的一排排保险箱，每只箱子上都按照顺序印有编号，房间中央放置着一张大桌子，桌面用墨绿色的呢绒布铺着。他们来到写着2267编号的保险箱前，保险箱的位置在一人高的地方，陈芷兰抬手将钥匙插入锁孔，轻轻一转，保险箱中的一个抽屉自动弹了出来。陈凌川帮助女儿把抽屉抽出来，端到房子中央的桌子上。

抽屉里只有一个小黑布口袋，一端的开口用绳子绑着，陈芷兰将绳子解开，将里面的东西倒在墨绿色的呢绒布桌面上。

口袋里有两样东西，一个是装在塑料盒中的一个计算机光盘，另一个是一块半个手机大小的木片。陈芷兰将木片小心地拿起来，木片不厚，但木质拿起来有些压手，表面颜色呈暗黄色，边缘有些发黑。陈芷兰在大学上过古代汉语，认出正面的中间是一个繁体篆刻字“鳳”的左半部分，反转过来，背面有许多密密麻麻的小字。她将木片举起来对着日光灯仔细辨认。

“写的是什么字？”陈凌川问道。

“……可叹停机德，堪怜咏絮才。玉带林中挂，金簪雪里埋。”陈芷兰一字一句地念道。

“这是《红楼梦》中对林黛玉和薛宝钗的判词啊！”陈凌川惊讶地说道，“还有什么字？”

陈芷兰摇摇头，将木片交到父亲手中。“没有了，字太小了，又是繁体篆刻字，太难认了。”

“幸亏带你来了，我的老花眼可认不出来，”陈凌川自嘲道，看了看手中的木片，又拿起那张光盘，“这应该就是你曹叔叔说的那半副对牌了，它的故事曹叔叔一定会在这张光盘中告诉我们。……我们走吧。”

他将对牌和光盘又放回那只黑布口袋，把口袋放入自己的上衣兜里，然后将那只已经空了的抽屉又插入2267号保险箱，重新锁好。

他们又走回外面的房间，笑着对年轻的女职员说道：“谢谢你啦，我们走了。”

父女两人走出银行，坐回车里。陈凌川从兜里将那个黑布口袋掏出来打开，将那半副对牌拿到手中仔细端详。“可叹停机德，堪怜咏絮才。玉带林中挂，金簪雪里埋。”他念着镌刻在对牌背面的诗句。

陈芷兰解释道。“这是十二金钗正册的第一首判词，与其他判词只描写一位女性不同，这首诗是将林黛玉和薛宝钗合在一起描写的。”

“我想起来了。就因为曹雪芹的这种描写，有些红学家就提出了‘宝黛合一’的观点，”陈凌川点头称是，“问题是这首判词在这半副对牌上出现是什么意思？”

“您把那个光盘拿出来，咱们听听曹叔叔是怎么说的。”

“在这儿能听吗？”

“我的车上有光盘播放器，”陈芷兰从父亲手中拿过光盘，塞入车载收音机下方的卡槽中，“当初我买车的时候，要买部性能好的，你们还不同意，说不能显得太招眼，现在知道什么叫高科技了吧！”

陈凌川笑了。他们就这么一个宝贝女儿，她想要什么他们都会满足，但主要是怕她养成花钱大手大脚的习惯，再说也怕影响不好。

光盘在卡槽中运转的时候，陈芷兰的手机响起来，她一看，是葛振队长打来的，忙按下播放器的暂停键。“……对，我是……什么？好，我马上转告我父亲……”

陈芷兰听到对方在电话中说的话大惊失色，转身对陈凌川说道：“葛队长说，医院打给他电话，曹叔叔因为有心脏病史，刚才心脏突然停跳，虽经紧急抢救，但没救过来。”

陈凌川闻听此话眼前一黑，身体在座位上摇晃了一下，陈芷兰赶忙扶住他。

“葛队长还说，曹叔叔的女儿已经从国外赶回来，与他见了最后一面。”

陈凌川忍住悲痛，对女儿说道：“告诉葛振，让在医院的同志帮助他女儿料理一下你曹叔叔的后事。我马上就赶过去。”

“好的。”陈芷兰将父亲的话转告给了葛振队长。

六

陈芷兰驾车向医院驶去，一路走，一路听着车载播放器中传出做了几十年老师的曹希峰嗓音浑厚的声音，关于那半副对牌的故事娓娓道出：

故事发生在20世纪70年代初。那个时候，席卷整个中国的轰轰烈烈“文化大革命”正在如火如荼地开展着。高中毕业的曹希峰，因为姐姐已经顶替母亲进工厂当了工人，不符合留城的政策，便去了位于西山附近的一个名叫门前村的村庄插队。

门前村在西山普觉寺正南大约五六里路远，清朝的时候，因村里做的馒头远近闻名，当地人又俗称其为“馒头村”。还有一种说法，在村子南侧有一处清朝遗留下来的礼王庙和坟茔，建于顺治年间，因坟茔形状与馒头二字相忌讳，礼王府怕有损自家威严，就将村名改为门前村，并不准村民再提“馒头”二字。据专家考证，曹雪芹所著《红楼梦》第十五回“王凤姐弄权铁槛寺，秦鲸卿得趣馒头庵”，可能就是以这个村和礼王庙为模型写的。

曹希峰到门前村插队落户，开始时住在一户村民家中，后来村里为他们这些插队知青统一盖了宿舍，他便与三十多个知青一起住到了集体宿舍中。插队的生活虽然清苦，但也过得简单，白天他们这些知识青年与村民们一起下地干活，晚上没事儿，就与当地的百姓凑在一起扯闲篇。

清朝建立首都后，满洲八旗军队便在西山、玉泉山一带驻防。后又经过几个世纪的兵燹战乱和政权更迭，八旗军队不复存在，这些满族人的后裔便与当地汉族百姓混居到了一起，成为了西山地区的居民或村落的农民，“满汉一家”这句俗语在这里体现得尤其充分。

“文化大革命”有许多书都不让读了，但因为伟大领袖喜欢《红楼梦》，这部书便删除了一些所谓的色情描写，与《三国演义》《水浒传》和《西游记》一起，仍然允许一般群众阅读。

虽然后来经过考证，曹雪芹的五世祖是生活在辽宁辽阳的汉族官吏，但在与后来统治东北地区的满族作战中被俘，成了奴仆，后代成为了实际上的旗人。但这自然是后话，那个时候西山附近的满族后裔不知道这些，只知道曹雪芹当年就住在西山附近，写成了享誉世界的《红楼梦》这部书，很是以此为骄傲。

八旗兵是以“马背上打天下”著称的，以尚武为荣，有文化的人不多，居住在西山一带的汉族百姓，更是基本上大字不识，因此关于曹雪芹在西山生活的传说没有文字记载，只是口口相传。这些传说几乎把曹雪芹描绘成无所不能、行侠仗义的神人。比如传说曹雪芹武功了得，路见欺压百姓的事就打抱不平，打遍西山附近的恶霸地痞无敌手。又说他医术高明，许多名医都瞧不好的疑难杂症，他在路边拔一把草药就能治愈。还说他能喝酒，会画水墨丹青，自己没钱喝酒了就画一幅画换钱买酒，走到路上碰到乞丐乞讨，画一幅画就卖钱救济穷人。种种传说，不一而足。

曹希峰年轻时喜欢读书，自然对这一带流传的曹雪芹的故事很感兴趣。而且门前村还有一段文坛佳话，1964 年秋天，著名的满族作家老舍先生曾在此村体验生活。他在写给郭沫若的信中赋诗一首，对门前村这个社会主义新农村大加赞扬，并在信中注明：“父老传言，曹雪芹曾在附近法海寺出家为僧。”

那段时间，曹希峰跑遍了西山附近的山川沟壑，对听到的关于曹雪芹的生活片断一一进行核对，并将一些传说收集整理，抄了满满好几个笔记本。

曹希峰刚到门前村插队时，住的那家农户姓关，两年后他和这家姓关的姑娘好上了。这姑娘名叫关艳华，长得眉清目秀，初中毕业后回家务农，小曹希峰两岁。要说，两个人的结缘也是因《红楼梦》而起。

关艳华家也是满族旗人后裔，她父亲文革前是个演唱八角鼓和三弦曲调的民间艺人，最拿手的是演唱旗人非常喜好的“岔曲”。岔曲的曲调包括平岔、慢岔、起字岔、坎字岔等多种，据说也是清朝旗人发明的一种老少咸宜的娱乐活动，演唱时一个人自击八角鼓演唱，一人操三弦伴奏。当然这是正式演出，在家庭团聚、友人相会时，大家也会一起打着节拍按着曲调合唱。文革开始后，这种带有封建色彩的演唱形式自然就被禁止了，关艳华的父亲回到村里种地，由于出身不好，又长期在外不会种地，被人当成二流子对待，郁郁寡欢得了病，在曹希峰来到村里插队的第二年就去世了。

也许是受家庭熏陶，关艳华性格开朗，爱说爱唱，尤其爱和插队的知青们玩在一起，高兴的时候还会打着八角鼓，给大家唱一段岔曲。

曹希峰去各处采风，搜集了许多有关曹雪芹的故事传说，晚上没事儿的时候，就把故事讲给知青和村里的年轻人听，他在集体宿舍的房间很快成为了一个聚集点。一天晚上，他讲了一个曹雪芹原稿为什么少了后四十回的故事。这个故事是历史学家吴恩裕先生文革前在西山搜集的，故事中说：乾隆二十八年，也就是公元1764年，曹雪芹唯一的儿子得了天花，到中秋节那天病死了。曹雪芹晚年得子，儿子死了非常悲痛，天天借酒浇愁，要不然就去儿子的坟上去哭他，不久自己也病了，而且病越来越重，到了那年除夕也去世了。曹雪芹的原配夫人前几年已经去世，现在的妻子年纪轻，又没有文化，也不知道丧事怎么办，只是哭。同院的街坊邻居看不过去，就过来帮忙，对曹雪芹的续妻说：“他活着的时候对你那么好，他死了你连个纸钱都不给他烧。”就拿剪子把桌上的整叠的字纸剪了许多纸钱，一部分给烧了，一部分在出殡时沿途给抛撒了。后来曹雪芹的朋友闻讯赶到，见沿路有纸钱，捡起来一看，见上面有字，是《红楼梦》的底稿，忙沿路捡，捡了一些回去一看，原来是《红楼梦》后四十回的稿子，但已经剩得不多了。

听完这个故事，众人唏嘘不已，有的说没文化太可怕了，手里拿着宝贝还给扔了；有的说曹雪芹的心血就这么丢失，真是太可惜了。那天晚上关艳华也在曹希峰的宿舍中，她一反平时爱说爱笑的性情，一晚上也没说话。第二天下午从生产队的场院收完晾晒的麦子，在回村中的路上，关艳华让曹希峰到她家一趟，说有要紧事跟他说。

关艳华是个独生女，自父亲去世后，她便和母亲住在这个只有三间土砖房，前面用木柴围了个小院的家中。到了家，她让母亲去给曹希峰准备晚饭，然后就带着他到了自己住的房间。她母亲很喜欢文质彬彬、知书达理的曹希峰，也看出女儿对这个知青有好感，自然是满心欢喜，忙着去邻居家借了两个鸡蛋，和面烙饼，给曹希峰准备晚饭。

那时候农村的房间，不过是一间房子半张土炕，关艳华进到屋里脱鞋上炕，打开靠墙摆放的一排炕柜，将胳膊伸进去，从最里面摸出来一个用红绸子裹着的小包。打开来，将一个小木片递到曹希峰手上，接着坐到炕沿上，向这个喜欢收集曹雪芹传说的知识青年讲了一个祖上传下来的故事：

这个故事是关艳华的爷爷讲给她听的，据她爷爷小时候听他的爷爷讲，他家祖上是随着八旗军队从辽宁经山海关一路打过来的，仗打完了清廷从沈阳移都到此地后，就随着部队驻扎在西山旗营中了。他祖上也没有什么大本事，一直在旗营中当个管杂役的小官，现在讲起来就是管后勤的，旗营的人都管他叫福子，大名记不得了。

那个时候西山一带驻了许多部队，距门前村北面不远有个演武厅，皇帝经常来此观看军队操练，现在这个演武厅的城楼和跑马场还在。福子任职的那个旗营是正白旗，驻的部队是健锐营，又叫云梯营，是清军专门用于攻克敌军碉堡、城池的部队；普觉寺附近的山上有不少碉堡，就是健锐营的士兵平时训练时用来练攀登的。

据关艳华的爷爷说，那时候的曹雪芹在西山一带居住的旗人中名气比现在小得多，甚至其他人觉得他有些“各色”。旗营中的军人都是从战场上拼杀出来的，不少人身上都有刀砍枪刺的伤痕，每天骑马、射箭、攀登碉堡，平时不训练时就喝酒、吃肉、摔跤，然后回家闷头睡觉。夏天的时候这些军人打着赤膊，皮肤晒得黝黑，胸肌、腹肌和胳膊上全是腱子肉，以这样强壮的体魄和彪悍作风为傲。

而曹雪芹是从南方来的识文断字的文化人，听说原来是贵族家庭，因为忤逆了皇上，被抄了家，发配到西山军营来。他平时总穿一件长衫，白净脸，慈眉善目，走路四平八稳，待人客客气气，说话也是文绉绉的，没事儿的时候就一个人猫在家里写诗作画，要不然就扎风筝跟孩子们放着玩。由于他军事技艺和武功不行，提拔不起来，最大的官职就是当了个巡长，也就是在旗营例行巡逻时带两个兵。

他写书的事当时旗营中的人都知道。他总躲在家中写呀写的，一共写了大概有10年，这期间写完了修改，修改完了又写，每天写完书后到旁边小河中去涮笔，墨汁把河水都染黑了。写书那些年，人也变得失魂落魄起来，在路上总低着头想着什么，碰到熟人也不打招呼，还经常自言自语，有时候正在旗营管辖的地方巡逻，想起了什么就往家里跑。

现在人们都知道他在《红楼梦》中自称“披阅十载，增删五次”，这说的一点都不为过。增删一次就得重抄一次，家里写满字的稿纸摞成了摞，摞了半间屋子。旗营的佐领（牛录），也就是相当于现在的营长，怕他家纸张太多引起火灾，还特别让福子到曹家去察看过几次，提醒他小心火烛。

与曹希峰昨天讲的故事不同，曹雪芹续弦之妻并不是没有文化，而是个有些文才的女人，名字叫芳卿，婚后与曹雪芹恩爱和睦，还帮助曹雪芹整理文稿，联系书商，想把书出版了。

乾隆年间的一个冬天，天气出奇地冷，除夕的时候，具体是那一年记不清了，反正是曹雪芹写完那本书后的许多年，曹雪芹因病去世。因为他是旗营的人，马上就报告了旗营佐领。考虑到曹雪芹家中只有妻子一人，无人手料理丧事，又考虑到已到年关，停灵在家总不吉利，佐领就派专门负责旗营料理丧事的福子和顺子去曹家协助曹妻办理出殡、下葬等一应事情。经过协商，曹妻芳卿同意当天就出殡，下葬地点按照曹雪芹生前遗愿，就葬在地藏沟正白旗义地他儿子墓地旁边。

取得曹妻的同意，福子和顺子赶紧奏明佐领，去杠房支取了一口薄板材的棺材，又叫上几个杂役，将棺材抬到曹家将曹雪芹放进去。芳卿一边哭一边将曹雪芹生前用的笔、砚和水洗子也放进棺材里。

起灵的时候，芳卿把福子、顺子叫到一旁，递给两个人一个用蓝花布包着的包袱，对俩人说，曹雪芹生前最大的愿望就是想把当时叫《石头记》的书给出版了，也不知道是什么原因，一直也没有能如愿，这成为曹雪芹一生最大的遗憾。现在家里有好几套修改后又抄录了的书稿，想让他们拿一套到曹雪芹的坟前去烧了，好让他在阴间继续有这部书陪伴。

福子和顺子长期在旗营当差，也学了些文化，知道当时这部书已经在社会上产生了一些影响，虽然没有能出版，但不少城里的文人清客都把书稿借出去抄录，也知道这部书就是曹雪芹的命根子，就答应下来。

把所有的准备都忙完了，出殡的时候已经到了傍晚。从中午时分，天上就下起了鹅毛大雪，不一会就在地上铺了厚厚的一层，接着又刮起了大风，刮得人睁不开眼。福子、顺子领着抬棺材的杂役深一脚浅一脚、一步一滑地顶着风雪来到地藏沟坟地。地藏沟在正白旗旗营的东北方向，是个风口，平时不刮风时树梢都摇晃，这个时候风更是刮得人都站立不稳。众人来到坟地时天就黑下来了，大家不敢怠慢，七手八脚将曹雪芹的棺材放进墓穴，填上土。杂役们冻得哆哆嗦嗦，干完活后没等福子和顺子发话便四散跑回了家。

福子一看这么大的风根本没法烧纸，真要烧起来，还不得吹得满世界都是，再把林子点着了，就和顺子商量，干脆别烧了，找个地方把书稿埋起来算了。顺子也觉得今天是除夕，为处理曹雪芹的丧事一天都没着家，家里还等着过年呢，就同意了。两人就在附近雪地上挖了个坑，把书稿埋了进去。回到旗营路过曹家，告诉芳卿棺材已经下葬，谎称书稿也在坟头前烧了。芳卿信以为真，千恩万谢，福子和顺子与她告别就回家过年去了。

这件事本来就算过去了，福子和顺子也没有当回事。半年以后，旗营因曹雪芹已死，又没剩一男半女，便按照规定收回了生前分配给曹雪芹居住的房子，另外分配给了别人。芳卿这时已成寡妇，不能再在旗营中居住，就也不知道搬到哪里去了。

又过了有半年的工夫，突然有一天，朝廷内务府的一个总管来到旗营，对佐领说有人向乾隆皇帝推荐了《石头记》这部书，乾隆爷挺感兴趣，但书稿已经不全了，听说曹雪芹是在这个旗营写的书，因此想找书的原稿看看。总管并威胁说谁要是私藏不交，就犯了欺君之罪。但这时候佐领到哪儿去找书稿呀，忙活了半个月也一点音讯没有。后来治下罪来，佐领因为撵走了曹雪芹的遗孀芳卿，致使书稿下落不明而被革职，贬为归福子和顺子差遣的杂役。那个内务府的总管，听说也因为此事没办成，惹得乾隆爷不高兴，回宫后被打了三十板子。福子和顺子一听皇上也喜欢这部书，才明白他们埋藏的书稿十分珍贵。可这时候他们又怕受到牵连，不敢说出他们藏书稿的事情，一口咬定已经把书稿烧掉了。等这件事的风波过后，两人商量来商量去，决定把书稿挖出来重新找个更隐蔽的地方掩埋。

找了一个没有月光的后半夜，两人拿着镐头偷偷溜到地藏沟，把那个用蓝花布包着的书稿挖了出来。这次他们先用油纸把书稿包好，然后放入一个腌菜用的陶瓷罐中，又用蜡封住罐口，重新埋到了一个地方。两人起了誓，一是绝不把这件事告诉另外的人，二是以后要挖出来只能两个人一起，不能一个人单独干。为了稳妥起见，两人又回去请工匠做了一个大家族中经常使用的“对牌”信物，上面写上诗句作为寻找埋藏地点的线索，然后各取一半保存。这样，只有当两人各自所持的半副对牌上的诗句合在一处，才能确定书稿的埋藏地点。

那以后历史发生了太多变化。随着清王朝的逐渐衰败没落，各地诸侯和番邦纷纷叛乱，烽烟四处升起，八旗军队已不可能只保卫皇室了，福子和顺子便也跟随着军队不断被派往各地去征战，从此往后两人再也没有见过面。再后来，八国联军攻进来，火烧了圆明园，打散了在西山一带负隅抵抗却又军心涣散的八旗军队，福子和顺子的后代也就离开旗营，躲入民间各自避难去了。

这半副凤字对牌成了关艳华家的传家宝贝，关于祖上埋藏曹雪芹书稿的故事也一代代传下来，但因为无处去寻找那另外半副对牌，这段传说几代过后也就是说说而已，没人拿它太当回事了。昨天听到曹希峰讲到书稿散失的故事，勾起关艳华的回忆，想到自己家存着这块有可能与遗失书稿有关的对牌对曹希峰的《红楼梦》研究有帮助，她又对曹希峰心存爱慕之情，因此就急着把这段故事讲给他听。

曹希峰拿过关艳华手中的凤字对牌端详半天，虽然对背面的诗句“玉带林中挂，金簪雪里埋”十分熟悉，但一时也琢磨不透这两句诗与曹雪芹遗失书稿埋藏的地点有什么关系，就又把凤字对牌还给了关艳华，让她仔细收好。……

光盘中曹希峰的故事刚讲到这里，陈芷兰的车已经驶近了第三医院。陈凌川让女儿关上音响设备，找地方停好车，然后一起走进医院。

七

波音 747 宽体客机在太平洋上空接近 12000 米的高空平稳地飞着，这是从美国西海岸城市旧金山飞往中国上海的航班，已经飞越了大半个太平洋。乘客们刚刚用完了飞机上提供的三明治和饮料，大部分人都在闭目养神，而 John Yang（约翰·杨）却心绪不宁，不眨眼地盯着眩窗外一览无余的蓝色天空，借此排遣心中的烦恼。

此次追踪大学教授曹希峰手中的半副凤字对牌的任务几近成功，却在最后一刻因为执行任务的人素质太低，分不清曹雪芹和裴多菲的诗句而功亏一篑。他已经在心中把那个叫尹亚提的乡巴佬八辈祖宗骂了上百遍，但这又有什么用？到中国内地执行这样的任务，需要长着一副中国人的面孔，还要受过专业培训，心狠手黑，这样的人在这个成立不久的叛军组织中的确难找，最后能够通过他在境外远程提供的帮助，找到曹希峰并实施行动已经很不错了。

他的经历与尹亚提就完全不同了。他在大学读的是博物馆专业，对于中国上下几千年的历史文化和文物古迹虽然谈不上了然在胸，但也比一般人多知一二。大学毕业后，他的同学有的考研继续深造，有的到博物馆每天与文物做伴，而他天生就是一个不甘平淡、偏好冒险的人，在上学时他就一边上课，一边开始与文物贩子打交道，倒腾些真真假假的冒充是从古坟中刨出来的手镯和玉坠。毕业后，他在全国东奔西走，通过各种渠道将盗墓团伙的文物收入囊中，或者以学到的专业知识，在黑市中淘换文物，然后通过走私渠道将各类文物运到境外高价出售。

十多年过后，虽然经过千辛万苦，有时甚至是冒着生命危险，他已经通过走私文物腰缠万贯，并在国外立业发展。他与这一叛军组织的交往是通过走私倒卖伊拉克文物开始的。

伊拉克有悠久的历史，是世界古文明的发祥地之一，幼发拉底河与底格里斯河流域文明的核心地区，公元前 2000 年建立的巴比伦王国，被誉为“四大文明古国”之一，公元 8 世纪起，巴格达已成为阿拉伯帝国政治和文化的中心。1979 年，萨达姆·侯赛因担任伊拉克总统后，为了试图将自己打扮成两河流域伟大君王继承人的目的，支持论证两河流域文明的创造者就是当今伊拉克人祖先，重视保护两河流域文明的古迹，客观上也为保护伊拉克的文物起到了积极作用。

2003 年 3 月，以美国为首的西方联军发动伊拉克战争，推翻了萨达姆政权。由于历史的原因，现代伊拉克大体由什叶派、逊尼派穆斯林和库尔德人构成，他们之间，尤其是穆斯林和库尔德人之间，本来就没有什么共同的文化身份认同，萨达姆政权垮台后，虽然在西方支持下建立了所谓的民选政权，但教派之争、族群之争此起彼伏，曾经被压制的“诸神”纷纷复活，争夺塑造伊拉克的权力，伊拉克的统一文化身份更加得不到认同。在这种情况下，毁坏文物的现象大量存在，更有很多文物流入中东国家的黑市。

当时中国内地已经开始对走私文物严加打击，使得走私文物出境的难度越来越大，在此情况下，已改名为约翰·杨，入籍美国的他便将目光转向中东市场，主要做起伊拉克文物的走私倒卖的生意来。

伊拉克出土的大量文物主要来自“两河流域”，包括远古时期以及公元前200多年来古亚述王国、帕提亚王国等曾在两河流域生息过的各民族、各个时代的珍贵文物。这些文物中主要包括石器、陶器、象牙雕刻、大理石浮雕像等，以及大量手稿和各种文字的书籍。由于长期战乱，再加上联合国的制裁，使伊拉克经济长期处于停滞状态，不法分子为牟取暴利，偷盗和走私活动嚣张，致使文物遭到严重破坏，大量珍贵文物流失国外。

约翰·杨与这些胆大妄为、后来又成为这支叛军组织成员的不法分子密切合作，又如法炮制他从中国境内走私文物的一套伎俩，再次发了横财。但好景同样不长，走私从伊拉克和叙利亚掠夺文物的行径遭到全世界的谴责，联合国安理会通过了第2199号决议，采取了多项措施抑制这种行为。很快中东地区的黑市便被严加管制，相关国家取缔了多处黑市交易场所。

这支叛军组织是在处于战乱之中、自顾不暇的伊拉克和叙利亚边境地区安营扎寨的，接着便逐渐扩大地盘，势力越来越大，组织成员已经扩充到10万人，实际控制区域达到30万平方千米。他们攻占了几处储量丰富的油田和炼油厂，对部分原油进行精炼并卖给走私商人，这些走私商又将石油贩卖到土耳其及伊拉克其他地区。仅通过黑市销售占领地的原油，该组织每天就获利100万美元，很快成为全世界最富有的极端组织。

美国及盟国感受到该组织的威胁，为防止其进一步做大，很快对其采取了措施。先是对石油输送管道进行空袭轰炸，以切断其从缴获的油田所赚取的大量收入，接着又对购买该组织石油的中间商、贸易商、精炼厂、运输公司采取制裁措施，阻止这些个人和公司进入美国金融体系。西方银行接着也跟进，对涉嫌与该组织有往来的个人和公司采取了类似措施。

在西方国家的空袭轰炸和经济制裁双管齐下的打击下，一度呈献繁荣富强景象的这一组织遭遇到前所未有的困难。在所控制的地区，服务行业崩溃、物价飞涨、药品稀缺，疾病肆虐，生活条件恶化，民众怨声载道，已经到了生死存亡的紧要关头。

在这种情况下，原来曾经一起与约翰·杨做走私伊拉克文物生意的该组织领导人找到了他，要求其另辟蹊径，利用在世界文物市场多年闯荡的经验，拓展为该组织提供资金的渠道。

约翰·杨丝毫没有犹豫就答应下来，凭他的经验，他知道中东这一地区的动荡还将继续持续下去，他的发财之路与这种动荡紧密联系，攀上了这个组织就等于给自己买了继续在这一地区活动的保险，他要施展才华，在拓展为该组织提供资金的渠道和与这些人的合作中赚取更多的财富。

约翰·杨得到半副凤字对牌纯属偶然。为了了解各类文物的价值，他是世界最著名的三大拍卖行：佳士得拍卖行、苏富比拍卖行和菲利普斯拍卖行的常客，道理很简单，因为只有多到拍卖会现场，才能了解到文物的现有价值和升值空间，为手中的文物寻找出手的最佳时机和价位创造条件。

这一天，他到的是苏富比拍卖行在伦敦举办拍卖会的现场。这场拍卖会的重头戏是法国印象派画家克洛德·莫奈的几幅画作。莫奈是法国最重要的画家之一，印象派代表人物和创始人，擅长光与影的实验与表现技法。他的作品现在已经在拍卖市场上达到了天价，任何一幅画作的拍价都会在1000万美元以上。

依照拍卖会的惯例，在重要拍品之前总会有许多相对不太重要的拍品进行拍卖，拍卖会的大部分参加者也都是冲着这些拍品来的。拍到凤字对牌的时候，拍卖会出现了戏剧性的一幕：

在竞拍其他拍品的时候，坐在下面的竞拍者或者没有到场的竞拍者的代理人，会随着台上能说会道的主持人给出价钱的叫声依次举牌，然后由出价最高的竞拍者拍得拍品。而当拍卖会工作人员端上这块放置在玻璃罩中的凤字对牌，并在台前屏幕上打出照片投影时，台下的观众开始窃窃私语。

“下面是编号4137的拍品，”穿着黑色礼服，头发向脑后梳得很整齐的主持人用手指向背后屏幕上的照片投影，“这个木头牌牌来自中国，是一位在法国留学的中国台湾的学生委托拍卖的。据他说，这个牌牌有200年的历史了，是中国清代的物品，是他们家的传家宝贝。”

台下的人都是欧美等西方国家的人士，看着屏幕上的照片沉默不语，搞不懂这么个木头牌牌是干什么用的。

主持人看着语言提示器上的说明，刚才他口若悬河，敏锐地观察台下每一位竞拍者面部表情和肢体语言，现在的语调却显得有些干巴巴的。“木牌的正面是个中国字，但委托人说是半个字。……奇妙的中国文字！我分不出来是一个字还是半个字，感觉像是一只长翅膀的鸟，可能中国人管它叫象形字。木牌的背面又有很多字，我就更不认得了。委托人说是中国古代小说《红楼梦》的诗词，我知道《红楼梦》，是讲一个男孩子和许多女孩子的故事，可惜我没有看过，中国文化太深奥了，我搞不懂。……噢，这个牌牌的起拍价是1000美元。看哪位对中国文化感兴趣的女士或先生愿意出价。”

主持人抬起头来，望着台下的观众。

从屏幕上打出这个木牌的照片，约翰·杨心里便一动。他有多年鉴赏中国文物的经验，认出这是一副中国古代对牌的右半边，正面是繁体篆刻字‘鳳’的半边，背面的小字虽然也是篆刻字，比较难辨认，但确实是《红楼梦》的诗句。但这半副对牌的来历如何，是不是真品无法立刻做出判断。这类拍品不过是这场拍卖会的一个小插曲，不会为此耽误太多时间，在这么短的时间里举牌与不举牌全凭竞拍人的喜好和决断。

“1000美元一次，”望着台下观众无动于衷的表情，主持人已经举起手中的木槌。拍卖会上流拍的情况很常见，不值得为这么一个谁也说不出价值和来历的木头牌牌浪费时间，“1000美元两次。”

约翰·杨举起手中的号码牌，坐在他周围的人都转过头来诧异地望着他这张东方人的面孔。主持人及时捕捉到他的举动，笑着用手指向他：“这位先生举牌了。从您的长相看，您是从东方国度来的，看来您是一位识货的行家。……还有没有其他人感兴趣？……好，成交！”

主持人的木槌敲到桌上的砧板上。拍卖会工作人员端上另一件拍品，把凤字对牌拿到后台。

拍卖会结束后，约翰·杨交了1000美元，将这半副凤字对牌收为已有，并通过拍卖行，得到了委托拍卖对牌的台湾学生的联系方式。

这名台湾学生姓邬，正在法国里昂一所艺术学院读研究生。约翰·杨专程到里昂找到他，约他到咖啡馆喝咖啡，用300美元的回报，让这位留着马尾辫、颇具艺术家气质的邬姓学生讲述了这半副对牌的来历。

邬姓学生只有24岁，家境并不富裕。据他说，他爷爷是从大陆过到台湾的老兵，年纪已经有90岁了。这块木牌是祖上留下来的，爷爷带到台湾，一直放在家里，但谁也不知道有什么用。这次他到法国学艺术，留学费用凑不上，爷爷就让他把这块木牌带上，说现在欧洲人对中国文化感兴趣，看能不能找到一个识货的出手卖掉，好歹凑上点学费。

邬姓学生对这副对牌的情况所知不多。只是说小时候听他爷爷讲过，他们祖上是清朝的满族八旗子弟，祖上的名字可能是长顺或顺子一类的，记不清了，当时是乾隆皇帝的贴身侍卫。当时他们家住在皇城的军营里，祖上长顺与《红楼梦》的作者曹雪芹是朋友，这块木牌就是曹雪芹送给他祖上的。据说曹雪芹除了会写书、做诗，还精于手工技艺，尤其会扎风筝，曾经编过怎样扎风筝的书。邬姓学生信誓旦旦地说，这块木牌是曹雪芹亲自雕刻的，正面的“鳳”字，代表《红楼梦》贾府的女管家王熙凤，后面的诗词也是《红楼梦》书中的。据他的爷爷听他的爷爷讲，当时曹雪芹的书写出来后，可能一些内容涉及了宫廷里的事情，出版商不敢刻印出版，曹雪芹一气之下，就把书稿藏了起来，然后把藏的地方分别用诗句写成暗语，刻在牌子上送给不同的朋友收藏，想等到以后审查不严了再由朋友们拿出来印刷出版。但至于他祖上收藏的这块牌子的另一半在什么地方、由什么人收藏着，邬姓学生就说不清了。

看到从一边与他谈话一边玩着智能手机的邬姓学生那里得不到更多的信息，约翰·杨就与他告辞了。现在的孩子会用自己从网络游戏中得到的知识看待古代世界发生的事情，再说下去也是白费口舌。

这半副凤字对牌到底传达出了什么意思呢？约翰·杨百思不得其解，但凭直觉他认为这件物品的来历绝对会非同一般。《红楼梦》问世的年代距今已经二百多年，中间经过了多少代的世道变迁，但战乱年代一个从大陆撤退到台湾的老兵，慌乱之中还会死死攥着这半块木牌不放，一定觉得这是家传的一个宝物，它的背后一定隐藏着一个惊心动魄的故事，而不是像他那个留着马尾辫、嬉皮士打扮的孙子说得那么轻描淡写。另外那半副对牌又在哪里呢？两块合在一起又会演绎出什么样的故事呢？

真是“梦里寻她千百度，蓦然回首，那人却在灯火阑珊处”，对什么问题都喜欢穷根究底的约翰·杨带着这些问题，利用谷歌搜索引擎查阅了中国内地《红楼梦》研究的期刊杂志，结果竟意外地在一期杂志上读到一篇提到凤字对牌的文章！

那篇文章是一个红学研究座谈会的会议发言纪要，参加者都是在红学研究领域卓有成就的学者。其中有一个叫曹希峰的大学教授，在发言中提到西方现代兴起密码学和符号学的研究，其实，中国古代文学家早就对此进行了探索，比如曹雪芹在《红楼梦》中就通过诗词中的暗语对人物命运走向和事件的最终结局进行隐喻，比如诗句“子系中山狼，得志便猖狂”“自从两地生孤木，哭向金陵事更哀”“一从二令三人木”等等，这种风气影响了清代和民国的知识分子，在日常生活和娱乐中纷纷进行模仿。比如他手中就有清朝年间的半副“对牌”，上面有《红楼梦》的诗词，但不解其意，也不知另外半副对牌在何处，等等。估计这段话是这位姓曹的教授在兴致很高的时候脱稿而说出的，但担任记录的会务人员把这段话记入了会议纪要，并发表出来。

说者无心，听者有意。约翰·杨看到这一段如获至宝，他立刻通过谷歌查阅了这位曹姓教授的个人资料。从他的个人履历中得知，他在文革时期曾到西山附近的一个叫门前村的村庄插队，文革后考上了大学，毕业后留校任教，教授中国古典文学，在《红楼梦》研究方面有较深的造诣。

约翰·杨喜出望外。结合他发现的线索，他很快得出如下结论：

一是邬姓学生所说他爷爷是清朝的满族八旗的后代是可信的。因为清朝末年八旗军队遣散后，许多士兵流落到民间成了普通百姓，而国民党军队从大陆撤离时，带走的士兵中有不少是在北方农村征招的。

二是邬姓学生祖上家住在皇城军营里不可信。当时的八旗军队都驻扎在西山和玉泉山一带，这一点大陆的学生都知道，但台湾的学生不会了解，以为军营都在皇城里，因此他祖上一定是住在西山和玉泉山附近。而他祖上是乾隆皇帝贴身侍卫一说，则是这个年轻人清宫戏和武打电影看多了。

三是大学教授曹希峰年轻时在西山附近插过队，而那里是许多八旗军人被遣散和安置的所在地，因此他很有可能获得了与邬姓学生祖上拥有的同样类型的对牌。

四是这副凤字对牌是不是曹雪芹雕刻的并不重要，重要的是两半对牌合为一处要说明什么问题。“对牌”是中国封建社会名门望族家里支取物品的一种信物，与西方的符号学一脉相承，实际上也是后来进入工业化时代西方社会发明的暗语密码的雏形。

曹雪芹是玩弄文字游戏的高手，正如那个叫曹希峰的教授所说，《红楼梦》的诗词中就大量使用了符号学的隐喻手法，这一点凡是读过此书的人都有体会。两个人分别拿着一副对牌的一半，显然是隐藏着什么秘密。对牌的正面用《红楼梦》重要人物王熙凤的“鳯”字，后面用《红楼梦》书中的诗词，那么这个隐藏着的秘密很可能与此书有关。

隐藏着的秘密是什么呢？他百思不得其解。《红楼梦》问世二百多年了，研究此书和曹雪芹的人士和书籍汗毛充栋，连曹雪芹五代以上的祖先都找出来了，除了那遗失的后几十回的书稿下落不明，似乎已经没有什么秘密可言了。难道这副对牌真的如邬姓学生的爷爷所说，与曹雪芹遗失的书稿有关系吗？

他深知《红楼梦》在中国的地位，也知道曹雪芹写完《红楼梦》这部书后十年才去世，当时中国的木刻印刷术已经较为普及，书稿为什么没有能出版，只能靠传抄流行于世，红学界对此争论不休。如果这一次真能凭着对牌上的诗句线索找到曹雪芹遗失的书稿，那可是轰动世界的大事，比全部法国画家莫奈的画作加在一起都要有价值得多。但是，只有拿到那另半副对牌这个答案才能解开。

经过精心准备，他摸清了曹希峰任教的学校、家庭住址、家庭情况等信息资料，求得那个叛军组织支持，派给他一个有中国内地生活经历、又经过专门训练的助手去找这位曹姓教授手中的半副对牌。

但这次行动却在最后关头无功而返，失掉了最好的获得那半副对牌的机会。

其实话说回来了，拿不拿到那块对牌并不重要，重要的是搞清楚对牌背后诗句的内容，他好就此进行分析和判断。可这个没有文化的乡巴佬，却拿回来一块刻有匈牙利诗人裴多菲诗句的假牌子！

约翰·杨心里面骂了一句，叹了一口气。

“先生，您有什么不舒服吗？”正好经过他身旁的一位空姐听到他的叹息，停住脚步，伏下身子询问道。

约翰·杨扭过头来，瞧见俏丽空姐关切的目光，微微一笑说道：“没有。能给我拿一杯水吗？”

喝完水，约翰·杨看了一下手表，到上海还有3个小时，他还有时间可以睡一觉。

飞机准时降落在上海浦东国际机场，经过海关从机场出来后，约翰·杨叫了一辆出租车去了火车站，然后搭乘高铁去他最终的目的地。他这趟来使命特殊，要隐藏行踪，即便有一天中国警方要调查他，也只能从进出港的航班摸到他只到了上海。

八

陈凌川父女二人赶到第三医院时，曹希峰教授的遗体已经从急救中心的监护室送去医院太平间。他们来到太平间，与曹教授做最后的告别，然后又与从加拿大赶回来的他女儿和女婿见了面，一起商议了办理其父亲后事的事宜。曹希峰的女儿从小就认识陈凌川，见到他如同见到了亲人，眼中的泪水一直顺着脸颊往下流淌。陈凌川简单向她讲了案情，并承诺公安机关会全力以赴，争取尽快破案，以告慰她父亲。曹希峰的女儿除了感谢陈凌川外，还提到她赶到医院时，其父神志尚清醒，当着她的面立了一份遗嘱，并要求拿给陈凌川，由他作为遗嘱的执行见证人。

陈凌川从曹希峰女儿手中接过一张纸，见上面歪歪扭扭的写着几行字，落款是他这位教授朋友的亲笔签字和按的手印。他的心中一股热流涌过，不禁也落下泪来。待平静下来，他将遗嘱交还给对方，说他已经知道了，让她好好保存，待其父亲的后事办完后再照遗嘱上的托付办理。

从医院出来已经快下午 1 点了，陈凌川让女儿陈芷兰自己驾车回家，而自己乘上刑侦队的车回到局里。对曹希峰家中现场的勘查上午已经结束了，下午要研究一下案情，制定缉拿凶手的方案，他也要向办理此案的警察们讲一下有关凶手为何针对曹教授下手的动机，以此确定此案的性质和侦查方向。

由于陈凌川参加下午刑侦队的案情分析会，接任他的分局邵信局长也亲自来到刑侦队会议室与会，并亲自主持了会议。邵信局长今年 50 岁的年纪，毕业于公安大学，以前也曾任过刑侦队队长，又当过几年分管刑侦的副局长，是陈凌川当局长时的得力助手。

刑侦队的会议室并不正规，中间位置摆了一张乒乓球台，平时休息的时候大家可以活动一下，开会的时候四周摆上椅子就成了会议桌。分局的办公条件紧张，只有局里有一个正规的会议室，本来想给刑侦队搞个现代化一些的会议室，一直也没有落实下来。陈凌川在职的时候每个星期都会在这里主持几次案情分析会，对这里的环境再熟悉不过了。

他进到会议室的时候会议已经开始了。一些刑侦队的警察坐在桌子两旁，一台投影仪将在曹希峰家拍摄的照片打在对面墙上，墙上挂着一块白幕布，刑侦队的葛振队长正站在幕布旁介绍着情况。

“凌川局长，不知道您什么时候能到，我们就先开始了。”坐在会议桌顶端的邵信局长见陈凌川走进来，站起身来客气地对他说，并把他让到旁边的一张椅子上。

“我今天早上去了现场，情况大概了解了一些，让葛振继续说吧。”坐下后，陈凌川笑着对邵局长说。他已经是退休干部，不会再插手局里的工作，他之所以坐在这里，是要把知道的情况介绍给局里领导和具体办案人员，为他们破获此案提供信息。

“从现场提取的痕迹证据看，这是一起典型的尾随被害事主入室抢劫杀人的案件，”葛振继续说道。操作投影仪的是一名留着马尾辫的年轻女警察，名叫章虹，随着葛振的介绍她变换着打在幕布上的照片，“事主是晚上差 5 分 19 时左右回到家中的，这有住在同楼1203房间何姓先生的证词，当时他散步回家，要看7时的中央电视台《新闻联播》节目，与事主一同乘电梯上楼。”

投影仪打出另一幅曹希峰家大门的照片，葛振拿起桌子上一个装了半缸子茶叶的大玻璃杯喝了一口水，继续说道：“事主到家门口后，自己拿钥匙开的门锁，这有技术部门的勘验报告，证实门锁没有任何损坏。事主家的锁具虽然是老式的A型十字锁芯，老练的盗窃犯可以较轻易开启，但开启必然会留下痕迹，而这个门上的锁具却没有，说明昨天晚上打开这个门锁的只有房间的主人。事主进门后，还没有来得及关门，案犯就从后面一起进入了房间。”

“事主一点儿也没有查觉吗？案犯躲在哪儿呢？”一个年轻警察不解地问道。

“案犯当时躲在此层楼的安全出口，也就是步行楼梯道里，”投影仪打出门上有安全出口标志的步行楼梯道照片，葛振望了陈凌川一眼，“这也有技术部门的报告进行佐证。在步行楼梯道的门内台阶处，我们发现了两个烟头，经技术部门检验其烟丝，为‘土耳其皇家骆驼’牌香烟，英文为Camel Turkish Royal。土耳其是世界上的烟叶生产大国，香烟主要为香料烟，主要出口到美国、比利时和俄罗斯，国内吸这种烟的人比较少。我们与烟草专卖部门进行联系，证实这种香烟不是通过烟草专卖部门进口后在我国市场上销售的，但他们讲现在国内进口渠道并不统一，还有走私的渠道，也不能排除国内有人吸这种牌子的香烟。烟头上留下的指纹与在事主家发现的指纹相同，技术部门正在对烟头上的唾液进行化验。”

葛振又拿起玻璃杯喝了一口水，他眼中布满血丝，从昨天晚上到现在，他只是在凌晨打了个盹。“综上所述，可以认定案犯是预谋先在步梯道中躲藏，等到事主单独一人从电梯间出来，尾随其后，待事主打开门锁后，从事主身后将事主推入房间。”

“事主所住居民社区附近的监控录像调取了吗？”邵信局长问道。

“调取了，”随着葛振的回答，这时幕布上映出的画面变换为一段交通监视镜头拍摄的录像，由于天色渐晚，画面不是很清楚，但可以辨认出车辆和行人驶过时的情景，“社区北门外马路上设置的交通监视镜头拍摄到事主、也就是曹希峰教授差10分晚19时从西边学校方向骑自行车过来，直接进入社区大门。在这之前17分钟，也就是18时33分，一辆小型白色面包工具车从相同方向驶来，越过社区大门向东驶去。经查，该车在案发前一天也出现在这个区域，而且两次慢速驶过社区大门，似乎在测量距离和计算时间。这说明案犯对事主的伤害是蓄谋的，进行了精心的准备。但据事主讲，他并不认识案犯，只是下午在校园里见过一面，案犯盯着他看，似乎要记住他的长相，因此他对案犯留有印象。……我们再看事主居住的社区监控器拍摄的录像。”

幕布上的画面切换为社区监控器对准一幢塔楼门前拍摄的图像，画面静止不动，但不时有人走入画面进出楼门。葛振指着画面说道：“傍晚 18 时 44 分，有一个经多名该楼住户辨认不是此楼住户的人进入了该楼大门。他没有楼门钥匙，在门口徘徊了大约两分钟，是随同一名有钥匙的穿着校服学生模样的男孩子进的楼。……现在还没有找到这个学生，估计去上学了，晚上我们再找他核对一下当时的情况。”

葛振队长离开幕布，走回到桌旁，说道：“案犯留在现场的鞋印为号码 44 号的阿迪达斯运动鞋，再结合事主曹希峰教授的回忆和录像画面判断，案犯身高在 185 公分左右，体格健壮，彪悍凶狠，这与他空手就能将事主打成重伤的情况是一致的。”

“现场勘验的情况怎么样？”邵信局长眯起眼睛问道。

“从现场看，虽然东西翻得很乱，但并没有拿走什么值钱的东西。这只能说明案犯是在寻找什么。”

“凌川局长，您怎么看？”听完情况介绍，邵局长探过身来首先问陈凌川。

“我先介绍一下我掌握的情况，给你们做参考。”陈凌川在葛振介绍案情时一直没有说话。这支队伍是他当局长时调教出来的，当时他对有些刑侦部门的案情分析会不分主次、抓不住重点的争论很不感冒，认为想凭着讨论中碰撞出来的火花来解决问题只是一种凭经验办案的办法，刑事侦查是一门科学，破案的过程也就是解决一个一个疑点的过程，全部疑点解决了，案件也就真相大白了。因此他立下了一个规矩，在刑侦部门开案情分析会时，提出每一个观点都要配合相关的论据，要论之有据，不能胡子眉毛一把抓。因此他的部下都养成了把功夫用在案情分析会之前，用论据为自己的论点说话。刚才他对葛振的分析就很满意，看得出来，他为开好这个会是下了功夫的。

陈凌川从兜里掏出那个在建设银行保险箱中拿到的黑布口袋，将里面的对牌倒出来。

“你们认识这个东西吗？”他将那半副凤字对牌拿在手里，向在座的警察展示了一下，然后交给邵信局长，“这叫对牌。说实话，昨天之前，我也不知道这是个什么。”

邵局长拿过对牌，举起来左右端详，又在手里掂了掂份量。“……对牌？没听说过。这上面还有字，是篆书吗？这好像还是个古董呢！”

“是清朝乾隆年间的，”陈凌川笑着说，“对牌是封建社会豪门望族中支取物品用的，一般用竹子或者木头制成，中间劈成两半，仆人需要领取物品，经当家人同意，拿对牌的一半去领取，结算时，当家人用对牌进行核对，也可以说是一种信物。《红楼梦》这本书中就多次提到对牌，”他将目光转向在座的刑侦队的年轻警察，“你们都是读过《红楼梦》的，记得里面有关对牌的描写吗？”

年轻警察交头接耳，议论纷纷，刚才操作投影仪的女警察章虹犹豫了一下，举起手来说道：“我记得书中描写宁国府的秦可卿死后办理丧事时，贾珍邀请王熙凤协助管理宁国府的事务，就把宁国府的对牌交给了王熙凤。”

“说得对，”陈凌川笑着点头赞赏。现在的年轻警察都是千挑万选经过层层考试从大学毕业生中录取来的，不但政治素质和身体条件过硬，而且文化水平也都很高，“管理对牌在大家族中是一种权利的象征，《红楼梦》中的王熙凤是当家的，描写她协理宁国府和日常管理时，书中多次提到对牌。”

“陈局长，您是要向我们讲授《红楼梦》的知识吗？”一个年轻警察探过头来调皮地问道。他叫周培，是去年刚到局里的新警察，人很机灵，平时爱开玩笑。

在座警察们哄堂大笑，陈凌川也笑了。

“我可没有这个水平，”陈凌川摆摆手，“我要说的是，昨天晚上案犯到曹希峰家对他下手，目标就是这块小小的对牌。”

会议室中的空气仿佛一下子凝结住了，刚才还笑得前仰后合的警察们全都正襟危坐，搞不懂这块小木头牌与案情有什么关系。

陈凌川从邵局长手中拿回凤字对牌。“今天上午刚刚在医院去世的曹希峰教授是国内著名的红学研究专家，30多年前，在一个偶然的机会，他得到了这块对牌，准确些说是半块对牌。这些年来，他一直想找到对牌的另一半，因为据说，两半对牌合为一处，上面的诗句就可能揭示出一个大大的秘密：曹雪芹《红楼梦》后几十回遗稿的下落！”

警察们面面相觑，似乎有些不相信自己的耳朵。

“据红学研究考证，曹雪芹生前是写完了《红楼梦》的，据说共110回，现在只剩下80回，后面的篇目是另一位作者高鹗续写的。曹雪芹80回篇目之后的原稿到哪里去了？成了红学界一直争论不休的话题，也是许多红学专家毕生孜孜以求寻找的目标。”陈凌川接着说道。

“案犯怎么会知道曹教授手中有半块对牌？”叫周培的警察不解地问道。

“据他跟我讲，这几年，他看到总也找不到那半块对牌的下落，有些着急，就在红学界开的研讨会上讲了自己手中有对牌的事情，他的发言被登在红学刊物上。谁知就让案犯给知道了。”

“这么说，案犯昨天没有拿到曹教授手中的半块对牌了？”熟读《红楼梦》的女警察章虹更关心对牌的下落，望着陈凌川手中的凤字对牌。

“拿到了一个复制品，”陈凌川卖了一个关子，“否则他怎么能善罢甘休？……只是，那个对牌上的诗句是匈牙利诗人裴多菲写的。”

警察们松了一口气，有人吟咏出裴多菲的诗句。

“为了安全起见，曹教授将这块对牌存入了银行的保险箱，复制了一块假对牌放在家里。他放在家里一块假对牌，但没有想到会招来抢劫和杀身之祸。昨天晚上案犯抢走那块假对牌完全是巧合，”陈凌川语气有些沉重，“这块对牌是今天上午我从银行取来的。曹教授视这块对牌与他的生命一样珍贵，他嘱咐我一定要保管好这半副对牌，并想办法让另半块对牌完璧归赵。”

陈凌川说完，重新将半副凤字对牌放入黑色口袋。他刚才只将对牌上的诗句让邵信局长过目，他深知，泄密的可能性与知密的范围成正比，现在还不到扩大知密面的时候。

“邵局长，我想介绍的情况就是这些，”陈凌川对邵信局长说道，“这些情况全都是被害的事主曹希峰向我说的，我和他的相识可以追溯到20世纪70年代初，当时他是一名在农村插队的知识青年，我刚参加工作，在派出所当民警。”

邵信局长若有所思的点点头。“刚才凌川局长和葛振队长已经把情况大致介绍了一下，大家对案情还有什么疑问？”

又是叫周培的警察举起手来。“我的问题是，既然案犯对拿到事主手中的对牌这么渴望，他怎么会分不清对牌上裴多菲和曹雪芹的诗句就离开现场了呢？”

“这有两种可能，”邵信局长伸出两根手指，“一是因为对牌上的字太小，又是篆书，案犯在慌乱之中分辩不清。另一种可能是案犯没有什么文化，从现场看，他是一名十分凶残的杀手，但行事非常鲁莽，有可能只是受雇于他人，以取得对牌为目的，并不留意上面的文字。”

“我想给陈局长提个问题，”章虹举手看着陈凌川，“听您的介绍，案犯或者雇佣他的人，实际上要想知道的是对牌上的诗句内容，并不一定非要得到对牌？”

“也可以这样理解，”陈凌川笑着点点头，“但‘皮之不存、毛将焉附’，如果合在一起的两块对牌不能保证是真实的，谁敢保证上面的诗句是真实的呢？”

“您说得对。”章虹的脸红了，感到自己提出的问题有些幼稚。

“大家还有什么疑问？”邵局长又问道。

警察们都不再做声。

“如果大家没有什么问题了，我谈三点意见，”邵信局长摊开面前的笔记本瞅了一眼，“第一，从现场勘验和事主的介绍看，昨天晚上发生在宏源住宅社区的案件不是一桩简单的入室抢劫案，其背后可能隐藏着更大的阴谋，这一点我们要有充分的思想准备。虽然现在还不能确认，但从案犯的目标、作案手法以及吸国内较少销售的外国品牌的香烟看，不排除其为雇佣杀人，而且可能牵扯到国外背景。第二，这个案子前期做了大量工作，但还有一些疑问没有搞清。一是要抓紧找到那个昨晚与案犯同乘电梯上楼的学生，询问有关情况，重点放在案犯的相貌特征上。他在事主家中一直戴着头套，监控录像上又模糊不清，无法辨别面容，因此这是唯一的机会。二是抓紧查证那辆两次出现在事主居住社区的小型面包工具车，从这辆面包车寻找案件的突破口。三是找到案犯的下落以后先不要打草惊蛇，看看他后面有没有什么人在指使，还要想办法拿到他手上的对牌。这几件事由葛振主抓，你们刑侦队会后再详细研究一下，制定个方案。第三，那块凤字对牌的事情还请凌川局长多费心了，事主以命相托，可见这件事非同小可。围绕对牌还有诸多疑点，比如，案犯急切地想获得曹教授手中的对牌有什么企图？能不能通过其他渠道再了解一下另半副对牌的下落？对牌上的诗句到底暗示着什么？等等。另外，案犯的目标是这块对牌，看到拿到的是一块假的，一定不会轻易作罢，您拿着它可要加小心！”邵信局长伸出手在陈凌川手臂上关切地拍了拍。“第三项工作目前暂由凌川局长一人执行，大家注意保密。我听说您女儿也在配合您，她也是警察，就让她一起参加吧！……您看还有什么要说的？”

“没有了，”陈凌川摇摇头，“刚才邵局长所说不打草惊蛇很重要。另半块对牌，或者也可能是复制品就在案犯手上，他想找到我这半副，我也想找到他那半副，看我们谁的动作更快吧！”

九

约翰·杨乘坐上海虹桥火车站至这座城市南站的高铁动车，经过差不多 5 小时 40 分钟的旅行，傍晚时分到达了本地。

列车运行速度之快使他惊讶。这两个城市之间过去他是经常往来的，通常都是下午上车后第二天早上才会到达。而他才到了国外几年，两地的距离竟已缩短到 5 个多小时了。

尹亚提亲自到车站来接他，驾车的是一个叫宋显的当地人。这个人实际上是约翰·杨在国内做文物走私生意时的合作伙伴，后来在一次与陕西潼关一伙盗墓人做交易时，被当地警察捂在了宾馆房间的交易现场。宋显虽然因倒卖文物罪被判了 6 年刑，但他却很够意思，没有供出当时在西安另一家宾馆等待接货的约翰·杨的下落。

宋显刑满释放后，回到家中没有工作，生活拮据，当时已经移居美国的约翰·杨感念他当年不向警方举报之情，特地从美国给他寄来相当于 70 万元人民币的美元，协助他开了一家汽车修理店，解决了他的生活之忧。宋显对约翰·杨关键时刻的相助也心存感激，这一次，当约翰·杨提出他的一个朋友要到本地来办点业务，希望他协助找一个住处并提供一部交通工具时，宋显什么也不过问，二话没说就做好准备，并在尹亚提到达本市时主动与其接洽，当得知对方不需要任何帮助时，也就不再打听。这次他又听说约翰·杨要来，凭他的经验，他知道尹亚提要办的事儿没有办好。

约翰·杨随着旅客走出车厢，又随着人流走过站台楼梯来到通向出口的通道，远远的望见宋显和尹亚提并排站在一起等着他。

“显子！”约翰·杨举起没有提旅行箱的左手高声喊道，加快走了几步。来到宋显身边时，他将旅行箱放在地上，伸出手臂拥抱住对方，并用手在他的背上轻轻拍了几下。“多年不见了，Are you all right（你还好吗）？”

“谢谢杨哥关心，我挺好的。”宋显也用手在约翰·杨背上拍了几下。

约翰·杨两只手拉住宋显的双臂。有十年没有见过了吧？当年与他一起闯荡江湖的宋显三十多岁的年纪，个子不高，身材微胖，性格豪爽，办事痛快利索，一顿饭能喝半斤白酒。可现在一见，头发已见稀疏，脸颊上堆满了多余的赘肉，行动也有些迟缓了。

“还劳烦兄弟亲自来接我，真有些过意不去。”约翰·杨松开双手，笑着说道。

“看您说的，”宋显谦恭地低下头，“能来接杨哥是我们兄弟们的荣幸。”

“没办法呀，谁让我身边没有得力的人手呢？”约翰·杨瞟了一眼一直垂手站在旁边的尹亚提，话里有话地说道。自始至终他都没有跟后者说一句话。他从心里瞧不起这个土得掉渣的乡巴佬，他搞砸了他精心准备多日的计划，害得他不得不亲自再跑一趟。

他和宋显一面说话，一面并肩向车站出站口走去，尹亚提提起约翰·杨的旅行箱，紧紧跟在后面。

地下停车场停满了汽车，一辆接一辆的车排着队鱼贯驶到出口，交完费后就加油爬坡驶出去。三个人来到宋显的车旁，尹亚提将旅行箱放进后备箱，又忙拉开车门，让约翰·杨坐到后排座上。

宋显驾车驶出地下停车场，拐上一条通衢大道，在等红灯的时候，约翰·杨看了看车内的装饰，笑着说道：“显子，看来干得不错嘛，已经开上宝马车了！”

“做买卖嘛，充点门面而已，”绿灯亮时，宋显驾车通过十字路口，“要说有点出息，还不是杨哥当年相助。当时从大狱里出来，真是走投无路，连吃饭的钱都没有了。您寄来的钱救了我的命了，您的大恩我得记一辈子。”

“Don't say so（可别这么说），”约翰·杨将身体舒服地倚靠在座位上，“这些年，我一想起你在监狱里替我受罪，就觉得对不住兄弟。”

“那件事不值得再提了。”宋显的车开得很平稳,减速让一辆越野车超到前面。

约翰·杨觉察出了宋显的变化。过去的宋显脾气很大，从前在路上开车的时候，从不让一辆车无故超到他前面去。这些年的牢狱生活让他变得沉稳了。

“要说起来，那次潼关之行真是有点可惜了，”宋显继续说道，“真要把那面东汉夔纹铜镜和那两个小口尖底陶瓮搞到手，可就值大钱了。”

“是啊，这事我现在还经常回忆起来，”约翰·杨感慨道，“我记得那两个小口尖底陶瓮是仰韶文化遗址的出土文物。那面东汉夔纹铜镜，镜面呈圆形凸面，造型很别致，上面还有花纹图案。”

“杨哥的记忆力真是惊人，”宋显赞叹道，“您说得一点儿没错，我看到的铜镜实物比照片上的还地道，镜面有的地方仍然可以照见人，上面铸有‘青羊制镜佳且好兮’的文字。听说与他们县文化馆存的一块铜镜一模一样，我用手一掂，感觉很压手，就知道是真货。”

“潼关有几处仰韶文化的遗址，文物挺多的。有机会真想再去看看。”

“到时候我陪着您去，”宋显从车内的后视镜中瞅了约翰·杨一眼，“您现在是外籍身份，是外国人了，没有人敢再抓咱们了！”

“哈哈！”约翰·杨仰头大笑，过了一会儿又问道：“那次潼关之行是怎么回事？我在西安的宾馆等电话，左等不来右等不来，一直等到第二天早上才听说出事了。”

“别提了，潼关交货的人里面混进了警察的线人，”宋显一面说一面打右行拐弯灯，在一群骑自行车等红灯的人前面拐弯向右行驶，“我也是后来在狱里听说的。要不说那么寸呢，警察早不进来晚不进来，正好等到我验完货，给他们数钱的时候，一群警察冲了进来！”

“找到警察的线人是谁了吗？”

“没找到，”宋显摇摇头，“当地警察对保护线人很有经验，抓到我们这些人以后分别单独关押，单独审讯，后来又一个不漏地全部判了刑，分到不同的监狱关着，搞得你也分不清谁是真的谁是假的。”

两人兴致颇高地聊着过去的往事，坐在副驾驶座上的尹亚提插不上嘴，感到很无聊，就掏出一支烟叼在嘴里，用打火机点着，悠然自得地吸了一口。顿时，车内充满了带有一股异香的烟味。

宋显眉头一皱，没说什么，将身旁的车窗玻璃打开一条缝隙。

约翰·杨勃然大怒。“把烟掐掉！车里空间这么小，你他妈的想把我们呛死啊？”

尹亚提吓得一哆嗦，连忙把身边的车窗降下来，把刚抽一口的烟扔到车外的马路上。

宝马车在燕莎商城向东转，驶到凯宾斯基饭店门前停下。穿着笔挺制服的一个男服务员过来将车门拉开，彬彬有礼地问候道：“您好！”

约翰·杨下了车，舒展了一下身体。虽然从上海到这座城市的高铁动车很快，但毕竟坐了5个多小时，他还是感到有些疲惫。

尹亚提从后备箱中拿出行李箱，宋显将车驶离门前，停到饭店前面的临时停车场中，然后快步走回来。

凯宾斯基饭店的接待门厅很宽敞，装饰也很简洁现代。办理入住手续的问询台在大厅左面，一行三人穿过大厅走到问询台前。

“你好，请问有什么可以帮到您的？”问询台后面站立的一位年轻姑娘笑着问道。她穿着一身裁剪得体的蓝色工装制服，头发在脑后挽成发髻，脸上化着淡妆。

“我昨天预订了一个房间。”宋显对年轻的女服务员说道。

“请问先生怎么称呼？”女服务员用鼠标在放置在问询台上的计算机上点了一下。

“John Yang。”约翰·杨替宋显答道。

“找到了，”女服务员又用鼠标在计算机上点了几下，“你预订的是一个套间，订金已经支付了。”

约翰·杨将护照递给女服务员，后者将信息录入计算机，很快将一个装在纸套中的房卡递到约翰·杨手上，笑容可掬地说道：“手续办完了，您现在可以上楼了，电梯在左边，祝您住宿愉快！”

约翰·杨三人乘电梯上楼，又走过宽敞静谧的廊道来到所住的套间。套间外间客厅摆放的沙发与这家饭店的装修风格一样，显得简约又不失典雅。约翰·杨进门在客厅的沙发上坐下后，没等刚在行李架上放下旅行箱的尹亚提坐稳，就突然问道："说说吧，问题到底出在哪儿？"

正在拿着客厅中吧台上放置的电热水壶接水的宋显听到约翰·杨这句话，忙放下水壶，说道："杨哥，你们谈正事，我就先走了。"

"不用，"约翰·杨摆摆手，"你是本地人，熟门熟路，你也听听，帮我们出出主意。"

"一切都是按照预先设想的方案做的，不知道怎么就出了差错，"从接到约翰·杨就一句话都没说过的尹亚提嗫嚅着说道。他在沙发上坐得直直的，不敢正视老板的眼睛。"这就是那块从他家找到的对牌，"他从兜里掏出两块对牌，挑出一块递给约翰·杨。他手中的另半副对牌也是复制品，只不过上面的文字复制的一模一样。

"From the beginning（你从头说）"约翰·杨接过对牌看了一眼，压住火气，"怎么就能拿回来个假牌子？"

"您告诉俺，那个曹教授下午在学校科研楼有一堂大课，让俺去辨认他，俺上午就去了，先是找到了科研楼，然后就在楼前面等。中午 12 点 40 分的样子，先是陆续来了许多学生，进了科研楼，后来 12 点 50 分的时候，姓曹的骑着自行车就到了，进了楼。俺在他停车的时候把他认准了，就去买了两个烧饼吃。下午 5 点下课后……"

听着尹亚提絮絮叨叨的讲述，约翰·杨的思绪却飘忽起来。他是从境外远程进入曹希峰所在学校的校园网的，从校方公布的一周课程安排上，得知他在那天下午有一堂给中文系两个班学生上的大课，位置在科研楼。经过考虑，他认为那是一个极好的辨认他相貌的机会，如果搞得好，甚至可以伺机动手。

自从得知曹姓教授手中拿着那半副凤字对牌后，他忙了一个星期，尽可能地将他的情况搜集到一起。刚开始，他想过用大价钱从此人手中买下另半副对牌，但很快他又否定了自己的这个想法，从搜集的资料看，很显然，这个大学教授一生从事古典文学授课和红学研究，就是个不谙世事的老古董，想要找到另半副对牌的目的决不是为了钱，而是要为了他所热爱的《红楼梦》研究。反过来说，他也绝不会为了钱出卖他手中的那半副对牌，因此与他做交易的可能性几乎是不存在的。

再仔细分析那篇提到对牌的发言记录，他在研讨会上的话说得吞吞吐吐，欲言又止，似乎是既想通过发言引起其他人的注意，提供线索寻找另半块对牌，又不想让人联想到他手中就拿着对牌。这只能说明他视这块木牌为宝贝，从来没有将其拿出来公之于众。

这块他视为珍宝的对牌能放到哪儿呢？据他对中国老派知识分子的了解，他们至爱的宝物只会放到家中，比如那个学贯中西的北大资深教授、国学大师季羡林，古玩字画、文物典籍都收藏在家中，家中失窃了都不知道小偷拿走了什么，直到小偷被抓获，供出了偷了什么东西才对上账。几年前大师去世后，家属与管理他财产的校方打继承官司都不知道家中的文物价值几何，这件事当时轰动一时，成为街头巷尾茶余饭后的谈资。

做出这个判断后，他决定干脆制造一起入室抢劫案，不惜将那个姓曹的置于死地，从他家中找到那半副对牌。执行入室抢劫的人选也从境外派去，得手后马上离开国内返回境外，这样即便警方介入调查，也不会搞清楚这起抢劫杀人案的目的和企图。可谁想到，这个一心只读圣贤书的知识分子，竟然在家中藏了一块假对牌，坏了他精心准备的好事！……

"老板，您还在听吗？"尹亚提怯懦的声音把约翰·杨飘散开去的思绪又拉了回来。

"……在听，Continue（继续）。"他坐直身体，发现自己已经快从沙发上滑到了地上。

"……俺找到那半副对牌后，与您交给俺的对牌合在一处，发现十分相像，当时俺进去怕引起邻居注意，也没开大灯，就没有注意看后面的文字，赶紧离开了。谁想到……"

约翰·杨心里说你就是注意看也不会认识那些字，但说出来的话却是："那块假对牌是在哪里找到的？"

"在他卧室的床头柜里，"尹亚提用手比划着，"用绸子布包着，放在一个小木盒里。俺看到收藏的这么珍惜，就认为不会有假了。”

“屋里的东西翻得彻底吗？”

“彻底，”尹亚提十分肯定地说道，“俺把每一个角落都翻了一遍，再不会有第二块木头牌牌了。”

听到尹亚提带着乡音的努力解释，约翰·杨禁不住扑哧一声笑了。

“杨哥，我来说两句，”用电热壶给每个人倒完水后坐在一张单人沙发上，注意听着尹亚提讲述的宋显插话说道，“这件事我听明白了。我替小尹说句话，这事也确实怪不得他。我觉得他第一次来这个城市，能在那么短时间干完这件事已经很不错了。在那么个黑灯瞎火的地方，又人生地不熟的，找到了那东西，再要仔细核对上面的字也太难为他了。怪只怪那个姓曹的太滑头。要我说，事情既然已经这样了，就别再往后捯了，琢磨琢磨下一步怎么办吧！”

尹亚提因宋显帮助他解围感激地冲他点点头。

“我就是专门为这事来的，” 约翰·杨叹了一口气，“不管是什么目的，姓曹的在家里藏着一块假对牌肯定是为了掩护那块真对牌，而这块真对牌的下落，他肯定已经告诉那个叫陈凌川的退休公安局长了，或者进一步假设，那块对牌已经在他手里了。在来这里的火车上，我接到监控医院情况的人员的电话，告诉我说，姓曹的已经死亡，尸体已经被送到太平间。”

“这能证实吗？”宋显好奇地问道，“杨哥，难道你们在医院也安插有关系？”

“可以证实。进入医院计算机系统的远程监控显示，急诊中心的电脑系统已经将曹希峰的名字列入死亡类别，而太平间的电脑系统添加了这个人的名字。”

“真是了不得！”宋显惊叹道，“总听说网络黑客技术如何厉害，以为是宣传而已，今天听您这么一说，看来果然是名不虚传！”

“西方的网络监视技术已经到达了一个社会面全部覆盖的程度，每一台计算机乃至每一个人持有的手机想要侵入的话都易如反掌。”

“我说呢。前些日子，好几个好莱坞的女演员用手机自拍的裸照被人放到了网上，引起不少轰动，说是什么有人进入了她们手机上的照片‘云服务’功能。当时我还觉得奇怪呢，用自己的手机自拍，怎么别人能看到？”宋显说道。

“是那些女明星的光身子照片吗？”尹亚提咧开嘴嘻嘻笑着说，“一点儿衣服都没穿吗？……那一定好看！”

“咱们来说正事吧，说完好去吃饭。”约翰·杨正色说道，把话题又拉了回来。

“您说，”宋显机敏地答道，“下一步您有什么打算。”

“姓曹的已经死了，从他身上再找到那半副对牌的可能性已经不存在了，要想尽快完成任务我们需要改变思路，另做打算。”

“您刚才说姓曹的有可能将对牌交给那个退休的公安局长了？”宋显说道。通过与尹亚提的半天接触，他发现对方是个四肢发达但头脑简单的人，而且也没有什么文化，就只会执行命令，根本跟不上约翰·杨的思路，也搭不上话，为了缓和气氛只好替他搭腔。

“对，看来只能从这个叫陈凌川的公安局长身上下手了，但第一步我们先要找到他住的地方。他已经退休，肯定大部分时间会待在家里，因此要先找到他的住址。”

“对付公安局的局长，这从何下手呢？”宋显有些为难地用手挠挠头。

“显子，这也是我要你亲自到车站接我的原因之一，”约翰·杨意味深长的看着他这位过去的搭档说，“我知道你现在日子过得不错，不愿意再干这些可能掉脑袋的事。但杨哥现在遇到难处了，我和亚提在这里人生地不熟，有些事只能依靠你帮忙。”

从约翰·杨不让他离开房间，又把这件事反反复复地说来说去，宋显已经明白他这位前老板的用意了。他现在的修车行生意不错，他也到了求安稳的岁数，确实不想再去冲冲杀杀了，但他又不能驳约翰·杨的人情，毕竟，他在自己最困难的时候伸出过援手。“……杨哥，您知道……”

“你不用说，我知道，”约翰·杨用手止住宋显的话头，“我反复考虑过了，你是本地人，不像我们不行了拍拍屁股到境外去了，我不会让你冒险的。你只需要帮助我们找到那个姓陈的住址，我们在这里的时候为我们提供交通和生活上的便利，剩下的就由我和亚提来办。”

宋显感到有些意外，觉得自己不愿意掺合进去的想法让对方猜到了。“这话是怎么说的……”

“你只做到这些就行了，”约翰·杨没顾忌宋显的反应，继续说道，“做好了，这笔生意数目大得惊人，真拿下来，那个东汉夔纹铜镜只能算是小儿科。事成之后你拿两成，怎么样？”

“要不然为什么兄弟们都愿意跟着杨哥您干呢，有事您尽管吩咐！”宋显松了一口气。高兴地说道。

“找到那个陈凌川也并不是大海捞针，”约翰·杨拿起茶几上的水杯一饮而尽，“他有个同样当警察的女儿，叫陈芷兰，那天也一起去医院看了姓曹的。我们已经掌握了她的手机号码，通过 Application，也就是中国所说的 APP 应用程序进行申请定位查寻，可以跟踪定位她住处的大概位置，如果她是与父亲住在一起，就可以顺藤摸瓜找到陈凌川的住址。”

“能定位到什么范围？”

“最小可以到一个住宅楼，最不济到一个居民社区的范围没有问题。”

“那真是太好了！”尹亚提兴奋地说道，“明天一早我们就去查找他的地址。”

“It' s late（晚啦）。不是明天早上，而是今天晚上！”约翰·杨白了对方一眼，“警方一定已经开始对曹希峰家的抢劫案进行侦查了，我们要赶在他们前面。”

“找到这个前公安局长怎么办，也要对他采取强硬措施吗？”宋显有些担心地说道。

“不管是谁妨碍咱们得到那块对牌，我都会对他不客气！”约翰·杨眼露凶光，恶狠狠地说道，“另外，在抢救曹教授的时候，抢救室门口有一个戴眼镜的年轻男人，经查证，此人叫林峰阳，是曹希峰的学生，也在那所大学任教。我们也不能放过这个人，也许他也知道凤字对牌的事情。”

说到这里，约翰·杨抬手看了一下表，站起身来说道：“OK, 好了，累了一天了，显子，找个地方吃饭吧。”

宋显也站起身来。“这附近有个叫‘蓝色港湾’的地方，有不少餐馆，有几家馆子菜做得不错。咱们去那儿吧，正好也给杨哥接风，我们陪您喝两杯。”

十

高尔夫轿车沿北四环路向西行驶，到四海桥下桥往北，又在一个路口向西进入闵庄路，接着继续向西，一直往西山的方向驶去。

今天是周六，虽然早春的风刮得仍然有些料峭，显得寒意逼人，但刮去了这座城市让人垢病的雾霾，使人心情也觉得舒畅了许多。

陈凌川一家三口今天一起去西山故地重游。夫妻两人说来惭愧，虽然住在这座城市这么多年，但因为上班期间各忙各的，休息一天又让家务事占据，自从20世纪70年代来过西山后，就一直没有再来过。陈芷兰倒是在大学的时候与同学们来过几次，但陪父母来还是第一次。

“你曹叔叔在光盘里还讲了些什么，你给我说说。”车行半程，陈凌川对女儿说道。他坐在副驾驶的座位上，妻子肖若霞坐在后面。他们今天还有一个任务，就是在去西山曹雪芹故居参观前，先去门前村找一下曾与曹希峰谈过恋爱的关艳华。虽然事过多年，但两人毕竟好过一场，一方面是把曹教授去世的消息告诉她，曹教授在遗嘱中有托付；另一方面也再向她打听一些凤字对牌的情况，毕竟她是对牌的原始拥有者，可能还知道一些其他的情况。

“昨天您听到哪儿了？”陈芷兰把音响中播放的音乐声音调小一点儿。

“……好像是曹教授琢磨不透凤字对牌上的诗句‘玉带林中挂，金簪雪里埋’，与曹雪芹遗失书稿埋藏的地点有什么关系，就又把对牌还给了那个关家的姑娘了。”陈凌川竭力回忆道。

“噢，那我接着说。通过那个老关家姑娘讲述的故事和拿出让曹叔叔看的家传宝物，两个人的关系就更密切了，曹叔叔也对研究《红楼梦》的兴趣更浓了，”进入闵庄路，两边鳞次栉比的排列着一些卖汽车的4S店，路上车不多，陈芷兰把车速提起来，“据曹叔叔分析推断，‘玉带林中挂，金簪雪里埋’这两句描写林黛玉和薛宝钗最后命运的诗句，显然是暗示曹雪芹的书稿就埋在西山附近，地点是在树林中，而且是埋在地下。”

陈凌川望着车窗外远处黛青色的山峦，早春时节，山上还是萧瑟一片，树梢上没有一点绿色。“曹叔叔的分析是对的，但整个西山地区都符合这种描述，范围太大了。”

在父女二人谈话的时候，肖若霞坐在后座上一句话也不说。长期与这么个当警察的丈夫生活在一起，总难免遇到一些他在家里谈工作的时候，每到这时，她养成了左耳进右耳出、甚至一句听不进的习惯。现在家中老的到了退休年纪不当警察了，谁知小的又加入了这个行列，这个习惯看来还要长期保持下去了。

“虽然是这么说，但曹叔叔还真下了功夫，”陈芷兰看到一个路口处一辆农用车在横穿马路，将车速慢下来，“他和老关家的姑娘没事就往山里跑，跑遍了西山地区的七梁八岔，但半年跑下来一无所获。由此他们也得出结论，没有另半副对牌，根本无法确定书稿埋藏的确切位置。”

“问题的症结还在那半副对牌上。”陈凌川叹了口气。

“曹叔叔和老关家的姑娘总在一起琢磨找书稿的事情，慢慢就好上了，老关家看曹叔叔那么喜欢那块对牌，就把对牌交给他保管。后来，因为曹叔叔表现优秀，当上了村里的会计，两人就开始商量结婚的事。可谁知这时候‘文革’结束了，恢复了高考，曹叔叔文化底子好，一考就考上了，离开了门前村，和老关家姑娘结婚的事就搁下了。”

“别总老关家姑娘、老关家姑娘的！”坐在后座上的肖若霞有些不满地对女儿嗔道，“没大没小的，人家没有名字呀？”

陈芷兰伸出舌头做了个鬼脸。“再后来就是歌曲《小芳》中歌词描写的情节了，一个在高等学府读书深造，旁边围满了美貌如花的女同学；一个在穷乡僻壤辛勤劳作，晚上独自伴着孤灯苦等，结局可想而知了。”

“这你就冤枉你曹叔叔了，”陈凌川不同意女儿的说法，“他们两个人的情况我了解。你曹叔叔刚上大学的时候，关艳华还经常去城里找他，也到他家里去过几次。可后来，你曹叔叔的母亲不同意了，觉得关家是农村的，配不上他上大学的儿子。当时你曹叔叔态度坚决，但他母亲寻死觅活的，关艳华也是个有骨气的姑娘，一看他母亲是这态度，就主动断绝了与曹希峰的联系，老曹找她几次她也躲着不见。最后这事就不成了，两个人都很伤心，你曹叔叔为此一直到 30 多岁才结婚，听说关艳华也是到很晚才成家。”

“唉，是时代的悲剧！”肖若霞若有所思地说道，“也不能怨你曹叔叔的母亲，那个年代这样的事很多，都是生活所迫，让穷日子吓怕了。”

汽车沿闵庄路向西穿过五环路下面的过街桥，再走一段就到了门前村居民社区。陈芷兰减速右转，向北驶入一条宽阔的马路，昨天在家的时候她已经在手机百度地图上设定了导航，因此一路走过来没有费什么周折。

门前村社区的大门向东开，里面是一排排四层或五层的砖混结构的住宅楼。陈芷兰将车停在门对面的马路边上，陈凌川下了车，往四周一看，感叹道：“完全变了！那时候这里全是小平房，又低又矮、破破烂烂，路也全是土路，现在已经没有一点儿那时候的影子了！”

肖若霞也从车上下来，一面关车门一面说：“你们去吧，我在附近转转。离开楼房林立的城市，到这里真有心旷神怡的感觉。”她知道父女二人在门前村居民社区有调查任务，并不打听。

“妈，我们出来时给您打电话，”陈芷兰笑着开玩笑说道。她走到车后，打开后备箱，从中拎出一个水果篮，里面装满了苹果、梨和香蕉等各种水果，“您把手机拿在手里，别到时候又听不见铃声。”

“这孩子，我什么时候听不见了，我还没老到那份上！”肖若霞笑着嗔道。她如同其他当老师的同事有一样的习惯，由于中学不让学生携带手机，因此教师上课时也从不带手机，对于手机的使用便并不认真，因此经常会联系不上她。

陈凌川和女儿走进立着黄黑色挡车横杆的大门，走进门前村居民社区。关艳华的住址是昨天在局里通过联系当地派出所的民警得到的，当地派出所的民警称，关艳华的丈夫 3 年前病故，现在只有一个儿子与她共同生活。陈凌川请这位民警通知了关艳华，说他今天要来家中拜访。

居民社区的住户虽然都是拆迁后就地搬入的门前村的农民，但社区内环境整洁，与城里一般的住宅区并无二致，而且因为停车场设在社区外，院内没有车辆停放，更显出楼前地方的宽敞来。一些孩子在院内玩耍，有几位上年纪的人坐在一起聊天。

父女二人按照地址来到 17 号住宅楼 3 单元 3 层，敲响了门扉上挂着 302 号牌的房门，这一层共有三户，302 号在中间位置。

“谁呀？”门内传来一个女人的声音，随之门被打开来一条缝隙。

“我姓陈，是从城里来的，昨天约过的。”陈凌川自我介绍道。门内的女人是关艳华。虽然过了 30 年，但她面容上年轻时的模样仍在。

“噢，请进吧。”关艳华将门打开，将陈凌川父女二人让进去。

这是一个两居室的套房，客厅挺大，摆放着简单的木沙发和几只木柜子，一台老式的彩色电视机摆在一个电镀管的电视架子上，正对着沙发。客厅内虽然陈设简单，甚至可以说是简陋，但一尘不染，十分整洁。

关艳华将客人让到沙发上坐下，拿起靠墙的一只木柜子上的暖壶沏茶。趁这个时候，陈凌川仔细观察了她一下。

关艳华的年纪已经50多岁，但身板硬朗，人显得很有精神。岁月的风霜已经将她的齐耳短发染成花白，眼角处也布满细纹，但因为肤色白皙，不像一般的农村妇女那样显得苍老。她衣着朴素，上身穿的蓝布褂子已经有些发白，边角已经磨破了，但洗得非常干净。

关艳华将两杯茶水放在父女二人坐的长沙发前的玻璃茶几上，刚在旁边的小沙发上坐下，陈凌川看着她突然问道："艳华同志，你不认识我了吗？"

关艳华一愣。"您是……"

"你再仔细看看！"

"您是……你是派出所的小陈吧？"关艳华打量着对方，不敢肯定地说道。

"对呀，就是我！"陈凌川高兴得一拍大腿，大声说道，"但现在是老陈啦！"

关艳华笑了，陈凌川想起来她年轻时候是个很爱笑的开朗姑娘。"咱们可是有些年头没见过了。……您还在公安工作吗？"

"一直干公安，但前些日子退休了，"陈凌川回答。关艳华与曹希峰恋爱的时候，到城里有时还邀自己一起吃饭，去公园玩，那时候都年轻，无拘无束的，但后来因那段变故，就没来往了。他又关切地问道："你还好吧？"

"挺好的。"关艳华笑着说，没有了陈凌川二人刚进门时的拘谨情绪。"派出所小郑给我打电话说有人来找我了解情况，我还琢磨是谁呢，原来是您呐。"

"这是我女儿，"陈凌川用手指着陈芷兰说道。"叫芷兰，跟我一起来看看你。"

"真是好闺女，长得多俊啊！"关艳华看着陈芷兰夸赞道。"上班了吗？"

陈芷兰笑着回答："关姨好！还没有上班呢。"

"刚刚研究生毕业，跟我一样，也是干警察，"陈凌川介绍道。

"那好，女承父业，像花木兰一样替父从军！"关艳华两个手臂一伸，做出一个握枪的造型。

大家都笑了。陈凌川不失时机地说道：“艳华呀，今天来，我还要告诉你个消息，是关于老曹的。”

“您不要说了，我已经知道了，”关艳华摆摆手不让陈凌川继续往下说，脸上露出悲戚之色，“真是太出人意料了，老曹这么善良个人，不知道得罪谁了？”

陈凌川有些诧异，心想消息怎么传得这么快？便试探着问道：“你和老曹还有联系吗？”

“前些年一直没有，”关艳华用手背拭去噙在眼角的泪水。“我老伴三年前去世后，他给我打电话，让我到城里去和他一起生活，说他爱人也已经去世了，女儿去了国外定居。我知道他是对年轻时候的事情歉疚，但我没同意。这怎么能行，我对他说，年轻时候的事都已经过去了，谁都没有对不起谁。前些日子他还又来电话，说今年他就退休了，退休以后要在这附近租个房子搬过来住，说是对这一带的山山水水有感情。唉，谁知道……”

“你知道那个杀害老曹的凶手为何而来吗？”陈凌川从兜里拿出那个从银行保险箱取回的黑色小口袋，从中倒出凤字对牌来交给关艳华，加重语气说道，“是为了找他手上的这块对牌。”

“啊，怎么会是这样！”关艳华接过这块当年她送给曹希峰，已经有20多年没见过的对牌，大惊失色，“这件事都过去这么些年了，谁会在意这事呀？”

“这也是我今天来这里找你了解情况的原因，”陈凌川表情变得严肃起来，“我们要搞清楚凶手怎么会知道老曹手中有那块对牌，确定他是什么样的人。只有把凶手缉拿归案，才能告慰老曹的在天之灵。”

“我能做什么呢？”关艳华点点头。

“我们都知道这半副凤字对牌是您家祖传的物品，”陈芷兰代替父亲问道，从兜里掏出一个小笔记本，“另半副对牌有可能会落在什么人手里呢？”

“这还真不好说，”关艳华为难地回答道，“那个时候我和曹希峰也想搞清楚这个问题，跑遍了整个村子，甚至还跑到附近的村子去打听另外半副对牌的下落。跑了好几个月，但一点线索也没有。”

“有没有可能流失到境外去了？”陈芷兰谨慎地问道。

“这不可能吧，”关艳华摇摇头怀疑地说，“这个地方除了闹八国联军的时候来过外国人，其他时候还真没有见外国人来过。……你要说境外，那台湾算不算境外？”

“嗯，也算吧，”陈芷兰说道。台湾当然是中国的一部分，但因为属于不同的管辖机关，因此去台湾，包括去香港、澳门也算出境。

“这附近的几个村子快解放的时候有不少青壮年被国民党军队征去当兵，后来有些就跟着部队去了台湾，家里面为此还背了许多年的黑锅。改革开放后的80年代，不少老兵回来探亲过。因此也不能排除他们把那半副对牌带走了，当然我没有证据，只是猜测。”

他们正说着，门外响起敲门声，关艳华打住话头，起身走去开门。

从外面走进来一个戴眼镜的男青年，来到客厅，他一下子愣住了，陈芷兰眼尖，认出他来。

“林峰阳？”陈芷兰叫出男青年的名字，惊讶地说道，“你怎么会到这儿来？”

“这是我家，”林峰阳说道，快步走到陈凌川面前，“陈局长，我妈打电话对我说今天有客人来，让我也回家帮忙接待一下，没想到是您！”

“这是曹叔叔的学生，我们在医院见过的，”陈芷兰看陈凌川脸上有些茫然，便对父亲介绍道。

陈凌川站起来与林峰阳握手，想起来对面这个年轻人是曹希峰的助手。曹教授对这个助手很信任，还叮嘱说破案和找那块对牌时有什么需要可以找他。这两天因为忙，也没顾上与他联系。曹教授竟然把过去恋爱对象的儿子收到自己门下当助手，这里面一定还有不少故事！

“曹教授向我提起过你，说你是他信得过的助手，有什么事可以找你，”陈凌川热情地拉着林峰阳在自己身边坐下，“我们和你妈正在谈曹教授留下的凤字对牌的事情，对此你有什么见解？”

林峰阳从他母亲手中接过对牌，举起来仔细端详，又把它交给陈凌川。“这块对牌老师视为珍宝，我以前只听说，但没见过，今天也是第一次见。前天我在医院，他临终前才向我讲，那个凶手是为找这个对牌才到他家抢劫的。”他瞥了陈芷兰一眼，想起她曾经在医院向他了解过对牌的知识，后者会意地一笑。

“你说你过去听说过，什么时候？”陈凌川眯起眼睛，认真听着林峰阳的讲述。

“在一次红学研讨会上，他讲了手中有半副对牌，可能与寻找曹雪芹遗失的原稿有关，但线索太单薄，因此想寻找另半副的下落。结果发言被一个刊物登载出来，后来还有不少人觉得好奇，向他打听情况，要看他手里的对牌，老师也有些后悔，觉得当时讲得有些唐突。”

“行，今天就谈到这儿吧，”陈凌川笑着把对牌放回黑色口袋中收起来，“艳华呀，这块对牌这段时间就放在我这里，围绕着它还会有不少故事发生呢！”

“那是老曹的托付，当然是您收着，”关艳华连忙说道，“我拿着它也没有用，希望它能帮着你们尽快把案子破了，抓住凶手！”

“我们不说这些事了，”陈凌川望着关艳华，笑着说，“艳华，我听老曹说你的‘岔曲’唱得可好听了，当时总在知青点给知青们唱，也给我们唱一段听听呗！”

关艳华忙摆手推辞。“不行、不行，多少年不唱了，……再说也没有伴奏。”

“就清唱一段吧。”

陈芷兰和林峰阳两位年轻人拍着手，笑着说道：“唱一段吧，唱一段吧！”

关艳华笑起来，面颊现出红晕，仿佛又回到了青年时代。她站起身来说道：“那好，可唱什么好呢？……我就给你们唱一段岔曲《枕戈待旦》，据说这还是清朝旗营里士兵们唱过的。”她又对陈芷兰说：“闺女，把你的圆珠笔借我用一下。”

她接过圆珠笔，又走到木柜子上拿起一个空茶杯，走到客厅中央，清了清嗓子，酝酿了一下情绪，然后用圆珠笔敲着茶杯打着节拍，字正腔圆地唱起来：

“枕戈待旦，怒窥敌蛮，前敌射来响铃乱箭，擂鼓聚将把令传。大喊一声如雷震，只杀得敌人东逃西奔。得胜鼓，响三阵，鞭鼓金镫转向营门！”

她的嗓音甜脆圆亮，音色优美，高低兼备，特别是每句的尾音和拖腔，不论是满宫满调，还是半说半唱，都韵味十足。

一曲唱毕，大家鼓起掌来，陈芷兰大声说道：“真好，关姨您唱得真好！我过去从来没听过这样的曲调，您刚才说这叫什么？”

“叫‘岔曲’，”林峰阳笑着对她解释道，“岔曲是清朝满族旗人发明的一种老少咸宜的娱乐活动，正式演出时用单弦和八角鼓伴奏，据说当时在旗人中很流行，家族聚会时大家也一起唱。”

“多年不唱了，嗓子不行了，”关艳华咳嗽了几声，放下手中的茶杯，把圆珠笔还给陈芷兰。

“唱得不错！”陈凌川笑着站起身来，“铿锵有力，韵味十足，艳华呀，我记得你父亲生前就是表演岔曲的民间艺术家，你没事的时候可以把曲谱和歌词整理一下，没人传承，这种艺术形式就失传了。”

“我们家还有不少岔曲的唱本呢，”林峰阳也有些兴奋地说道，“陈局长您说得对，回头我就帮着我妈整理。”

陈凌川站起身来。“那我们就告辞了，我们还想去曹雪芹故居参观一下，芷兰她妈还在楼下等着呢。”

“怎么不让嫂子一起上来？”关艳华有些不安地说道，“这多没礼貌！”

“下次吧。这次我们不是有工作要谈嘛，”陈凌川说着转向林峰阳，“小林老师，如果你没事，陪我们一起去故居参观吧，听说你对《红楼梦》很熟悉，正好做个向导。……而且有些事我们在路上再商量一下。”

“没问题。我今天没课，请好假了，不用回学校！”林峰阳向上推了推眼镜，很痛快地答应了。

“从曹雪芹故居参观完到家吃饭吧！”关艳华热情地建议道，“我给你们蒸包子和馒头，把嫂子也叫来，我给她赔不是。门前村的馒头远近闻名，你们也尝尝！”

下楼的时候，陈芷兰拨通了母亲的手机，肖若霞在电话中说她在附近转了一大圈，现在已经回来在车旁等着了。

走出大门来到车旁，陈凌川指着林峰阳对妻子介绍说道：“这是小林老师，关艳华的儿子，而且还是曹教授的同事，陪着我们一起去曹雪芹故居参观。”

“阿姨好！”林峰阳有礼貌地打招呼。

肖若霞见林峰阳长得眉清目秀，又谦逊有礼，心中便很喜欢，忙说：“是小林老师，你好，欢迎欢迎！”

四个人上了车，由林峰阳引路，向位于北京西山植物园内的曹雪芹故居驶去。

十一

随着这座大城市私家汽车保有量的增多，汽车修理业便如雨后春笋般地发展起来。在北四环外的一处农民搬迁后没有及时清理房屋的地点上，刚开始是几个失去土地的农民开了一个汽车修理厂，紧接着在附近鳞次栉比地又开了几家，不久，这里便成了汽车修理行业的集散地，从只是修理汽车和摩托车又派生出汽车零部件售卖、内部装饰等各种服务。由于这里修车的价格相较正规厂家稍低一些，久而久之，便吸引了大量顾客，每天车来人往，络绎不绝。

刑侦队的葛振队长带着队里的两名年轻警察，远远地坐在车里，注意观察着一家挂着“宋显修车行”招牌的汽车修理厂前的动静。

在局里开完案情分析会后，葛振立即按照邵信局长的指示，成立了一个专案小组，确定几名警察专盯此案，然后对几个重要情况进行了核查。他们首先找到了那个曾与可能的嫌犯同乘一部电梯上楼的男孩子了解情况。

男孩子果然是个学生，正上初中三年级。因为正在准备中考，因此学校每天放学后给他们加两节课，所以每天回家便 6 点多了。

男同学思维敏捷，对警察提出的问题应答自如。这也难怪，现在的男孩子都是看电视和玩游戏长大的，对社会上的事情了解得不少。据他回忆，与他一起进楼门的确实不是这幢楼的常住户，没有进出楼门的感应磁卡，因此站在门口等着别人开门后一起进去。但这样的事过去也司空见惯，这么多住户住在一幢楼里，谁家也免不了来个亲戚朋友，不可能都去社区的物业部门办个进门磁卡，因此互相帮忙开门也是常有的事情。

男同学住在 27 层，他清楚的记着那个同梯的男人按得是 17 层楼的号码。问他为什么这么有把握，男学生说，这幢楼一共 30 层，电梯按钮 10 个数字一组竖向排列，一共是三排，7 层，17 层和 27 层的号码并列在一行，因此印象深刻。而且他还主动说，电梯到 17 层男人下去后，似乎有些犹豫，站在电梯门外左顾右盼，直到电梯门重新又关上，还站着没动。

据男同学描述，男人岁数不大，30 岁左右的年纪，穿一条牛仔裤，上身穿什么记不住了，好像也是一件深色衣服。他的个子挺高，肩膀很宽，面相很凶，络腮胡没有刮干净，脸上似乎有一道疤，但记不太清了。男人进电梯后也不看人，按完号码后，就站在电梯门口背对着同梯的男同学，一直盯着电梯运行时变化的数字。

局里负责画像的警察按照男同学的描述绘了一张该男子的肖像图，男同学很认真，总觉得有些地方画得不像，改来改去的，最后只好作罢。

一般地讲，有些人对配合警方指认嫌疑犯都会有所顾虑，但当葛振感谢男同学的配合，说会替他保密时，男同学却毫无惧色。更让葛振啼笑皆非的是，这个小大人一样的男孩子竟然要警察为他们学校给初三的学生补课保密，一本正经地说道，区教育局为了给学生减负，三令五申不许学校为学生补课，他们学校的老师为了保证这批学生的升学质量，偷偷给他们补课也是冒着风险的。

寻找那辆白色面包工具车也取得了进展。因为不是在交通路口，交通监控录像的画面也不太理想，画面上车辆一闪而过，车号看不清楚，拉近了画面又变得模糊。最后经过技术部门将画面一帧帧地定格反复比较，5 个号码的后 3 个还是看不清。后 3 个号码包括了在这个号段中的近万辆车，而其中白色面包工具车就有七百多辆。警察们又使用排除法逐步缩小范围，忙了一个通宵，终于将目标锁定在了一个叫宋显的开修车行的个体商户身上。

交通部门的记录显示，在这个人名下共有 3 辆车，这辆车购于 4 年前，后来又分别购买了一辆捷达和宝马轿车。这也没有什么奇怪，开修车行的手底下汽车总要多一些。经向他户籍所在地的派出所了解，这个人的背景倒是复杂一些，多年前因倒卖文物被判过刑；但派出所民警介绍说，这个人是个纯粹的本地人，出狱后痛改前非，就老老实实地经营他的修车行，再没干过任何违法的事。

现在突破此案无疑只有这一条线索，自然要抓住不放。经研究，葛振带着章虹和周培来到这个叫宋显开办的修车行，决定先对此人的情况探个虚实。

修车行前现在已经停了两辆汽车，几个修理工打扮的年轻人正围在车辆四周忙碌着。葛振望着那边的景象，思忖了一下，对坐在副驾驶座位上的周培说道：“周培，大前天你开车蹭到局大门口的铁栅栏上，修了没有？”

周培的脸一下子涨得通红，急忙分辩道：“那次刮蹭也不能全怪我，咱们局的铁栅栏门应该换换了。我开了门，刚开车进去，谁知风一吹，门又刮回来了，我来不及，就蹭上后膀子了！”

“别的单位都是电动开启的推拉门，就咱们局还是自己开关的，太不方便了。”章虹看周培可怜巴巴的样子，帮着他说话。

“我只问你修还是没修，谁问你们怎么蹭的了？”葛振有些不耐烦地说，觉得这两个新入行的警察有些罗嗦。

“这两天忙这个案子，还没来得及修，”周培竭力争辩道，“您已经骂过我了，我虚心接受，您放心，我明天就去修。”

这回葛振真火了。他压低声音训斥道：“你们没有脑子吗？我们现在什么地方？我们是在找机会接近那个叫宋显的人，看他有没有可能就是那个入室抢劫的罪犯，你们却在这儿扯什么责任问题！”

两名新警察面面相觑，明白了葛振的意思。

“周培，我和章虹过去，你在附近转转，看看有没有那辆白色面包车。一会儿我们电话联系。”葛振布置道。

“明白。”周培答应着推开车门下了车。

葛振将车发动起来，径直向远处挂着“宋显修车行”牌匾的地方驶去。他把车窗降下来，车开得很慢，显得有些犹豫，仿佛是在寻找什么似的。

来到修车行前，一个坐在门前一把椅子上的男人向他招手叫道：“兄弟，要修车吗？”

葛振踩下刹车，从车窗探出头去。“车蹭到树上了，掉了一块漆，能补吗？”

“在什么位置？”

“右后面，车轮上面一点儿。”

坐在椅子上的男人站起身来，向车子走过来。他中等个头，身材微胖，虽然只有四十多岁的年纪，但肚子已经凸出来了。

葛振也循声下车，绕到车后部右侧。男人走过来伏身看了一下车上的刮痕，说道：“蹭得不严重，只是刮掉点儿漆皮，不用动板金，打点腻子，喷点漆就行。”

“得多长时间？”

“时间不长，一个小时就行。”

“多少钱？”

“嗯，……您给300吧。”

“300？贵点儿了吧？”也已经下车，站在一旁嚼着口香糖的章虹撇了撇嘴。她的妆上得很重，唇膏猩红，眼影深蓝，头发在头顶绾成一个球形。葛振有些想笑，不知道他这个助手怎么会在这么短的时间里改妆成这样。

“……您给个数吧？”男人瞟了一眼打扮夸张的章虹。这样的姑娘他见的多了，自己什么都不懂，可在男朋友面前却总是装出什么都懂的样子。

“260吧。”葛振说道。补漆虽然不是什么技术含量太高的活，但干起来也比较复杂，压价也不能太低。

“行。你把车靠边停停。我安排个工人立马给你干，”男人似乎不屑于在小钱上讨价还价，答应得很痛快。

葛振把车按照修车行工人的要求停好，走回来又有些不放心地问道：“补完漆后颜色不会跟原漆不一样吧？”

“瞧您说的，”男人已经坐回椅子上，笑着说道，“您这款帕萨特汽车我们有几十种色系的漆料，您这车的漆色是深黑，最普通，您就放心吧！”

葛振掏出烟递上一支。“抽支烟。”

“谢谢，不会，”男人摆摆手把葛振的烟推回去。

“您是这个修车行的老板？”葛振自己点上烟，吸了一口，随意的问道。

“是。”男人回答道。

“不瞒宋老板说，”葛振表情夸张地说道，“我原来的车是富康，有一次车门子让人撞了，送到修理厂，好嘛，提车的时候喷的漆跟原车的漆颜色差不少，最后卖车的时候为此还赔了两千多！”

“那是以前了，现在的车漆都是计算机调出来的，”宋显煞有介事地介绍道，“您二位屋里坐吧，喝口水，一会儿就得。”

葛振和章虹走进修理行屋内。进门对面是一个服务柜台，一个年轻姑娘坐在柜台后正在用计算器算账，柜台后面的墙上挂着一张装在镜框中的营业执照，上面的法人一栏中写着“宋显”两字。屋里的四面墙上挂满了汽车的方向盘、各式灯具、轮毂、仪表盘等物件，角落里也堆放着一些钳床、卸胎机等修车工具，只有两把椅子放在屋子中间，算是为顾客提供了一处休息之地。

两人在屋里转了一圈，感觉有些喘不上气来，就又走出来。见一个20多岁年纪的修理工，已经在用砂纸在帕萨特汽车的掉漆处开始打磨，打磨后，又在一个小木板上调了点腻子，涂抹在车身上。“等腻子干了再喷漆，”年轻修理工一面熟练的涂抹一面向他们介绍道。

“看你的活干得挺熟练，”看修理工放下手中的工具，葛振递上一支烟，“干了几年了？”

“4年了。这个厂子一开张就在这儿干，”修理工接过烟点燃，“每天到这里修车的以补漆居多，大活都去正规厂家了，就为补点漆去厂家不值得耽误时间。”

“你们宋老板不抽烟吗？”葛振看到旁边的修理工个个嘴里都叼着根烟，只有宋显一人手中端着一只茶杯，便若无其事地问道。

“不抽，”修理工摇摇头，又有些神秘地对葛振这个烟友压低声音说道，“听说过去抽，后来在大狱中待了几年，戒掉了。”

又过了十多分钟，涂抹在车身上的腻子干得差不多了，修理工拿来几张报纸，用胶条贴在掉漆的部位四周，然后拿来一把装着漆料的喷枪，将漆均匀地喷到车身上。又过了一会儿，把报纸揭下来。

“好了。您看怎么样？”修理工对葛振说道，带着一些夸耀的口气。

葛振凑近了看，补过漆的车身与旁边的漆色融为一体，确实看不出来。“不错！”他点头说道。

“回去先不要用水洗，”宋显踱步过来，对葛振解释道，“明天这个时候你再来给车漆抛光，现在漆还软，过24小时就行了。”

葛振掏出260元钱递给宋显。“谢谢了，手艺不错。”

“再见！”宋显目送葛振和章虹上车后驶离修理行，挥手告别。

葛振将帕萨特汽车驶到大道上停下，打电话将周培叫过来。周培跑过来后，先围着汽车绕了一圈，然后拉开车门坐在后座上。“修好啦？一点儿看不出来！花了多少钱？”

“300。葛队长给你垫上了。”章虹将绾在头顶的头发放下来，重新扎成马尾辫，抢过话头故意说道。

周培要从兜里掏钱。“那怎么行，车是我蹭的，怎么能让您出！”

“算了，章虹唬你呢，不是300，花了260。你要过意不去，晚上一人给我们买个汉堡，”葛振笑着说道，“掌握了不少情况，花点钱也值了。……周培，你那边情况怎么样？”

“我沿着这片修车的店铺走了两圈，脚都走肿了，”周培夸张地说，“白色面包工具车倒是不少，但没有发现监控录像上后三位数字相同的车辆。”

葛振点点头。“章虹，你对这家修车行怎么看？”

“我觉得是一家正经的汽车修理厂，”章虹发表自己的观点，“虽然规模不大，但是在实实在在做生意呢。”

“我也是这个印象，”葛振点头同意，“这个宋显不管以前干过什么，但现在是拿这个修车铺当作一个正经行当在经营。”

“他不抽烟，说话本地口音，个头不高，这些与我们描绘的嫌疑凶犯差距较大。”章虹分析说道。

“那他在这起入室抢劫案中扮演的是什么角色呢？”

“等他下班后再看看他去哪儿，”葛振说道，“先找到那辆面包车，看他是自用还是借给别的人用了。”

下午5时，没有等修车行关门，宋显就驾驶一辆黑色捷达车离开了。

他先是沿北四环往东行驶，从东风桥下匝道向北，然后从桥下拐弯继续往东，经过一个较繁华的街市，逐渐来到城乡结合部的一个稍显破旧的住宅楼群。

这个地方在20世纪七八十年代还是纺织和化工企业比较集中的地方，随着计划经济的结束，纺织和化工产品出现滞销，大批工厂转产，这个地区的繁华景象便不复存在了。紧接着，许多离开土地到城市讨生活的附近省份的农民来到这里，租住在这些低矮、外表破败的住宅楼中，在城里干一些装修、保洁、快递等方面的工作，或者就在附近摆个小摊维持生计。

宋显将捷达车在一幢四层高、紧靠街道的楼前停下，锁上车，进了一个单元门。这里过去是他父母的房子，他父母原来都是在附近工厂上班的工人，老实巴交地在厂子里干了一辈子，拉扯大宋显和他姐姐。

姐姐出嫁后，宋显仍与父母住在一起，直到他因倒卖文物被判刑住进了监狱。

出来后他无地方可去，继续与父母同住，直到两位老人先后辞世，留下这套房子作为唯一遗产让宋显继承。

宋显有了些积蓄后又在城里买了房子，这套老房子就空下来。约翰·杨电话提出让他给尹亚提找个住处，他便让对方住到了这里。

他来到三层，用钥匙打开门走进去，看到屋里凌乱不堪的景象，闻到飘散的混浊气味不禁皱起了眉头。这套两居室虽然简陋，但过去收拾得干净整洁，几乎是一尘不染，关上门后与外面破败脏乱的样子完全不同，因为这里毕竟是他父母生活了一辈子的地方，也留着宋显儿时美好的记忆。但只有一个月的时间，就让这个乡巴佬给祸害成这样了，怨不得他过去的老板约翰·杨有些烦他呢？

从前天在凯宾斯基饭店听到约翰·杨和尹亚提的谈话后，宋显就明白了这桩生意巨大的利益和可能存在的巨大风险并存。他虽然也只有高中文化，但毕竟搞了几年文物走私，知道《红楼梦》原稿的意义所在，真要是一旦掌握在手，那可不是用金钱可以衡量的，他要是能在其中分一杯羹，保管可以下半辈子荣华富贵。

但现在经过尹亚提的入室抢劫杀人，警方肯定已经警觉了，很有可能正在寻找他的下落，而自己将用于拉货的工具车借给尹亚提使用，很有可能会落入警方的视线，牵扯到自己。他今天要把这个面包车要回去，否则这个楞头青不定又干出什么出格的事情呢！既要得到利益，别让约翰·杨和尹亚提感觉自己不出力，又尽可能不把这股祸水引向自己，这是现在他必须认真盘算的。

尹亚提躺在沙发上，穿着鞋的脚搭在沙发扶手上，拿着个手机正在玩游戏。见宋显进来便坐直身体，但眼睛仍然盯着手机屏幕。

宋显坐到一只单人沙发上，将面前茶几上堆满的方便面包装纸和空啤酒瓶往中间推推，将手包放在上面。

“打电话找我来有什么事吗？”宋显主动开口问道，觉得自己如果不先说话，对方不会理自己。

尹亚提恋恋不舍地关闭手机上的游戏系统，调出来一段信息。“这是杨老板发给俺的，是那个叫陈凌川的前公安局长家住的位置，杨老板说那个对牌现在可能就在他手上，让俺和你商量一下，看如何最后确定这个姓陈的家庭住址，想办法把对牌搞到手。”

宋显接过尹亚提的手机，见上面的地点是位于知春路附近的一个住宅社区。手机屏幕上用三维动画的形式，用一个大头针将一串手机号码钉在一个位置上。

“这是如何得到的？”

“听老板说，是使用卫星系统定位了他女儿的手机，昨天晚上这个号码的手机在这个位置不再移动，证明这里就是他们住宅的社区。”

宋显不由得赞叹高科技的神奇，同时也认识到在互联网时代，考虑任何问题都要换个角度了。

“行，明天我和你一起到这个社区去一趟，摸一摸情况，”宋显把手机屏幕上的图像放大一些，认真看着上面标出的地名。这个社区的情况他也不熟悉，怎么找到这个前公安局长的住宅他得琢磨一下。

“你自己去吧，”尹亚提不太愿意与宋显一起去，满不在乎地说道，从宋显手中拿回手机，“你找到了通知俺一下就行，俺自己去对付。他要识相就罢了，要是不识相，大不了再来一次 beheading（斩首）！”

“这个是警察，不会像对付那个姓曹的老师那么简。”宋显白了尹亚提一眼，越发感到不愿意再与这个头脑简单的乡巴佬搅在一起了。

“什么警察？”尹亚提不屑地撇撇嘴，“一个是已经退休的老头子，一个是乳臭未干的黄毛丫头，俺看不出有什么难办的？”

宋显不想再与对方纠缠不清，从放在茶几上的手包里拿出一叠钱来放在茶几上，对尹亚提说道：“这是5000元钱，你拿着用。有两件事，一是以后你出去就乘出租车，或由我负责开车接你，你那辆面包车我的修车行还要拉货，你先还给我；二是快要开‘两会’了，派出所和居委会贴出通知，要检查这一地区暂住人口的情况，你住在这里目标太大，我给你找了家小旅馆，挺安全的，明天你就搬过去住。”

他说着，掏出手机拨了个电话。“喂，强子，……对，是我，你打个车到我在朝阳的家来一趟，把咱们的面包车开回去。车就在楼前面的马路上，……你不是有备用钥匙吗？行，就这么着！”

葛振带着两个助手跟随宋显来到这处位于城乡结合部位的地段，看到宋显走进了路边一幢红砖旧楼。他们已经对这个修车行小业主的情况进行了调查，知道这里是他的另一处住房。

葛振和章虹下车在附近转了转。这一带的景象已与城里完全不同，路边的店铺高低错落，密密匝匝地一家挨着一家，许多与他们正在寻找的那辆白色面包工具车相同型号的车辆散放在路边或者便道上。

他们不敢松懈，按照掌握的车牌号一辆辆车的查找。章虹眼尖，突然指着不远处的一辆车低声说道：“快看，那辆车在那儿！”

葛振循声看去，果然见那辆曾经在入室抢劫现场附近两次出现过的面包车就停在楼侧。这辆车停在这里与周边的环境倒挺和谐，一点也不显眼，车身已经有不少地方掉了漆，蒙上了不少尘土。

他们回到车上，将车开到一个既能看到那辆面包车，又不算离得太近的地方停下，坐在车里等。

依照目前的情况判断，显然在宋显家住着另一个开这辆面包车来的人。因为如果是宋显将车开来的，离开时没有开走，再过来时又开另一辆车，这与情理不通。宋显这时候到这里来，应该是与这个人见面来的，是什么样的人，只要他与宋显一起出现就可以见分晓。也许他今天晚上要住在这里，那也没关系，等到他明天离开时再说。

“我们要做今天晚上在这里过夜的准备了，”葛振对两个助手说。当警察的基本功就是蹲守，两名年轻警察虽然到刑侦队时间不长，但已经对此深有体会了。

“这里晚上一定热闹，”周培看着路边一个个的小吃摊，虽然天还没有完全黑下来，但一些炉子已经燃起来了。

“周培，去买点吃的，”葛振拿出钱包，指着稍远处的一个挂着烧饼、肉饼幌子的店铺说，“那边有个卖烧饼的，去买几个。”

周培把葛振的钱推回去。“我还欠您和章虹两个汉堡呢，可惜在这儿没地方买去。”

葛振笑着把钱拿回来。队里有一条不成文的规矩，遇有在外蹲守的任务，吃饭时由警衔最高的警察花钱。但今天这顿饭就让周培花吧，谁让他把队里的车蹭了呢！

“别买肉饼！”周培开门下车，章虹在后边叮嘱道，“这里的卫生条件太差，肉不定是从哪里进来的！”

然而，正当三位准备坚守一个晚上的警察正边喝罐装可乐、边啃烧饼的时候，情况却发生了变化：

一个身材瘦削的男青年不知道从哪里冒出来的，突然出现在他们的视线中。他走近白色面包工具车，用车钥匙打开车门，坐到驾驶台上发动汽车，径直将车开走了。

“这不是那个修理工吗？”男青年刚一出现，章虹就吃惊地叫出来。

葛振也目瞪口呆。没错，开车的人正是下午那个给帕萨特汽车补漆的年轻人！

“这是怎么回事？”对于警方来说，面包车是一个重要线索，却这么轻易就被掐断了。下午这个修理工还在修车行前与葛振一面抽烟一面聊天，现在怎么就出现在这里？

正当他百思不得其解的时候，宋显也独自一人从那幢四层高的旧楼中走出来。他坐进那辆捷达车，又循原路向城内方向开了回去。

“要不要请当地派出所的民警查一下宋显家中住没住其他什么人？”在尾随捷达车回城的路上，章虹建议道。

“可以，但是等明天吧，”葛振望着已被夜幕笼罩的城市街道，还在琢磨刚才面包车被开走的事情，“这么晚了，怕会打草惊蛇。”

十二

陈芷兰驾着高尔夫车在林峰阳指引下来到西山南路，一直向北驶去。四个人坐在这辆女孩子喜欢的两厢型轿车里，显得有些拥挤。

坐在副驾驶座上的陈凌川回过头来，试探性地对林峰阳说道：“你母亲和曹教授以前就认识，这你知道吗？”

“我知道，”林峰阳用手扶了扶眼镜。坦然回答道，“我母亲和老师都跟我讲过。”

“那是很早以前的事情了，”陈凌川回过头来，望着窗外空旷的田野，仿佛陷入了对往事的回忆，“那是一个特殊的时代，现在的年轻人可能不理解当时人们的感情生活。”

“那是因为你们这些人对现在年轻人的想法不了解，”驾车的陈芷兰不以为然地截断父亲的话，“据我所知，现在的年轻人对《廊桥遗梦》或《山楂树之恋》里那样的爱情生活不但理解，而且是向往的。”

“陈警官说得对，”林峰阳支持陈芷兰的看法，“其实，不管是古代还是现代，不管是外国还是中国，人们对感情世界的认知都是相通的，现在的年轻人对那个年代的爱情生活之所以向往，是因为感觉那种爱情更加纯粹、更加不掺杂过多物质的干扰。”

“看来我是落伍了！”陈凌川自嘲地笑道，又回到正题，“我和他们很早就认识，我觉得你母亲和曹教授的关系就很高尚和纯粹。”

“我知道您想说什么，”林峰阳毫不做作地说道，“我能够有今天的成就，上大学、读研究生、留校工作，与老师的真心相助是分不开的。刚开始听到他们以前的关系我还有些别扭，但随着在老师身边工作时间长了，看到他的善良和为人，我逐渐理解了。”

“曹教授和你母亲都是好人，”肖若霞侧过脸来瞧着坐在身旁的林峰阳，语调中充满感情，“小林老师，刚开始我们还有些担心，你能这样想真让我们感到高兴。”

陈凌川又一次转过头来，关切地问道:“小林呀，你母亲的生活现在怎么样？”

“挺好的，”林峰阳答道，“她在村里的花圃种植园工作，每月都有几百元钱的收入。再说还有我的工资呢。”

陈凌川望着林峰阳继续说道；“曹教授临终前立下遗嘱，对他的财产如何分割进行了安排，并让我负责对遗嘱的执行情况进行监督。”

“我见到老师的女儿和女婿了，”林峰阳没有理解陈凌川的话，“事情太突然，他们没有思想准备，很伤心的。”

“曹教授在遗嘱中说，他的房产和其他物品留给他女儿继承，”陈凌川一字一顿地说道，“他的存款，共有30多万元，由你母亲，也就是关艳华继承。”

林峰阳闻听此言愣住了。“这、这怎么行？……老师有女儿、有亲属，这不行！”

“遗嘱是曹教授在医院当着他女儿和女婿的面自书所立，当时神志清楚，”陈凌川不顾对方的反应，“遗嘱受法律保护，并已得到他女儿的确认和同意。”

林峰阳瞠目结舌，说不出话来。

“你母亲是个自立自强的女性，”陈凌川回过头去，仿佛在对自己说，“刚才在你家我没有向你母亲提到此事，是怕引起她的伤心。……这件事委托你找时间替我向她说一下吧。”

“死者为大，不要拂了曹教授的一番好意，”肖若霞见林峰阳还想说什么，忙在一旁劝说道。

林峰阳不再做声，眼泪顺着脸颊流下来。

这时陈芷兰已经驾车来到正对着植物园正门的丁字路口，门前人声鼎沸，车流拥挤。她正在踌躇，林峰阳探身往前用手指着路说道：“这里人太多，我们往右拐，那边还有一个大的停车场，而且距离去曹雪芹纪念馆的东门也近。”

陈芷兰转动方向盘向右，沿着马路又开了一段，拐进了一个偌大的停车场。停车场中已经放了一些车，她将车并排停下。一个斜挎着书包的中年妇女走过来。

“多少钱？”陈芷兰跳下车，关上车门。

“10元。”中年妇女答道。

“多长时间？”

“随便停，晚上6点前离开就行。”

陈芷兰掏出10元钱递过去。“给张停车票。”

听到女儿与收费员的对话，陈凌川笑了。

一行四人出了停车场往植物园的东门走。在路上，肖若霞为了缓和刚才的气氛，笑着对林峰阳说道：“小林老师，你是研究《红楼梦》的专家，一会儿去曹雪芹故居参观，你先把有关曹雪芹的情况给我们介绍一下吧。”

“阿姨，您以后别再叫我小林老师了，就叫小林好了。再说我也不算什么专家。”林峰阳谦虚地说。

“算不算专家不敢恭维，但对于《红楼梦》确实还是熟悉，”陈芷兰在旁边说道，想起来了林峰阳在医院向她介绍有关对牌的情况。下车后她在鼻梁上架了一付墨镜，镜框遮住了半个脸。马尾辫在脑后扎起来，显得充满朝气。

林峰阳略一思索。“从哪儿说起呢？……要说曹雪芹的身世，说太早了也没有意思，就从他祖父说起吧。他祖父叫曹寅，曹寅的父亲叫曹玺，到曹玺这一代时，曹家已经深得皇帝信任，因此在曹玺死后，康熙立即任命曹寅接替他为江宁织造，也就是在江南负责丝绸的纺织和采购的官职，这个职务同时还负责直接向皇帝报告江南的一应事务，地位十分重要。曹寅与康熙关系密切，这从康熙四下江南，三次由曹寅接驾，住在曹家可以看出来。后来曹寅因疟疾病死，康熙又任命他儿子曹颙（yóng）袭职江宁织造，可惜曹颙身体不好，只任职两三年就又在北京病死了，当时他妻子马氏已经怀孕 7 个月，人在南京，都没有能来北京奔丧，后产下了曹雪芹，因此可以说曹雪芹是遗腹子。这一年是康熙五十四年，也就是公元 1715 年。”

林峰阳一路说一路走，几个人走到植物园东门。只见门前有一块大石头，许多游客在石头前摆出各种姿式照相。门右首有一个售票亭，林峰阳刚要去买票，让肖若霞拉住了。陈芷兰跑过去，在窗口买了 4 张票，几个人一起通过门口的检票口进了公园。

“多少钱一张票？”陈凌川看着票根上的图案问道。

“5 元一张。”

进到植物园后路边立着一块上写着“植物园导游图”的立体图示牌，上面标注着倚山而立的植物园全景和各个景点的名称。旁边有中英文介绍，称植物园位于西郊寿安山麓，面积 600 公顷，现开放了 200 公顷供游人游览。

沿路再往里走，路由青砖铺就，两旁种满了各种林木，建了几处亭台水榭，他们按照路旁指示牌指的方向朝曹雪芹纪念馆的方向走。

“小林，你接着讲，”肖若霞对曹雪芹的身世挺好奇，平时只是了解只言片段，今天看到这么个文质彬彬的年轻人，又有学问，自然十分喜欢，笑着对林峰阳说道，“你刚才讲到曹雪芹出生了。”

“好，我接着讲，”林峰阳似乎对讲述曹雪芹的这段身世也有兴趣，刚才见到陈家人的拘谨全没有了，“我讲得是红学界比较一致的看法，当然还有不少不同意见，那另当别论。”

“为什么会有不同意见呢？”陈芷兰不解地问道。

“主要是有直接证据的材料太少，”林峰阳老实承认，“许多论点都是靠各种能找到的辅证材料推断出来的。”

“这也是会产生红学研究这门学问的原因之一。”陈凌川深有感触地说道。

“您说得对，”林峰阳说道，“我接着讲。曹雪芹的父亲曹颙死后，因曹寅只有这一个儿子，康熙就任命曹寅弟弟的儿子，也就是曹雪芹的叔叔曹頫（fǔ）接替江宁织造一职。但好景不长，曹雪芹七八岁的时候，也就是公元1722年，康熙去世，雍正皇帝即位。雍正是以革除积弊、重典治吏而在历史上著名的，对于前朝皇帝的一些宠臣和亲信的做派早就看不惯，因此就开始对这些人进行整治。雍正六年前后，也就是1728年，曹頫被革职抄家，没收在南京的全部财产，一家人被押往北京等候发落。”

“犯了什么罪？”陈芷兰禁不住问道。

“从刑部的一份文件上看，曹家被抄家主要是因为曹寅在世时得过一个叫越世显的商人八千两银子，照现在的说法，也就是收受贿赂。据考证，康熙当政时就知道这件事，但因为曹寅四处搞钱，主要用于皇帝下江南时的兴修土木工程以及接驾花销，就一直没有追究。当然还有其他一些事，比如一会儿我们到曹雪芹纪念馆可以看到，曹家当时在江南势力很大，曹家的奴仆甚至在官家驿站闹事，惹怒了雍正。”

“曹家到北京后就直接到这里了吗？”这时，已经可以隐约看到曹雪芹纪念馆了，陈芷兰想快些知道结果。

“没有，”林峰阳摇摇头，“也是根据刑部的那份文件，曹家到京时，先是落在了崇文门外蒜市口，那里有17间半房子，过去也是曹家的房产，但这次是属于查抄后又提供给他家住的。后来，大概在曹雪芹20岁左右才搬到这里来的。”

这时，一行四人已经来到纪念馆。只见一圈木栅栏围成一处宽阔的庭院，木门上挂有“黄叶村”的匾额，院子里修竹行行，草木繁茂，路正中一块大石，上书“曹雪芹纪念馆”。再往里走，便见一处院落，门前有三棵盘根虬结的古槐树，由于树龄很长了，枝叶并不茂盛，有几条枝干被铁架支撑住。

“认不得了！”肖若霞望着周边的景象，感慨地说道，“这几株古槐我还有印象，但当时这里是一排排的房子，可没有这么空旷。”

“曹雪芹纪念馆是1984年4月创建的，地点就定在1971年发现‘题壁诗’的原西山正白旗39号的舒宅，”林峰阳解释道，“纪念馆建立后，逐渐将附近的住户迁移出去，最后就形成了现在这样的格局。”

他们来到故居门前，见门前挂了一块木匾，上面是著名书法家启功先生题写的“曹雪芹纪念馆”几个字。门楼仿四合院常见的建筑风格，青灰砖垛，檩条木门，围墙由山中杂石堆砌而成。进门后有一木扉影壁，左首是一排平房，挑帘进入，便是通间的展览室。

进入展览室映入眼帘的首先是一尊曹雪芹的半身塑像，后面就是那面著名的写满“题壁诗”的墙壁复制品。纪念馆的前言写道：“曹雪芹是中国18世纪伟大的文学家，他的传世小说《红楼梦》，被誉为中国传统小说的巅峰之作，在世界文学史上享有盛誉……”

几个人沿着墙上布满展板的通道向前参观，一边走，林峰阳一边做一些讲解。展览共分三个展室，分布在三间平房中，内容包括一些红学专家对《红楼梦》的研究成果，曹雪芹的家世渊源，西山地区的人文景观对他创作这部小说的影响，以及一些专家学者对《红楼梦》这部书的评价等。

在一张发现“题壁诗”故居的大幅照片前，肖若霞停下脚步，回忆道：“当时的房子就是这个样子，很破旧，前面也很杂乱。当时正在破四旧，屋里有字迹的墙皮就那么明摆浮搁着，也没有人管理。我们同去的老师当时还议论，说这么珍贵的文物怎么也不保护起来，让人弄坏了怎么办？”

陈芷兰站在一旁，似乎想起了什么。“我记得那次我们在家里还争论为什么凭着这所房子中发现的‘题壁诗’就认定这里是曹雪芹故居，当时你们谁也说不清楚。”

“我解释不了，”陈凌川笑着说，“这个问题还得请小林这个专家来解释了。”

“主要依据是‘题壁诗’中的一副对联，”林峰阳说道，“对联是‘远富近贫以礼相交天下少，疏亲慢有因财而散世间多’，而在‘题壁诗’发现前的1963年，有一位叫张永海的当地人，就曾向到这一带收集曹雪芹生平遗迹的红学专家吴恩裕教授提到过曹雪芹写过的这副对联，两句诗的内容基本一致。另外从发现的一些曹雪芹写的字迹残留物品看，与‘题壁诗’上的字迹也相同。还有一些曹雪芹住所地址的传说等佐证，基本就可以认定这里就是曹雪芹生前曾经住过的住所了。”

“在迁移这一带住户的时候，还发现有其他类似‘题壁诗’的遗迹吗？”肖若霞问道。

“没有。”林峰阳摇摇头。

“这些凭据基本可以构成一个完整的证据链了。”陈凌川自言自语地说道。

“真是三句话不离本行！”肖若霞笑着对丈夫嗔道，“你以为这是破案呢？”

“陈叔叔说得没错，从某种意义上说，《红楼梦》研究也是一种破案，当然里面没有刀光剑影，而是一个接一个的迷局。”林峰阳笑着说道。

“看到没有！专家都对我予以肯定了。”陈凌川故意挺了挺胸脯，高兴地说道。

“芷兰你瞧瞧，你爸爸有时候就跟个孩子一样！”肖若霞对女儿笑着说。

陈芷兰和林峰阳都笑了。

他们又往前走，看到墙上挂着一幅照片，标题上写着“地藏沟”，介绍中称：“地藏沟得名于沟口的一座地藏王菩萨庙，是正白旗义地，据说曹雪芹死后即葬在此地。”

几个人停住脚步，注意看那幅照片，照片上在两个高坡之间有一处稍显低矮的洼地，远方群峰耸立，山峦起伏。

“在西山一西一东有两条沟，”林峰阳指着照片介绍道。“西边的叫樱桃沟，东边的叫地藏沟。樱桃沟大家都熟悉，里面景色也漂亮宜人，地藏沟没有樱桃沟大，名气也没有樱桃沟大，不是当地的人一般不知道。介绍上所说的地藏王菩萨庙实际上是个尼姑庵，据说民国初年还在，后来里面的尼姑都搬走了，庙宇就毁坏了。”

“地藏沟离这里远吗？”陈芷兰对地藏沟产生了浓厚兴趣。

“很近的，就在这座纪念馆的东北方向。”林峰阳说道。

“那我们一会儿去看看。”

“现在盖了房子，过不去了，但可以从远处眺望。”

“不是当地人一般不知道，又过不去，谁能确定那就是地藏沟？”陈芷兰有些怀疑地问道。

林峰阳笑了。“我教你个窍门。你用手机把这幅照片拍下来，一会儿我们出去后你依据照片上的景观对实地的峰峦走势进行比较，就能找到地藏沟的位置。”

听林峰阳这么一说，陈芷兰掏出手机将墙上挂着的地藏沟照片放入取景框中拍了下来。

“曹雪芹是哪一年去世的？”陈凌川在旁边问道。

“学界比较一致的意见是乾隆二十七年、也就是壬午年除夕，”林峰阳解释道，“这一说法主要是根据甲戌本《脂砚斋重评石头记》的一条批语：‘壬午除夕，书未成，芹为泪尽而逝’，也就是公元 1763 年 2 月 12 日。……当然，也有学者认为是第二年的癸未除夕的。”

“1763 年 2 月 12 日，这个日子怎么听起来有些耳熟呀？”陈凌川皱起了眉头，自言自语地咕哝道。

“17630212，这就是曹教授银行保险箱的密码数字啊！”陈芷兰情不自禁地拍手叫道，引起身旁其他观众纷纷转过头来。

陈凌川恍然大悟。“这个老曹，果然是有心人！”

他们参观完曹雪芹纪念馆后，从院子后边的小门走出围墙，又穿过篱笆院子。院子外面是一条人行便道，他们站住确定了一下所在的位置。

从这里看出去，西、北、东都能远远地望见接踵比肩的山峦，石峰陡峭，林木繁茂，有些地方还存有尚未完全化尽的雪迹，景色蔚为壮观。

陈凌川举目眺望，不禁叹道：“‘玉带林中挂，金簪雪里埋’，这样的描写方圆几十里都能找到相同的景象，寻找起来确实太困难了！”

他们站了一会儿，见东北方向有一个山丘，上面立有个木质结构的亭子，便一齐登了上去。

亭子的造型奇特，穹顶很大，飞檐高耸，四根立柱似乎勉强才能撑住这个硕大的穹顶。一些石头随意堆放着，有的半埋在土里。

“小陈，你把手机里的照片与那边的山峰对比一下，看是不是相同，”林峰阳用手指着东边山峦叠嶂的远方对陈芷兰说。与陈家三口人在一起待了一段时间，逐渐熟稔起来，他不再对陈芷兰叫陈警官了。

陈芷兰掏出手机，将刚才在纪念馆拍的照片与东边的山峰仔细对比，发现山的走势果然一点儿没变，但山下已经建造了许多房屋。她感慨道：“我们在大学上地形勘查课时，学过通过山的走势来确定地形地物，地藏沟就在那里。”

林峰阳接着介绍道：“据说，供奉着地藏王菩萨的尼姑庵就位于地藏沟口，与正白旗营地不远。咱们站的位置应该就是已经坍塌毁坏了的尼姑庵所在地了。”

“有道理，”陈凌川点头同意，“一般来说，庙宇都会建于高处。”

“清朝时期这一带寺庙比较多，据说有近百所，当时旗营的男人们出去打仗，女人们就会到庙里烧香乞求菩萨保佑丈夫平安，因此寺庙建得都离营房不远。”

“《红楼梦》中妙玉住的栊翠庵就在大观园里，最后惜春出家也在附近，这怕也不是巧合，”肖若霞围着亭子转了一圈，抚着亭柱说道。这时，已经隐藏在云层中多半天的太阳突然在西边的天空挣脱出来，将阳光洒在亭子上，好像给高耸的亭檐镀上了一层金辉。

“经过植物园这些年的整修，原来的面貌已经看不大出来了，但这座亭子脚下的沟壑痕迹仍然能看出来，”林峰阳指着亭子下面的洼地走向说道。

顺着他手指的方向，陈凌川放眼望去，随着地势的高低起伏，仍然可以看出过去自然地貌的大致轮廓。“是的，过去水势大时，从地藏沟流出来的水一定是通过这条沟道流入西边的湖中的。”

“小林，我们还往哪里去参观？”肖若霞问林峰阳。她越来越喜欢这个年轻人了，对他也越发信赖。

“从这里往西就是普觉寺，再过去就是樱桃沟。中间还要经过碉楼、龙王庙、隆教寺遗址、广慧庵、五华寺，樱桃沟中还有元宝石、石上松等景观，不少故事都与曹雪芹相关。就是不知道叔叔和阿姨累不累？”林峰阳迫不及待地想把自己知道的故事都告诉陈家人。他已经知道了曹希峰教授把寻找曹雪芹遗稿的事交给了陈凌川，因此希望自己能够在这次任务中利用自己所学的知识帮上一点忙。

“这有什么累的！”陈凌川朗声笑道，“来一趟尽量多看几个地方。小林，时间你来掌握，别耽误到你家吃你妈做的包子和馒头就行！”

一行四人下了山丘，兴致勃勃地沿路向西边普觉寺方向走去。

陈凌川和妻子、女儿回到家已经晚上8点多了。从地藏沟往西，他们先去了龙王庙，庙旁边的三株古槐年代更加久远，有一株树身已经中空，用水泥重新封堵填实上。庙很小，传说庙里的龙王神像就是曹雪芹画的。广慧庵位于普觉寺西侧，现在已经是蜜蜂研究所了，但原有的三进院落仍然有迹可循，一侧尼姑住的院落也基本保持完整。门口有一家卖蜂蜜的小商店，据售货员称，这里出售的产品全是研究所自产的纯天然蜂蜜，退休后注重养生的肖若霞经不住售货员的劝说，不仅动心买了两瓶。

樱桃沟也已经有了很大变化，为了保护河道和两旁的山石树木，园区特别建了一条木栈道，直通沟底，使原来准备艰难跋涉的陈凌川和肖若霞大感意外。

从植物园返回林峰阳家，关艳华已经将包子和馒头蒸好，并熬了一锅小米粥。望着热气腾腾、溢满香气的包子和馒头，已经深感疲惫、饥肠辘辘的陈家三人大快朵颐，一直吃到再也吃不下去为止。

家里的门是陈芷兰打开的。三个人刚往里走，父女二人同时站住了，肖若霞毫无查觉，开了走廊灯，到门里换拖鞋，见两个人站在门口不动，奇怪地问道："怎么了，还不赶快进来，等着招蚊子呢？"

"咱家有外人进来过！"陈芷兰警觉地望着屋内，小声说道。

陈凌川点点头，闻到空气中飘浮着一股淡淡的男人身上发出的汗馊味。

"真得吗？我去看看咱家的存折丢了没有！"肖若霞听女儿这么一说，着急得也顾不上穿拖鞋了，光着脚就跑进了卧室。

父女二人走进客厅，见屋内井井有条，一切物品都在原位，连茶几上吃剩的半个桔子都没动过。

"你去你自己的房间看看，"陈凌川对女儿说。

陈芷兰走进自己的房间，不一会儿，肖若霞从卧室里走出来。"存折还在，没人动过！咱家的存折放在衣柜的衣服下面，很秘密的，连你都没告诉！"她一脸的惊恐和兴奋，"吓死我了，真的有人进来过吗？……我怎么看不出来？"

陈凌川没搭腔，走进陈芷兰的房间。

陈芷兰正在打开衣柜清点服装，见父亲进来停住手。

"怎么样？"陈凌川镇定地问女儿。

"什么也没丢，"陈芷兰将额前的一绺乱发捋到脑后，"但凭直觉，我总感到有什么地方不对劲！"

"你的感觉是对的，"陈凌川点点头，一名合格的警察就应当有这样敏锐的直觉，"对方是冲着这个来的。"他说着，从兜里掏出那半副凤字对牌。

"对方的动作可真快，"陈芷兰惊讶道，"这才几天，怎么就知道对牌已经在我们手里了？"

"对方的能力不容小觑。我原来以为他们在你曹叔叔家失手后，为了躲过警方的抓捕，会避几天风头，但现在看来我们低估他们了，他们在主动出击，以攻为守。"

"把这个情况告诉邵局长和葛振队长吗？"

"先不告诉他们，"陈凌川微微一笑，"我们在明处，对方在暗处，这样正好可以引蛇出洞！"

十三

也是在这一天，宋显确实到了这个前公安局长住的居民社区，但是他是在上午来的。

权衡利弊，他决定还是不和尹亚提一起来此地。对方有命案在身，警方肯定在全力缉拿他，除非他现在就远走高飞，那么警察发现他是早晚的事情。而且与尹亚提接触后他发现，这个人的蛮力有余、智谋不足，谁知道他会不会在罪案现场留下什么作案的痕迹。一旦警察循着踪迹找到这个姓尹的，发现他与自己曾经在一起，岂不是使自己脱不了干系了？

这位姓陈的前公安局长在知春路附近的家，位于一个较旧的社区里面。社区中几个高层塔楼和砖混结构的五层楼交叉盖在一起，利用了能使用的所有地方。但那时谁也不会想到住在社区内的居民会很快拥有私人汽车，因此没有预留出汽车停放的地方，因此当社区的汽车多起来后，便利用了楼前楼后一切可以停放车辆的地方。

宋显没把黑色捷达车开进居民社区，而是停在了院外的马路上。他步行进社区后，打听着找到社区服务站。这个社区紧挨着一所中学，利用中学的一面墙，盖了一排房子，服务站占据了其中的两间当办公室。门口有三级台阶，门旁挂着社区服务站的牌匾。

宋显听到屋里传出一片说话声，便推开虚掩着的铁门，抬头一看，见里面放着一个长柜台，把房间割成两部分，里面有两张办公桌对着放在一起，两边的椅子上各坐着一个中年妇女，像社区干部的模样。柜台外面，靠墙摆着几把折叠椅，上面坐着三个手臂上带红箍的妇女，正与柜台里面的人聊得热火朝天。墙上挂着几面锦旗，上面写着“热心助人、居民之家”一类的话。

坐在最靠门一把椅子上的是一位身材发福、梳着短发的妇女，胖嘟嘟的脸庞，年纪在六十岁左右。她一见宋显进来，便停住话头，把随意伸出去的一条腿收回来，坐直身体，有些警觉地问道：“你有什么事？”

“各位大妈好！”宋显点头哈腰地满脸堆笑说道，“……是这么回事，我呢，前些年开了一家汽车修理厂，生意还不错。……上个月初的时候，该给职工开工资了不是，我就去银行取钱。取了大概有六七万吧，放在提包里我就往外走，谁知让抢劫犯给盯上了。……我刚出银行门口，就有一个抢劫犯冲过来，一把把我的提包给抢走了，还把我推了一个大跟头。……我站起来就追，可那个抢劫犯跑得太快，我摔倒后脚还给崴了，哪儿追得上啊！”

“是哪家银行？”宋显编的故事吸引了这些负责社区治安管理的妇女们注意，七嘴八舌地问道，“咱们附近就几家银行，怎么没有听到有这么档子事？”

“我不是咱们社区的住户，”宋显解释道，“我家住在麦子店。……我接着说，钱被抢了，全厂职工都指着这些钱过日子呢，当时我死的心都有，去了铁道边好几次，还是没下决心。……无奈之下，我赶快就去公安局报了案。当时我也没有报太大的希望，您想啊，这么大个城市，有多少人啊，还到处是外地人，到哪儿去找那个抢劫犯呀？……可谁承想，不到半个月，警察就把那个抢劫犯给抓着了。我取得那六七万元钱一分不少全给我了。……您说我高兴不高兴！”

“……那可得好好谢谢人家警察同志！”

“谁说不是呢！”宋显口气夸张地说道。“……我拿了一万元钱给公安局送去，可人家警察同志说什么也不要，说是他们有纪律，不能收老百姓的钱！”

"人家警察是有纪律，"坐在第二张椅子上一个瘦长脸的妇女借着这个话题拉开了话匣子，"……去年街面上一个餐馆装修，干完了赖着不给施工队结钱，最后咱们这里的管片民警祥子出面，帮着施工队要回来五万工程款，施工队要给祥子两千表示感谢，祥子说什么也不要，最后只收了面锦旗。……现在这些警察，真够意思！"

"小伙子，那你也送面锦旗不就得了。"另一个妇女对宋显建议道。

"我送了，可人家公安局不要！"宋显顺着送锦旗的话题往下说，"人家说，我这个案子是一个姓陈的局长带着警察破的，现在陈局长退休了，要送锦旗就送到他家去，局里不好收。……公安的同志还告诉了我陈局长住的地址，可谁知道我一激动，把地址给忘了，只记得陈局长是住在这个社区。"

"你说的陈局长叫什么名字？"坐在柜台里面办公桌旁的一名妇女问道。

"好像，好像叫陈凌川，"宋显做出极力回想的样子。

"你是说陈凌川局长啊，他就住在我们楼上，"一直没捞到说话机会的离门最近的胖女人抢着说道，"陈局长可是好人，那么大的官，每次见面都主动打招呼，一点架子都没有，可亲切啦！……对了，他是刚退，前些日子我还听他跟打门球的老黄头说呢，说是退了以后也去打门球。"

"您住几号楼，大妈？陈局长住几层几号？"宋显若无其事地追问了一句。

"24号楼，他住15层7号，"这位热情的大妈说完站起身来，"我带你去，正好我也该去巡逻了。"

宋显随着要去巡逻的妇女走出社区服务站，下了台阶，她站住脚问道："小伙子，你不是要去送锦旗吗？锦旗呢？"

"我没带来，"宋显含糊其辞地答道，"我这次是来探探路，等下次再送。……再见大妈！"

宋显说着摆摆手急匆匆地离开了。

"唉，现在的年轻人，办事就是不周到！"胖大妈叹了口气，整了整右臂上的红箍，警惕地扫视了一下周围的情况，看看有没有陌生人。接着便沿着已经走了多年的熟悉路线，去完成自己这个时段的治安巡逻任务去了。

宋显回到捷达车上，拨通了尹亚提的手机，将前公安局长的住家地址告诉了他，并从电话中得知对方已经搬出他家，住进了他为其租下的小旅馆。他发动汽车，往汽车修理行的方向行驶，一路走一路吹着口哨，心中感到十分轻松。这个“莽汉”搬出他家，与他就一点关系都没有了，剩下的事情让这个尹亚提自己去处理吧。

在路上，他接到了尹亚提刚刚搬离的住宅区居委会的电话，说是有人反映他家里住了个陌生人，现在快要开“两会”了，派出所带人去上门检查，敲门没有人开，让他马上回去一趟。他在电话中说那个朋友就住了两天，已经走了，并态度诚恳地答应立刻赶过去，配合派出所民警的入户调查。接完电话，他调转车头，向朝阳区的方向驶去。

宋显一上午的行动都在警察的监视之下，但因为今天上午局里召开“两会”保卫工作动员会，要求科以上干部参加，因此葛振也去参加会议了，在现场监视的只有他的助手章虹和周培两个年轻人。

两位警察并不知道宋显来的社区是他们的前局长陈凌川家住的地方，只看到他独自一人进了社区服务站，过了一会儿又独自离开了，便认为是正常的私事，没有往心里去。其实，跟踪的基本常识他们在学校都学过，对象出入每一个地方都可能隐藏着秘密，当时如果没有条件，事后也都要去调查清楚，但这两个年轻人疏忽了，没有去服务站调查清楚宋显为什么要来这里。

宋显驾车在路上行驶了一会儿，又调头往朝阳区方向而去，他们便知道一定是当地派出所应局里的要求对他的住宅进行了检查，现在宋显已经知道了情况。章虹和周培想了解一下派出所对宋显住宅调查的结果，便驾车尾随他也往昨天晚上去过的城乡结合部开去。

天黑以后，约翰·杨来到尹亚提新入住的名叫“悦宾”的小旅馆。旅馆位于一条不宽的街道上，是一幢三层高的板式楼建筑。大门外的墙上挂有一个大的电视显示屏幕，上面滚动播出着黑底红字的一天或半天的房价，并说提供钟点房服务。

走进大门是一个小停车场，大约能放下六七辆车，再往里走就是旅馆的玻璃转门。约翰·杨进了门，见服务台就在门边，有几个住客正趴在柜台上与女接待员交涉着什么。他见没有人注意到自己，便快步通过不大的厅堂，顺着楼梯上了二楼。

约翰·杨敲响了尹亚提住的房间，等着对方开门的时候往两旁一看，见走廊空无一人，只有从旁边房间里传出的电视的声音。

尹亚提从里面把门打开，约翰·杨闪身进去。这是一个空间很局促的房间，只摆了一张床，靠窗户有两把木椅，其他就什么家具也摆不下了。

约翰·杨坐到一把木椅上，尹亚提只能坐到他对面的床上。

“这里的条件太差了！”尹亚提气哼哼地抱怨道，“地方小得连转身都不容易。”

“条件是差点儿，但我看这个旅馆管理不太严，”约翰·杨安慰他道，“这种小旅馆警察不太会注意，凑合几天，等我们干完事就撤。”

“听您的，”尹亚提有些不情愿地说道，“那个姓宋的对俺不远不近的，好像怕沾包似的。”

“这些本地人，怕也是有难处，”约翰·杨知道宋显也看不上尹亚提，但现在正是用人之际，他不能不顾大局，“不管他，our own do it（我们自己干）。……今天下午到那个姓陈的局长家情况怎么样？”

上午宋显将那个叫陈凌川的前公安局长的住址告诉尹亚提后，后者立刻就用电话报告了他，并问他怎么办。他想了想，让尹亚提到现场看看周边环境，如果可能就进他家中去搜一下，因为从跟踪那个叫陈芷兰的女警察的手机信号情况看，她们全家今天去了西郊一带活动，家中没人。

但前提一是要周边条件允许，不要让邻居发现。约翰·杨深知居民社区中一些负责治安巡逻的老头老太太的厉害。这些人虽然没有受过正规培训，但对工作认真负责，熟悉所住社区的情况，尤其对出现在社区的陌生人保持高度警惕。

二是进入陈家住宅后不要乱翻，物品要保持原封不动，不能让对方发现有人进来过。约翰·杨不想让警方对自己还想继续寻找凤字对牌保持警惕。警方现在一定在全力追捕缉拿制造宏源社区入室抢劫杀人案的罪犯，那就让他们在这方面全力以赴吧，只要尹亚提隐藏得好，一时半会儿他们也找不到线索。而他正好可以趁这段时间找到对方的破绽，争取获得那块对牌的下落。

“俺进了他家，”尹亚提神情得意地说道，“本来就是想先到那里熟悉一下环境，但俺发现你说的那些戴红箍的老太太注意的是院子里的活动，根本不管楼内的情况。这是个老楼，当初盖楼时不知怎么设计的，电梯并不是每层都停，而是隔三层有一个通道，这三层的住户都要走到这一层乘电梯。而姓陈的住 15 层，正好不是电梯层，因此楼层根本没有人。他家的门锁也是老式的，俺接受过开锁训练，没费多大劲就捅开了。”

“公安局长的家，以为小偷不敢光顾呢！”约翰·杨冷冷一笑，同时也对眼前这名长相丑陋、行为粗鲁的助手刮目相看。这个人虽然有些莽撞，但胆子大有胆子大的好处，有时反而容易成事，总是瞻前顾后的有些机会就错过了。

“照您说的，俺是光着脚进去后，把每一个可能藏对牌的地方都翻检了一遍，”尹亚提继续说，“他家的存折俺都看到了，就藏在卧室衣柜的衣服下面。……翻检的地方俺都恢复了原样，但没有找到对牌。”

约翰·杨思忖了一下。“这也在情理之中。那个姓曹的教授以死相托，这么重要的东西他不会轻易就放在家里的，有可能也学姓曹的藏在别的地方，或者就干脆带在身上。”

“那我们怎么办？”尹亚提有些着急。

约翰·杨挪动了一下在不大的椅子上坐得很别扭的身体，向尹亚提问道：“你说我们这么费尽心机要找到那半副对牌的目的是什么？”

尹亚提愣住了，不知约翰·杨要说什么。“……您是什么意思，俺没听懂。”

约翰·杨不理对方的反应，仿佛在自问自答。“I think（我想），我们要找到那半副对牌，其实最主要的目的，是要搞清楚对牌背面的诗句写得是什么，然后通过与我们掌握的诗句进行比较，分析《红楼梦》原稿的下落。因此，如果我们不能得到那块对牌，退而求其次，能知道那块对牌上的诗句，不是同样可以获得异曲同工的效果吗？”

尹亚提有些搞不清楚了。“……可是，拿不到那块对牌，怎么能够知道上面写的诗句？”

“你看啊，change the way（我们换个思路），”约翰·杨抬起头望着天花板，顺着自己的想法继续往下说，“看到过那半副对牌的，除了姓曹的教授外，还会有什么人？现在我们知道的，有陈姓局长和他的女儿，而且对牌很有可能还在他们手上，但我们的力量有限，在这么个人生地不熟的地方，与警察争斗，好像用鸡蛋去碰石头。……但见过那块对牌的一定还有别人。”

“您说得对，一定还会有人。”尹亚提似乎有些明白约翰·杨的意思了。

“比如那个叫林峰阳的年轻教师，他是曹姓教授的助手，与他关系十分密切，有可能见过对牌，或者知道对牌上的诗句。”

尹亚提点头称是，不由得在心中充满对约翰·杨的钦佩，这样的思路他可没想到。“完全有可能！”

“还有一个人，”约翰·杨继续往下说，“曹姓教授文革时只是个插队知青，家里是城里普通百姓，并不是西山当地的人，祖上不可能有对牌这种东西。对牌一定是当地有人送给他的，那么送他对牌的人也应该知道诗词的内容。我们在警察身上不好下手，能不能从这两个人身上突破一下？”

“送对牌给姓曹的人一定与他关系不一般，否则不会把这么珍贵的东西送给他，”尹亚提的脑筋也开了窍，在一旁说道。

“You are right（你说的很对）！”约翰·杨咧嘴一笑。

“您就说下一步怎么办吧？”尹亚提有些着急地催促道。他实在是想快点干完这件事，不想再在这么个憋屈的小旅馆中再多待一天。

“我们通过远程侵入，进入林峰阳就职大学的网络系统，已经掌握了他履历的基本情况，”约翰·杨低头看着自己修剪整齐的指甲，“有一个情况引起了我的兴趣，这个林峰阳自己填写的履历表上写着他的家在西山附近的门前村。据我研究那段历史，当年清朝的满族八旗军队刚开始驻防到西山一带时，有自己独立的营房，而附近农村的农民是祖祖辈辈的汉人，互不相扰，各自住各自的。但清朝从衰败到灭亡的一段时间里，驻守在那里的军营与农村就逐渐混合到了一起，很多士兵脱下军装变成了农民，或与当地的农民通婚。因此，林峰阳的祖上有可能拥有那块凤字对牌。”

“会是他给姓曹的对牌吗？”尹亚提有些怀疑，“但是……”

“Impossible（不可能），”约翰·杨也予以否定，“他年纪太轻，而那块对牌在姓曹的手中已经多年了。我认真研究了他的履历，上面说，他父亲是汉族，而他母亲却是满族。那么是不是可以这么假设，他父亲祖祖辈辈就是门前村的汉族农民，而他母亲祖上是在旗的满族军营里的人呢？而曹教授插队时又在门前村，当时两人都很年轻，会不会与他母亲就认识了？……当然这都是假设。”

“这完全可能！”尹亚提同意约翰·杨的猜测，对农村的事情他是了解的，这他有发言权，“俺们村文革的时候也来过不少城里的知识青年，听俺娘说，不少人都和当地的女子搞到了一起，有的还生了娃。后来文革结束，知青有的返城，有的留下了，跟俺一起耍的就有一个那时知青生的孩子，但他爹跑回城了，后来……”

“先不说你们村的事情了，”约翰·杨见尹亚提打开了话匣子，忙拦住他，“以后有机会咱们再聊，还是先商量商量下一步咱们怎么办吧！”

“听您的，您咋说咋是！”尹亚提并没有因为被约翰·杨打断话头而不高兴。

“我看这样，”约翰·杨既像刚刚想到，又像早就胸有成竹，“咱们分头行动。明天我去西山门前村，找一下林峰阳的母亲。林峰阳履历表上写着他母亲的名字叫关艳华，我到那里打听一下，估计能找到。”

“他父亲呢？”尹亚提好奇地问道。

“履历表上没写，可能有什么变故。”

“找到他母亲怎么办？”

“见机行事吧，”约翰·杨搓了搓手，“一个没见过世面的农村妇女，总能找到办法对付她。”

“那俺呢？”

“你去找那个林峰阳，”约翰·杨面无表情地说道，“你不是去过那所学校吗？想办法找到他。”

尹亚提有些为难地咂咂嘴。“那个大学里人太多，看得俺头晕眼花的，而且全是有文化的，俺是个粗人，在那个校园里一站浑身不自在。”

“我告诉你怎么办，”约翰·杨耐心地说道，他也觉得尹亚提到大学校园中不合适，但现在他没有人手，只能将就了。“我让境外把这个林老师在医院等着曹教授手术时的影像发过来，你仔细辨认一下，然后你到学校，先打听中文系在什么地方。一定要找学生问，学生都很单纯，会热情为你指路的。找到中文系后你不要进楼里去，那样容易引起怀疑，同时你也不要再打听了，就想办法在外面等，等着他出楼后认出他来。……找不到他也没有关系，我明天先去门前村，回来以后就去学校找你。”

十四

葛振带着周培、章虹一早就来到宋显修车行外监视，心里越来越烦躁不安。

从前天下午宋显从他父母遗留下的房子处回来，再加上昨天一天，宋显就是晚上回家，早上又上班待在修车行，别的地方哪儿也没去。那辆在曹宅抢劫现场附近出现过的工具面包车，由修车行的修理工开着到汽车配件城去了好几趟，购置了不少汽车零配件，但也仅限如此，再没有什么其他可疑的活动了。

“我说葛队，那辆面包车出现在抢劫现场附近是不是就是偶然情况？”年轻的警察周培坐在驾驶台前，望着不远处修车行前几个修理工正在清理门前的垃圾，准备开张的景象，用手无聊地敲打着方向盘，“像这种购买各类杂物的车辆，特点就是满城乱跑。”

“怎么，沉不住气啦？”坐在后座上手中拿着一个小镜子，正在仔细修剪弯弯细眉的章虹抢白道，“这才是第三天，咱们培训的时候你没有听到一个案例吗，凶手作案后就蛰伏起来，再也不动了，侦查员坚持蹲守了一个月，才最后发现了犯罪分子的破绽。”

“那是教科书！”周培不屑地冷笑道，“一个月？刚过去三天，我就听邵信局长给葛队打两次电话了，我倒是沉得住气，可全案都等着从面包车这一点突破呢！”

葛振没有吭声，眉头虬结在一起。周培说得没错，面包车是这起抢劫案目前唯一的线索，但从这几天的情况看，除了没搞清这辆车为什么独自放在宋显父母家前的马路上，不知道是谁开去的以外，再没有发现其他疑点。而且当地派出所的警察进到那所房子里看了，证实并没有人居住。

昨天邵信局长打电话给他，问了问情况，虽然并没有催促，但他知道局长心里也着急，这件入室抢劫案由于事主已经死亡，已经变为抢劫杀人案，而且凶手还很可能与国际犯罪活动牵扯到一起。还有，局长虽然没有明说，但他心里明白，前任局长亲自加入这一案件的侦破，新上任的局长当然希望能先从他这个刑侦队长这边尽快取得突破。

根据情况分析，这辆面包车的车主宋显不具备作案的条件，他的照片已经拿给那天晚上与凶手一起乘电梯的中学生看了，中学生一看就摇头否定。实际上，从体貌特征、走路姿态等情况看，他与出现在那天小区监控录像中的男人完全不相符合，稍经过训练的人都不会搞错。那么就只有一种可能，他与那个凶犯是协助关系，因此，此案的关键就是通过对他的监视，争取尽快发现那个可能的凶手。

这是第三天对宋显的监控了，情况似乎一切正常。那么就有两种可能，一是他在故意麻痹警方，他显然已经知道抢劫杀人的事了，也会知道警方在全力缉拿凶手，因此在以静制动，做出一付若无其事的样子来。还有一种可能是他涉事不深，或者有意不想卷入此事，因此在采取回避的态度，只是消极的应付。

“宋显驾车出来了！”坐在副驾驶座上的葛振正在天马行空的凝神乱想，倏地听到周培压低声音喊道，不觉坐直了身体。只见一辆白色宝马轿车从左前方的便道上开出来，鼻梁上架着一副墨镜的宋显坐在方向盘后面。

宝马轿车从北四环向东，从东风桥驶入匝道后又往西，到燕莎桥下调头驶入凯宾斯基饭店车行道，来到饭店门前。

轿车刹车停下，但宋显并没有下车，一个已经站在门前的男人拉开副驾驶一侧的车门上了车，宝马车驶出行车道，在马路上调头沿东三环路往西而去。

几名警察一看宋显的宝马轿车上了其他人，顿时精神抖擞起来，周培集中注意力，小心地与前车保持着距离，尾随着向西而去。

已经过了上班高峰时段，三环路上车辆并不很多，一路行驶顺畅。但行驶到北三环路的蓟门桥时，宝马车却离开环路往北，行驶到学知桥拐弯往西，沿知春路一路向下驶去。

“前天宋显到这个居民社区来过。”宝马车路过知春路社区时，坐在后座上的章虹望着路边的街景说道。

“什么？”葛振闻声回过头来，“怎么没有听你们说起过？……怎么回事？”

"他来了以后，去了社区服务站，有10多分钟就出来了，然后就又开车走了，"周培解释道，"我们感觉就是一般的日常活动，就没有报告。"

"你们感觉，你们可真会感觉！"葛振怒气冲天。"陈凌川局长的家就住在这个社区，你们不知道吗？"

"……不知道，"周培嗫嚅着说，大惊失色，"这家伙来这里干什么？"

"干什么，陈局长手里有凶犯想要的那块凤字对牌，你们说他来这里干什么！"葛振的脸色气得煞白，继续怒吼道，"你们的耳朵是干什么用的，是摆设吗？在案情分析会上都听什么了？"

周培和章虹吓得不敢吭声了。

葛振拿出手机拨通了邵信局长的电话。"喂，我是葛振，是邵局长吗？……对，我们正在对他进行监控。是这样，我有个重要情况向您报告，前天上午……"

葛振打完电话收线后，怒气仍然未消。"邵局长说马上向陈局长通报此事，让他注意安全，并让咱们密切注意这次宋显的行踪。……这件事不算完，回去再找你们算账！"

宝马车继续向西行驶。昨天晚上，约翰·杨给宋显打了一个电话，告诉他今天自己要去西山附近，因为他对那一带的地理位置不熟悉，请他开车送一趟。

宋显在电话中很痛快地答应了。今天在饭店接上他以后，在路上还主动提出，顺路去看一下那个手里可能拿着对牌的公安局长家的位置，并眉飞色舞地向他讲述了他如何取得社区服务站巡逻大妈的信任，得到姓陈的公安局长家庭住址的情节。

约翰·杨对宋显大加褒奖。对方是个聪明伶俐，但目光短浅、小富即安的人，在此次行动中，既想得到好处，又怕出事牵扯到自己，想要以最小的代价换取最大的利益。对方这种心态他们以前共事的时候他就了解，但没关系，这次的事情关系重大，他不可能还在幕后躲着，而是要亲自动手，因此宋显只要能予以配合就行了。

按照宋显预设的导航路线，汽车到了闵庄路西头的门前村村委会。村委会就挨着马路，是几幢白色的五层小楼，在周围的旷野中，显得十分气派。

宋显将车停在村委会前的停车场上，然后与约翰·杨一起进到楼里，径直来到楼上一间挂着“村委会办公室”小木牌的房间。

房间门没有关，靠窗户的位置对头摆着两张办公桌，一面墙摆着两只档案柜，另一边有两只单人沙发。屋里有两个女办事员，有一个年纪轻些，梳长发的姑娘正往电脑上打字，另一个30多岁年纪，留短发的女办事员正往一个本子上写着什么，见约翰·杨和宋显进来，留短发的女办事员便站起身来。

“请问你们有什么事？”她笑着有礼貌地问道。

“这里是门前村吧，”宋显按照约翰·杨在路上让他介绍的姓氏说道，“这位是从美国来的邬先生，想到这里来找个人。”

约翰·杨谦恭地点点头，掏出自己的护照递过去。“鄙人姓邬，这是我的passport（护照）。”

女办事员接过约翰·杨的护照，打开来，见上面全是密密麻麻的英文，没有一个中国字，就又递回去。“请坐吧，你们要找谁？”

“是这样，”约翰·杨收起护照，坐到一张沙发上。“我的祖父是本地人，后来在……噢，你们大陆叫解放前，48年去了台湾。他现在已经去世了，但在世时一直想念家乡，我这次是来本地开一个学术会议的，今天特别来此地参观一下，同时想找个人。”

“前几年确实有一些解放前去了台湾的本地人回来探亲，”女办事员笑着说，显然对这样的事情并不陌生，“有些人还在这里投资办厂，造福乡里呢！”

“实业报恩，值得鄙人学习！……如果可能，邬某也愿效犬马之劳！”约翰·杨表态说道。

女办事员忙摇手。“我不是这个意思。那是当年，现在村里本地的企业效益都很好，而且当年台资办的一些小水泥厂、小化肥厂这两年因为环保不达标都关门了。……噢，对了，邬先生要找什么人？”

“我祖父说是姓关，和我们家一样，也是满族人，当时两人都是十七八岁，是要好的兄弟。”约翰·杨有意先兜个圈子，关艳华是在解放后出生的，远在海外的“邬家”不应该认识。

“姓关的在满族中是大姓，这个村子中就有不少，没有名字可不好找。”中年女办事员有些为难地说。

“听前些年回来过的亲戚说，姓关的有个女儿，后来嫁给了一个姓林的本村人，那个姓林的是汉族人。”约翰·杨将从林峰阳履历上看到的信息串联到一起。

“听这位邬先生说的情况，倒像是我们楼上的邻居关婶，”一直在埋首打字的年轻姑娘抬起头来，眨动着大眼睛说道，“她家是满族，她父亲文革的时候去世了，她丈夫就姓林，是汉族，前几年也去世了，她儿子可有出息了，现在城里的重点大学当老师呢！”

“你说的关婶她叫什么名字？”进门后一直站在旁边的宋显有些迫不及待地问道。

“……好像叫关艳华吧？平时我们都管她叫关婶，名字都忘记了，”年轻姑娘把一绺长发拂到脑后，犹豫不决地不敢肯定，“但她儿子我知道，叫林峰阳！”

“我给你们查一下村里居民的花名册档案，”留短发的女办事员走到靠墙立着的铁皮档案柜前，从中间拿出一个大大的厚本子，拿回桌子上放下，翻开来查找了一会儿，笑着说道：“找到了！果然是叫关艳华，现在村里的苗圃公司工作，老伴前年病故了，儿子叫林峰阳。他们住在17号楼3单元302号。……噢，这里还有关艳华父亲的情况呢，她父亲叫关剑尘，生前是个唱岔曲的艺人。”

“这就对了！”年轻姑娘双手一拍，兴奋地说道，“我说为啥夏天晚上在院子里乘凉，有时候老人们让关婶唱上一段岔曲呢，唱得有模有样的，原来她是家传，父亲就是个艺术家呢！”

“这些情况我可是第一次听到，”女办事员合上村民花名册，“小丁，我们要向主任建议一下，这些档案需要重新整理一下了，上面的情况这么多，连我们这些办公室的工作人员都不了解，这怎么行呢？”

约翰·杨和宋显道谢后离开了办公室，走出门后，听到屋里那个年纪大些的女办事员笑着对年轻姑娘说道：“你老实交待，小丁，你咋对林峰阳那个小伙子那么熟悉，你是不是对他有啥意思，啊？”

“你说啥呀！”年轻姑娘回答说，“人家是大学老师，我可高攀不上人家，但我跟你说，咱村和邻近几个村说媒的，到关婶家提亲把她家门槛儿都快踢破了！”

来到门前村社区大门外，约翰·杨让宋显在车内等着，自己进了社区。按照楼上的楼号，他找到 17 号楼 3 单元，然后顺着楼梯上楼，敲响了 302 号房门。

“谁呀？”屋里传出一个女人的回答。

“那什么，我想找一下关艳华女士，”约翰·杨语气和缓地说道。

门打开一条缝隙，露出一个中年妇女有些警惕的面孔，她打量着约翰·杨，没有把门全部打开。

“鄙人姓邬，”约翰·杨点头哈腰地陪着笑脸，为了打消对方的顾虑，并没有要往门里进的意思，而是退后一步，站在楼道中自我介绍。“我是从台湾来的，我爷爷离开大陆之前是咱们门前村的村民，这次听说我要来本地开会，特别让我到村里来找一位叫关剑尘的人家，有一件东西要送给他。”

“关剑尘？”门内的妇女听到这个名字，双眸一亮，不自觉地把门打开了，“你怎么知道这个名字？”

“祖父说他离开大陆前与关剑尘老先生是要好的朋友，虽然离开这么些年了，但仍然念念不忘。”约翰·杨煞有介事地说道。

“我就是关艳华，是关剑尘的女儿，”关艳华将门打开，把约翰·杨让进门来，“快请进吧。”

约翰·杨走进屋内，看了看四周简陋的陈设，点了点头，找了个沙发坐下来。

关艳华端了一杯茶过来，放在约翰·杨前面的茶几上，也在旁边的沙发上坐下，问道：“不好意思，先生刚才说怎么称呼？”

“邬，电影演员邬君梅的邬。”约翰·杨用手在空中比划着写了一个邬字。

“邬先生是怎么找到这儿的？”关艳华继续问道，“怎么会知道我的名字？”

“我先去了村委会，求得他们的帮助，”约翰·杨说道，“我一提关剑尘的名字，他们都知道，说老先生当年是赫赫有名的岔曲艺术家呢！”

“过誉了，哪有那么有名，”关艳华淡淡一笑，但对于对方竟然知道自己父亲的名字有些诧异。父亲关剑尘文革初期就去世了，过去虽然确实是个岔曲演员，但也就是个在十里八乡搭台演出的艺人，根本谈不上是什么艺术家。而且他的名字也就是村里上了年纪的人还记得，年轻些的根本不知道，村委会的人怎么会知道？

“看关女士的长相，与我祖父提到的关剑尘老先生的长相倒有几分相似呢？”约翰·杨望着关艳华宽阔的额头，四方大脸，细长眼睛，宽厚的鼻翼，利用自己在大学所学的历史知识和考古实践中掌握的面相学知识，进一步与坐在眼前的这位农村妇女套近乎。他必须要全部打消对方对自己的戒备心理，才能达到让对方说出凤字对牌的秘密。

“姓关的满族人过去许多都在旗，祖上都是从关外过来的，因此的确有不少长相相似的。”关艳华笑着说，态度不卑不亢。

“您说得对，”约翰·杨笑着恭维道，“关女士的历史知识还是很丰富的。我曾经对满族的氏族进行过一些考证，据我所知，满族关氏是由清前女真姓氏瓜尔佳氏而改用汉字姓演变的一个姓氏。瓜尔佳氏是以地域而命名的姓氏，是清初辽东地区人口众多、历史地位十分显赫的一个氏族，氏族中许多成员为清代的开国元勋。宗族改用汉字姓关，是于清代中期以后改用的，原因之一是因为满语中‘瓜尔佳’与关字音相似。”

“邬先生真是知识渊博，”关艳华笑着说，“您说的这些我不懂，我家祖祖辈辈就是普通百姓，后来就一直居住生活在这一带当农民。”

“关女士对祖上的事情也有了解吗？”约翰·杨试探地问道。

“了解不多，都是听我父亲说的。一些传说而已，”关艳华摇摇头，“邬先生您喝茶。”

约翰·杨端起茶杯喝了一口水，意味深长地说道：“我倒是听我爷爷说过一些他家祖上的事情。”

“是吗？那可挺有意思。”

“据他说，他祖上清朝的时候，是驻扎在西山这一带军营中的满族八旗军人，”约翰·杨字斟句酌地讲述道，“名字可能叫长顺或顺子一类的，时间太久远，也记不清了。”

“长顺或顺子，这可太巧了！”关艳华听闻此言一愣，勾起了自己的回忆，禁不住喃喃自语道。她的表情变化让约翰·杨捕捉到了。

“怎么，关女士也听说过这个名字？”约翰·杨倾身向前追问道，似乎不容对方仔细思考。

“……听我父亲说，我家在清朝的祖上，有一个人的名字叫福子，也是没有正式的名字，他有个同事，也是好朋友，名字就叫顺子。”关艳华点头承认。坐在对面的这位台湾来的邬先生所说，与家中代代传下来故事中的人物确有交集之处，因为之前他不可能知道家传的故事内容，不可能凭空编出一个顺子的名字来与她家攀关系。

“真是踏破铁鞋无觅处！”约翰·杨激动地一拍大腿，“我终于不虚此行，我爷爷听到这个消息不知会有多高兴！”

“我父亲在天之灵也会高兴的。”关艳华笑着回应道，说得是由衷之言。

“据说，长顺与《红楼梦》的作者曹雪芹曾经在一起生活过，而且是朋友，因此我们家还有曹雪芹送给他的老物件呢。”约翰·杨说道，探询地望着关艳华的反应。

“是吗？是什么东西？”关艳华问道。家传故事中没有祖上与曹雪芹是朋友的内容，但这种口口相传的故事，肯定会在相传时出现讲述人添枝加叶或者缺失内容的情况，这也不足为奇。

“这就是我爷爷让我一定要找到关女士的原因，”约翰·杨看着关艳华，又喝了一口茶，“他说，老关家手里有一个老物件，与我们邬家的老物件是一对，跟曹雪芹的书稿有关。关女士，我想问的是，不知道您家里是不是有这么一个老物件？”

关艳华忖度片刻，点了点头。“您这么一说，我倒想起来了，我父亲在世的时候，家里是有这样一件东西。”

“是什么呢？”约翰·杨急迫地追问道，“……是不是一块木头牌子？”

“好像是……好像是一块木头的牌子。”

“没错，是木头牌子，但是叫对牌！”约翰·杨十分兴奋，“因为是一对，所以叫对牌……你等一下。”约翰·杨打开随身带来的手提包，从中拿出两张照片来。“您看一下是不是这个东西。”

关艳华接过两张照片，见是一个木牌的正反两面图形，一张是木牌正面，上面是左半个“鳳”字，另一张是木牌反面，上面布满了密密麻麻的小字。关艳华刚要仔细辨认字的内容，照片被约翰·杨拿了回去。

关艳华心中泛起一阵涟漪。“是的，就是那半副对牌！”她暗暗对自己说道。她对家传的那半副凤字对牌太熟悉了，仅凭直觉，她就可以认定这就是她年轻时的恋人曹希峰毕生寻找而不可得的东西。

她还清楚的记得当时他们这一对年轻人翻山越岭、走村串乡，在西山附近到处打听寻访这半副对牌下落的情景，以及终无头绪时挂在曹希峰脸上失望沮丧的表情。也可以说，这半副对牌寄托了她终生埋藏在心底的一段情感。但是，她对眼前这位台湾人的情况一点儿都不了解，而且他来的时机不对，曹希峰刚刚为对牌被害，怎么这个人就出现了呢？她不能掉以轻心，不能和盘托出自己了解的情况。

“……像是这么个东西，”关艳华看到约翰·杨把那两张照片又小心地放回手提包，目光游移地似乎不敢肯定。

“现在这个木头牌子在什么地方，还在家里吗？”约翰·杨眼睛放出光来，进一步追问。

“早就不在了，忘记送给谁了，或者就丢掉了，”关艳华摇摇头，“这个木头牌子很珍贵吗？”

“很珍贵！据说这副木牌是曹雪芹亲手雕刻的，”约翰·杨点头称是，“而且更为珍贵的是，关家的半块对牌和邬家的半块对牌如果合为一处，就有可能揭示出曹雪芹《红楼梦》原稿的下落。您肯定知道，曹雪芹《红楼梦》的后几十回原稿丢失了，二百多年来，数不清的人在费尽心思寻找它的下落，真要是能找到，可就值大价钱了！”

“哎哟，我的老天爷！”关艳华惊叫道，“我们农村人可是没想到它会那么值钱，就觉得那是一个不当吃、不当喝，没有什么用处的木牌子！”

“关女士还能回忆起那块木牌子上字的内容吗？”约翰·杨启发道，“木牌背面是一首诗，……有可能是《红楼梦》中的一首诗。仔细想想，能想起来是什么诗吗？”

“让我想想，”关艳华做冥思苦想状，“这事过去很多年了……正面是个凤字，代表《红楼梦》的女管家王熙凤，背面的诗好像也与凤姐有关……”

“真的吗？”约翰·杨压制住狂喜，随口吟诵道：“‘凡鸟偏从末世来，都知爱慕此生才。一从二令三人木，哭向金陵事更哀’。是这首吗？”

“好像是……又好像不是，”关艳华显得有些为难，不敢肯定。

“‘哭向金陵事更哀’，这是什么意思？”约翰·杨自言自语，“不像是这首。……您再想想。”

“一时半会儿还真想不起来，”关艳华摆了摆手，仿佛要挥去心中的烦恼，“时间太久了！”

“关女士，您看这样好不好？”约翰·杨看关艳华有些不耐烦了，怕进一步紧逼会引起对方的反感，便缓和了语气，“我刚才说了，只有两块对牌合在一处才有可能揭示出《红楼梦》原稿的下落，而真要能找到，好处也不能我们邬家独享。您看这样好不好？您再好好想想您家的那半副对牌到底在哪儿？实在不行，您就想出来木牌上的那首诗的内容。您如果做到了，我就给您30万元的酬劳。”

“30万！”关艳华听得目瞪口呆。“邬先生，您不是在开玩笑吧？”

“我像是在跟您开玩笑吗？”约翰·杨又从手提包里拿出一张信用卡，“这是定金，20万元，等您找到对牌或者想起诗句，再付给您10万。另外，如果最后真得找到了那份遗失的稿子，我就再给您50万元。……您看怎么样？

关艳华惊愕地一句话也说不出来。

约翰·杨见关艳华不说话了，微微一笑，拿出一支笔和一张纸，在上面写了几行字，然后递给对方。“关女士，看在我们祖上是亲密朋友的情份上，我希望我们的合作能够成功，也算是告慰先人们的在天之灵。……我先告辞了，这是我住的酒店联系方式，咱们再联系。”

约翰·杨说完就离开了，只剩下关艳华一个人拿着信用卡坐在沙发上发愣。

十五

尹亚提找到林峰阳并不像想象的那么困难。他是下午的时候到学校的，这时学校的校园里已经是十分热闹了。下午没课的男孩子在操场上打篮球、踢足球，女孩子则三三两两的在马路上和操场边闲逛，尽情享受着春天暖暖的阳光。

尹亚提拦住一对互相挎着胳膊，一路走一路话说个不停的女学生，脸上堆出笑容，模仿本地口音客气地问道："请问这位同学，中文系往哪里走呀？"

两个女孩子被拦住道的大个子吓了一跳，打住话头，站住脚。望着满脸胡茬、一脸假笑的男人，其中一个戴眼镜的转过身去用手指着远处说道："你从这条路往前走，在第二个路口往左拐就看见了。路边有指示牌。"

"谢谢这位同学。"尹亚提瓮声瓮气地说道，让开了挡在女孩子前面的路。

这是一所综合性大学，文理科教学楼分开，中文系位于标着文科楼的教学楼内。尹亚提来到楼前的时候，正赶上打下课铃，上完课的学生三五成群地涌出教学楼，欢声笑语传出很远。

教学楼前是一条不宽的马路，尹亚提在马路对面稍微靠边找了个僻静地方坐下，拿出手机，调出从医院录像中截屏取下的林峰阳的照片，又认真熟悉了一下，直到闭上眼睛满目都是对方的图像为止，才把手机收了起来。

5 点刚过，林峰阳就急匆匆地从文科教学楼内出来，走得很快，五级台阶他两步就迈下来。尹亚提觉得他与录像上的模样一点没有变化，甚至连穿戴都一样，还是那件半旧的蓝夹克衫，背着一个过时的旧书包。

林峰阳出了教学楼就直奔学校大门而去，尹亚提跟在他后面，出了大门，见他四下张望。这时，一辆停在路边的高尔夫轿车的车门打开，一个姑娘站在车门外喊着他的名字并向他招手，林峰阳循声向轿车跑过去。尹亚提认出来招手的姑娘是那个退休公安局长的女儿陈芷兰。

林峰阳上了车，坐到副驾驶的位置上，汽车发动后绝尘而去。尹亚提望着高尔夫轿车的背影，拿出手机给约翰·杨拨了一个电话。

"这就是那个姓邬的给我的卡，"关艳华将一张信用卡放在茶几上，笑着对陈凌川说道，"里面有 20 万元。"

上午那个姓邬的台湾人走后，关艳华越想越不对劲，就给陈凌川打了个电话。陈凌川一听事关重大，就让女儿开车去把关艳华接到家里来详细了解一下情况。陈芷兰提出把在学校的林峰阳也一起接来，好照顾一下他母亲。陈凌川一想也行，林峰阳对红学研究的学术情况比较熟悉，又是曹希峰生前的助手，也可以一起出出主意。这样，下午的时候，关艳华母子就被陈芷兰用车一起接到了陈家。

“这个台湾同胞可真是出手大方啊！”陈凌川笑着说，拿起茶几上的信用卡看了看。

“撂下话了，说我要想起那块对牌上的诗句就再给我十万，等书稿找到后，还有五十万呢，”关艳华接过女主人肖若霞递给她的一杯茶，喝了一口，“真吓着我了，我这一辈子也没有见过这么多钱！”

“显示出他们要得到对牌的迫切心情，”陈凌川说道，“显然，这个人的来访与曹教授的被害是联系在一起的。”

“他们知道曹教授手中有对牌还情有可原，因为必竟这件事登载在公开发行的刊物上，”陈芷兰搬了一把椅子坐在沙发对面，不解地说道，“但他们怎么会得到关姨的信息呢？而且还找上门去了。”

“这件事确实有不少疑问，我现在也说不清楚，”陈凌川承认，“但有一点可以证实，在对方杀害了曹教授后，并没有想隐匿或潜逃，以躲避警方的缉捕，而是以攻为守，继续在寻找凤字对牌的下落。另一方面，这件事也说明，这些人不只是杀人越货的强盗，而是具备智力犯罪的特点。”

“也许他们是从曹老师那里得到我妈的线索的，”林峰阳与母亲一起坐在长沙发上，“曹老师的履历中会有曾经在门前村插队的记载，他们一定认真研究了曹老师的所有情况。”

“你说的完全有可能，”陈芷兰同意林峰阳的判断，“我要是这些人，我就会想：曹教授手中怎么会有这块清朝年间的对牌呢，会不会与他曾经在西山附近插队生活有关，因为曹雪芹后半生的生活足迹就是在西山一带，曹教授得到对牌的时间和途径，很有可能是在门前村当知青那一时期，在当地人手中得到的。”

陈凌川赞许地看着女儿，现在的年轻人文化水平高，逻辑思维能力强，在高科技时代，对付智力犯罪，只有他们才能够胜任。“而且这些人也会想到，凤字对牌是一件家传的宝物，得到它必须满足两个条件：一是拥有者的家庭应该与曹雪芹一样，是满族旗人后裔，否则不可能接触到这件秘密；二是持有对牌的人应该与原来的拥有者关系十分密切，否则不可能得到。照着这一思路，艳华同志确实符合这些条件。”他接着女儿的话进一步分析道。

一席话说得关艳华又有些伤感，陈凌川一见忙岔开了话题。“艳华呀，你在电话中说,那个姓邬的给你看了那半副对牌的照片,怎么样,你觉得是不是真的？”

“我看是，”关艳华肯定地点点头，“咱们手里的半副对牌，从有凤字的正面说是左半边，而照片上的对牌是右半边。从牌子的大小、颜色看几乎与我家的那块也一模一样，而且那个‘鳳’字，确实像是从一个整字中间劈成两半的。还有一点我印象很深刻，你们知道，在我家有关对牌的传说中，是我家祖上福子和当差的同事顺子共同拥有对牌，共同保有《红楼梦》原稿埋藏地点的秘密，这件事除了我家，如果不是当事人顺子的后代是不可能知道的，而他却说出了顺子的名字。”

“您的意思是这个姓邬的真是顺子的后代了？”林峰阳不同意母亲的看法，“真要是这样，两家坐在一起谈谈，把对牌拿出来不就行了，干嘛要残忍的杀害曹老师呢？……我看他不像是顺子的后人。”

关艳华一时语塞，不知道怎么向儿子解释。

“照片上的对牌有可能是真的，”陈凌川解释道，“但这么多年过去了，顺子家的对牌有可能已经流失到社会上了。……当然我们无从知道是怎么流失出来的。”

“木牌后面的字您就一个都没有辨认出来？”林峰阳问母亲，显得有些焦急和遗憾。《红楼梦》中的诗词歌赋他已经烂熟于心，有一个字，就能够基本搞清楚是出现在那一首里的。

“没来得及，”关艳华理解儿子的心情，“我也着急想看一下，但那个人太警觉，我刚一看他就拿回去了。”

“从这个姓邬的让关姨只要想起对牌上的诗句，就可以得到一大笔钱这一点分析，这些人似乎已经改变了策略，退而求其次，不再追求一定要拿到对牌了。”陈芷兰说道，似乎还沉浸在对对方行为的推理思考上。

“他们已经知道警方介入了对此案的调查，要想得到对牌难度很大，而知晓对牌上的诗句，他们认为相对容易些。”陈凌川说道。

“实际上，得到对牌的目的就是要知道上面的诗句，”林峰阳说道，“只要知道了诗句，两相对照，就可能推测书稿埋藏的地方。”

“是的，”陈凌川微微一笑。曹希峰这个助手为人谦虚，也很聪明，“但前提是对牌必须是真实的。……这倒提醒了我，在这方面我们也可以有所作为。”

正在这时，放在沙发旁小柜上的电话响起来，陈芷兰起身走过去拿起话筒。

“喂，……是的，邵局长好！……您等一下。”她把话筒和电话机一同拿起来，递给坐在单人沙发上的陈凌川，并对他说道：“是邵局长。”

“是邵局长吗？……对，你说，……是这样？……我知道了，另外，邵局长，不要让葛振他们再去门前村居委会调查了，情况已经大致清楚了，再调查的话，传出去对关艳华同志不好。……再见！”

陈凌川将话筒和电话机递还给女儿，对看着他的关艳华说道：“艳华同志，局里对今天到你家的人进行了监控，你给我打过电话后我就通知了局里，并告诉了那个所谓的台湾人给你留下的联系方式。那个人从你家离开后就回了凯宾斯基饭店，经查，他就住在该饭店，登记时使用的护照名字叫约翰·杨，不姓邬，也不是台湾人，而是前几年入籍美国、从大陆出去的华人。”

“难怪他对满族姓氏演变的历史那么了解，说的头头是道。”关艳华点点头。

陈凌川继续讲述：“邵局长讲，经过葛振他们到市局人物数据库中心系统比对，这个约翰·杨过去的中文名字叫杨浦，前些年涉及参与了几起文物走私案，但最后警方对走私团伙进行抓捕时，他都不在现场。这几年在国内没有再发现他的踪迹，他在大学学的是博物馆专业，具备一定的历史和考古知识。”

“他会不会与杀害曹教授的凶手是同一个人？”陈芷兰有些担心的问道。

陈凌川又转向关艳华问道：“艳华呀，你能描述一下那个……我们就叫他约翰·杨吧，身材和长相吗？”

“他40多岁的样子，个子不高，体型偏瘦，”关艳华回忆道，“单眼皮，白净脸，看人眼神不定。没有什么特点，普普通通的一个人。”

陈芷兰摇摇头。“那不是同一个人，那天晚上出现在曹教授住宅楼的那个嫌疑犯个子很高、身型魁梧，而且面相很凶。”

“又多了一个人，”林峰阳忧心忡忡地说，“这是不是说明问题更复杂了？”

“性质不一样了，”陈芷兰解释道，“原来是入室抢劫杀人，现在更像是有组织的预谋犯罪。”

“这个叫约翰·杨的人不是那个叫顺子的清朝八旗军人的后裔，他怎么会有那块对牌，而且还知道对牌的故事呢？”林峰阳不解地问道。

“现在境内外文物走私和倒卖的十分猖獗，约翰·杨是个文物贩子，对这类文物的信息是很敏感的，不排除他通过某种渠道获得对牌的同时，也知晓了隐藏在对牌背后的故事。”陈芷兰分析道。

陈凌川点点头。邵信局长刚才在电话中还告诉他，前天有一个叫宋显的人，到他所居住社区的服务站打听他住宅的详细地址，这个人就是曹希峰家被抢劫的前两天曾在附近出现车辆的车主，今天又是他开车载着约翰·杨去的门前村关艳华家。这个情况与前天他感觉家中有人进来过是相符的，但为了不引起恐慌，他决定不告诉在座的人。

这时，一直在厨房做饭的肖若霞走进客厅，笑着说：“饭做好了，你们谈的怎么样啦？”

关艳华闻言连忙从沙发上站起身来，对肖若霞说道：“嫂子，给您添麻烦了！”

“看艳华你说的，平时想请还请不来呢！”肖若霞朗声笑道，“就是便饭，炒几个菜，不像你给我们蒸的包子和馒头那么有特色。”

“我们也基本谈完了，”陈凌川将茶几上的信用卡拿起来交到关艳华手里，“艳华，这张卡你收着。”

“这个钱我不能要！”关艳华连忙摆手，“我一想起那个叫什么杨的就心里别扭，他给的钱我可不愿意拿。还是您处理吧！”

陈凌川语气平和地笑着说道：“你现在要装作没事人一样，就按那个约翰·杨要求你的做，与他周旋，让他觉得你这里有拿到对牌或者想起诗词的可能性，拖着他，好给警察创造对他开展侦查、最后掌握他犯罪线索和证据的时间。……你看这件事多有意义，这不也是为缉拿杀害希峰的凶手做出了一份自己的贡献吗？”

听完陈凌川的一席话，关艳华情绪有些激动起来。“老陈，我听您的，只要能为希峰报仇，让我做什么都成！”

“是不是让关姨准备一首诗，好应付约翰·杨的纠缠？”陈芷兰在旁边提醒父亲。

“芷兰说得对，”陈凌川笑着说，“年轻人就是脑子快，你帮助关姨想一首吧。”

“这我可想不出，”陈芷兰转向林峰阳说道，“还是你来选一首恰如其分的。”

“其实随便那一首都行，”林峰阳机敏地说道，“哪一首都可以让对方琢磨好几天。……就选《红楼梦》十二金钗判词中的描写探春那首吧！‘才自精明……’”

“小林老师，你先别说，让我来背诵，”站在一旁腰间系着围裙的肖若霞笑着打断林峰阳，“‘才自精明志自高，生于末世运偏消。清明涕送江边望，千里东风一梦遥’。”

肖若霞一气呵成地把诗句吟诵出来，赢得其他人的喝彩。陈芷兰过去搂住她的肩膀，禁不住地调侃地夸赞道：“行啊老妈，上次在家里就露过一手了，一个教数学的中学老师，能把《红楼梦》的诗词背得这么熟，不简单呐！”

陈凌川笑着说：“小林找的这首诗好，‘清明涕送江边望，千里东风一梦遥’，《红楼梦》中描写探春是远嫁南洋一带的，这一下子就把那帮家伙支到几千里之外的爪哇国去了！”

大家都笑了。

“我听说小林手很巧，还喜欢雕刻，”陈凌川对林峰阳说，“既然定了这首诗，那就请小林为你妈复制一块对牌，把那首诗刻在牌子的背面，到时候好有个实物凭据。”

“要能那样做就太完美了！”陈芷兰拍手称妙，但又有些担心，“木料怕是不好找吧，我记得曹教授曾说过，对牌的木质是黄杨木的，与《红楼梦》中刘姥姥喝酒的酒杯材质一样，现在能找到相同的材质吗？”

“这不成问题，”林峰阳笑着回答，“雕刻用的木质并不十分讲究，一般用质地细密坚韧、不易变形的木料就行，像什么楠木、紫檀、黄杨木、沉香等木材都行，这几种木料包括黄杨木我手头就有，今天晚上我就可以开始雕刻。”

“行了，菜都凉了，你们边吃饭边说吧。”肖若霞在旁边又催促道。

陈凌川站起身来，将关艳华和林峰阳让到客厅旁边摆着六张椅子的餐桌旁坐下。“艳华，我们家不像你们满族大家庭，饭桌上讲那么多规矩，你和小林随意，别客气啊。”他拿起一双筷子，把桌上的每样菜都拣了一点儿放在关艳华面前的盘子里。

“那些个老礼儿都是从前了，现在都是小家小户，也没那么多讲究了，”关艳华拿起筷子，笑着说道，“再说咱们就像是一家人，不讲客气！”

“对，是一家人！” 肖若霞看着坐在自己身边的女儿陈芷兰和坐在对面的林峰阳，笑盈盈地重复说道。

吃完饭天已经黑透了，陈凌川夫妇热情地将关艳华和林峰阳母子送下楼，由陈芷兰开车送他们回家。

十六

当天晚上，尹亚提推开凯宾斯基饭店约翰·杨住的客房门，见宋显正翘着二郎腿坐在宽敞的客厅沙发上，手里拿着一根香蕉边吃边说着话。

他一见宋显气就不打一处来，对方给他租的旅店条件太差，跟这里相比简直是天壤之别。房间小的都转不开身不说，像他这种身材，冲个淋浴，头一抬就碰到上面的莲蓬头，水还一会儿凉一会儿热。房子也不隔音，经常有些欲火难耐的男女晚上来开房，在隔壁房间大呼小叫的，吵得他用被子蒙着头都睡不着。他现在唯一的希望就是快点把那块该死的什么“对牌”找到，好尽快脱离这种提心吊胆的鬼日子！

见他进来，宋显连头也没抬，继续和约翰·杨说着以前他们走私文物时候的轶闻趣事，倒是约翰·杨站起身来，将他让到一个单人沙发上，并给他倒了一杯茶。

“老板，这么急急忙忙地叫我来，有什么事情吗？”尹亚提坐下后，端起茶杯喝了一口水。水有些烫，他含在嘴里过了一会才咽下去。

“我昨天去了那个姓关的女人家了，了解了一些情况，和你们说说，听听你们的意见，看咱们下一步该怎么办？” 约翰·杨坐到中间的长沙发上，两边望了一下说道。

“那个女人知道那块对牌吗？”尹亚提急不可耐地问道，宋显已经在昨天回城的路上大概了解了情况，没有做声。

“我们找对人了，” 约翰·杨喜形于色，“那个叫关艳华的女人一说她家祖上福子的同事叫顺子我就意识到找对人了。”

“愿闻其详，”宋显文绉绉地说道，尹亚提却皱起了眉头，“他们都没有大号吗？”

“清朝到了中期，受汉族同化的影响，许多满族的传统习俗都改变了，许多满族人的后代不会说满语，不认识满文，姓氏名字也都变为汉文字，比如姓关的，就是满语瓜尔佳氏改过来的。在这种情况下，官家的、或是有钱有势的人家为了交流方便，给自已和孩子起了正规的汉字名字；而没有文化的普通百姓，或者在官府当差的，一般就起个福子、顺子、海子等诸如此类的简单名字，叫起来方便。”

“关家的对牌会不会不是我们要找的那块？”宋显怀疑地说道，“我记得您说过对牌在古代是大户人家用来对账的，那么在当时不少人家会有这样的对牌，流落到社会上的也不会就是凤毛麟角，凭什么就认定她家的那块就是与我们手中的是一对的？”

“古代大户人家的对牌是不罕见，但正因为是用来对账的，制作都比较简单，我们手上的这块对牌雕刻得这么精致，显然不是用来对账的，而一定是为了掩盖什么目的而精心制作的。”约翰·杨耐心地解释。

“那会不会她家的对牌真的遗失了或是送给别人了？”宋显担心地说，“毕竟这么多年了。”

“有这种可能，”约翰·杨点头承认，“我现在也在退而求其次，找到那块对牌最好，实在找不到，只要这个姓关的女人能回忆起对牌上的诗句也行，只要能为我们提供寻找曹雪芹遗稿的线索就成。”

宋显撇了撇嘴。“按说这对于见过家中对牌的这个女人并不难啊！……她有文化吗？”

“应该是有的，”约翰·杨分析道，“解放后国家普及全民教育，她这个年纪起码应该有中学文化。”

“是的，”尹亚提插进一句话，“俺们村的孩子到了岁数县里就要来检查，不能有一个孩子不去上学，否则就要罚款。俺是实在读不进去，后来才没有去上中学。”

宋显白了尹亚提一眼。现在他突然对这次任务有了兴趣，经过约翰·杨的不懈努力，这件事已经取得了许多突破，甚至已经找到了曾经拥有另半副对牌的人家。只要再努一把力，很有可能就能找到那份遗稿，那可是一笔巨大的财富，在这个时候，他再徘徊于圈外，犹豫不决，岂不是自己给自己断了财路？因此他决定改变策略，更多地参与进去，利用自己本地人的优势，更多地出谋划策，显示出自己的重要性，受到约翰·杨的青睐，到时候能更多的分一杯羹。

“《红楼梦》中的诗词再多也就是近百首，她应该能记起，”宋显说道，“她没有说点儿什么吗？”

“在我的提示下，她倒是回忆起像是那首十二金钗诗中描写王熙凤的诗句，但‘哭向金陵事更哀’暗示着什么呢，是说遗稿埋藏在南京吗？……这不合情理呀？”约翰·杨用手指敲着沙发的扶手。

“她是不是在敷衍咱们，借此抬高要价？”宋显分析道，“这些年电视上全是真真假假的鉴宝节目，报刊杂志上总是宣扬有的人因为家中的古董一夜暴富，搞得老百姓都翻箱倒柜地找自己家有没有家传的老物件，都在做着发财梦。这个姓关的女人也不是什么不食人间烟火的圣人，她肯定认识到这块对牌的价值了，能轻易松口吗？”

“我也是这么认为，”约翰·杨点头称是，“她家里可是够寒酸的，连件像样的家具都没有。我给她一张信用卡，说里面有 20 万，我看她都惊呆了，估计这辈子都没有见过这么多钱。”

“一下子给了那个女人 20 万，”尹亚提瞪大了眼睛，似乎也惊呆了，“杨哥真是大手笔！”

“正如《红楼梦》中贾雨村所言：‘玉在椟中求善价，钗于奁内待时飞’，这个女人很懂得此中道理，”宋显笑着说，“杨哥，她是在钓你的胃口呢！”

约翰·杨点头同意。“我也是这么认为，……但我还是有些不放心。我们不能就在姓关的女人这一棵树上吊死，万一她几天都不来电话怎么办？或者她用假诗词骗咱们怎么办？咱们得采取点另外的实质性行动！”

“杨哥，您说这话俺爱听，”尹亚提听不懂宋显咬文嚼字的诗句，本来就有些坐不住了，听到约翰·杨的这句话来了精神，“咱们不能老是这么扯来扯去的，老是这么干等着，是得采取点行动了！”

“对谁采取行动？”宋显问道，“对关艳华吗？”

“对她那个叫林峰阳的儿子，”约翰·杨眼中露出凶光，一字一顿地说道，

“他是大学中文系的教师，对古典文学一定造诣很深，一定知道对牌的事情，也会知道对牌上的诗句。……不行我们就找他，逼他说出这个秘密来。”

“怎么弄他，绑架他吗？”尹亚提问道。

“给他来点儿硬的也不是不可以，”约翰·杨咬牙切齿地说道，“他就是一介书生，骨头能有多硬？”

“好办法！”宋显用手一拍沙发扶手，“这是一箭双雕之计，对姓林的母亲也会是一种威慑，她得到儿子被绑架的消息，心疼儿子，很可能就会说出对牌的秘密。”

“既然你们都同意，事不宜迟，我们说干就干，”约翰·杨下了决心，“咱们分头行动，亚提你的任务是在这两天尽快摸清这个林峰阳平时工作和生活的行动规律，找一个合适的机会就下手，到时候我和你一起干。……显子你的任务是找一个僻静的地方，一旦我们绑了那个姓林的，得有个地方让我们待着，好逼他说出对牌的秘密。”

“找个什么地方好呢？”宋显用手搔了搔头皮，像是自言自语。

“最好是离城里远点儿，不会引起周围人的注意，因为得住几天，还需要能吃饭。”

“你让俺前些日子住的地方可不中，”尹亚提气哼哼地埋怨道，“外面就是做小买卖、开小饭馆的，人多眼杂。”

宋显刚要发作，被约翰·杨抢过了话头。“显子，你再给亚提换个旅馆，一是那个旅馆条件太差，二是已经住了几天了，安全起见，该换个地方了。……别心疼钱，你先垫着，到时候我一起给你结清。”

“杨哥您说哪儿的话，这点钱还算事儿！”宋显连忙说道。

“那就这么着吧，”约翰·杨看了看表，“咱们分头抓紧准备，没有什么要紧事咱们就不再聚了，等绑了那个姓林的书生再说！”

临出门的时候，约翰·杨让宋显用车捎尹亚提一起走，宋显推脱还有事回绝了。他可不愿意开车送这个傻大个，警方正在抓捕他，他要离得远点儿。

坐在凯宾斯基饭店楼下大厅咖啡座上正在喝茶的周培和张虹见宋显独自乘电梯从楼上下来，用对讲机通知了在外面车内等候的葛振队长，并尾随他走出了饭店。

他们没有看到随后从电梯间走出来的尹亚提。

陈芷兰开车将关艳华送到门前村的家中后，因林峰阳第二天一早还有课，就又驱车送他回学校。

夜阑人静的郊区公路上车并不多，路边的两排黑黝黝的杨树在车灯的照射下快速向后退去，像是在为开过来的汽车让出一条通道似的。

让陈芷兰觉得有趣的是，车里只剩下她和林峰阳后，这个说起话来口若悬河的大学教师，竟拘谨得不再吭声，只是用两眼直勾勾地盯着前方的道路，仿佛在给她瞭望路况。

“说到为你妈准备一首诗，好应付对方的纠缠，你怎么一下就想到了描写《红楼梦》人物探春的诗词了呢？”为打破车内的沉默，陈芷兰主动提起话题，“是一时想到的，还是就对探春这个人物情有独钟？”

“情有独钟，”一说话，林峰阳的拘束感就减退了一点，“实际上，《红楼梦》这部书中我最喜欢的人物就是探春。”

“噢，这可挺有意思！”陈芷兰抿嘴笑了，对面来车的灯光映出她长发飘逸的面容，“我听说，林语堂先生也最喜欢探春这个人物，你们有异曲同工之妙啊！”

林峰阳笑了。陈芷兰性格开朗，快人快语，没有一般女孩子的忸怩作态，而多了一份女警察的干脆利落。

“不可同日而语，”他说道，“林语堂先生是大学问家，他的《京华烟云》等作品我很喜欢。”

“林语堂为什么会欣赏探春呢？”

“林语堂在西方受过教育，喜欢不拘出身，自立自强，凭自己奋斗而做出成绩的人。探春是贾政之女，为赵姨娘所生，与贾环为一母同胞的姐弟，与元春、宝玉则是同父异母，在贾府四春中，她居第三。大观园众女儿们把探春比作带刺的玫瑰花，可见她是个既美丽又不好惹的姑娘。”

“我读《红楼梦》对探春弟弟贾环的印象不好，感觉他形象猥琐，又自甘堕落，还总搞些恶作剧。”陈芷兰在闵庄路东口拐弯向南，然后顺弯路进入北四环路。

“曹雪芹是把贾环与其姐姐探春对比着来描写的，”林峰阳解释道，“在封建社会的大户人家中，姨娘所生的孩子大都是没有地位的，按照封建宗法，还要把正室当作自己的母亲。但探春虽然是庶出，却从不自惭形秽，而是堂堂正正的做人，在四春中最能干、最聪明。探春是曹雪芹在《红楼梦》中塑造的一个典型人物，她果断机智、能言善辩、自尊好强，在凤姐休息期间，她代行主持家务，处理了不少棘手问题，得到了众人的敬畏和尊重。她广采李纨、宝钗、平儿等人的意见，兴利除弊、开源节流，充分展示了她的理家才能。《红楼梦》第七十回写到抄检大观园，众人大都是乖乖应范，唯有探春给了王善宝家的这个恶奴重重一记耳光，为大观园中的众女儿们出了一口气。”

林峰阳的话像打开闸门的水流，一涌而出，陈芷兰在旁默默地听着。

“我记得那首对照探春判词的曲子也很美的，”陈芷兰说道，“第一句好像是‘一帆风雨路三千，’……后面的记不得了。”

“‘一帆风雨路三千，把骨肉家园齐来抛闪。恐哭损残年，告爹娘，休把儿悬念。自古穷通皆有定，离合岂无缘？从今分两地，各自保平安。奴去也，莫牵挂。’”林峰阳抑扬顿挫地将整首曲子吟诵出来，充满了感情。“这首曲子描绘了探春被迫远嫁海隅的无奈与悲伤，但好就好在无一字自述衷肠，劝慰爹娘保重，而无示弱情怀，反映了她精明能干，识大体，能决断的性格。”

“经你这么一解释，我对探春这个人物更加了解了。”驶入四环主路后，道路更加宽阔，陈芷兰提高了车速。

“曹雪芹是以无奈、同情和赞赏的笔调来写探春的，”林峰阳说道，“说实话，我喜欢探春这个人物也与我的身世有关。”

“是吗？这我倒没有想到。”听到这句话陈芷兰感觉有些意外，瞥了坐在身旁的林峰阳一眼，见他的双眸在眼镜片后面闪出亮光。

“我的家在农村，家境也不好，”林峰阳坦率直言，“在社会这个大观园中，某种程度上有些像探春。有时候我也会叹息命运对自己的不公平，但我同时也总是提醒自己，出身卑微决不是自我放弃的理由，一个人只有自尊自强才能得到他人的尊重。从我小时候，我母亲就一直用探春自尊好强的例子来教育我，上了大学后，听到曹老师也经常在课堂上用探春这个典型人物鼓励那些家境和出身不好的学生，才使我逐渐摆脱了自卑感。”

“我觉得你母亲真的特别棒，”陈芷兰由衷地说道，“一个女人无论是面对爱情上的挫折，还是长期困苦的生活环境，都能做到荣辱不惊、勇敢面对，活出自我的尊严来，真的让我很佩服！”

“她为我吃了不少苦。我父亲生前身体不好，家中基本靠她一个人，把我拉扯大，又省吃俭用地供我上学。我的最大心愿是今后好好报答她的养育之恩。”

林峰阳说完后，车内出现了片刻的寂静，两人都在想着自己的心事，后来是林峰阳打破了沉默。

“光说我最喜欢《红楼梦》中哪个人物了，”他笑着说，“你最喜欢书中哪个人物？”

“真是有一千个观众，就有一千个哈姆雷特，”陈芷兰并没有正面回答林峰阳的问题，“看同一本《红楼梦》，竟然每一个人喜欢的角色都会不同。你知道我老爸最喜欢书中的哪个人物吗？”

“噢，……我猜不出来，是谁？”

“是平儿，”陈芷兰笑着说，“他说平儿应该成为每一个领导者学习正确行使手中权力的楷模，不仗势欺人、不拉帮结派、不偏听偏信、不收受贿赂、不用权力寻租。”

“这个观点很新颖，我明白他的意思，你父亲把《红楼梦》读活了，”林峰阳用手将眼镜向上推了一下，歪着头思忖道，“他指的一定是第五十二回‘俏平儿情掩虾须镯’和第六十一回‘判冤决狱平儿行权’这两回。”

“是的，你可真是熟读《红楼梦》了，”陈芷兰笑着说，感觉与坐在旁边的这位有文学造诣的大学老师聊天真是挺愉快的，“我老爸说，平儿在大观园中是辅佐凤姐管理家政的，但她不像凤姐那样以势压人，而总是与人为善，当宝玉的小丫头坠儿偷拿了她的虾须镯后，要是凤姐知道了此事一定会将坠儿打个半死，然后撵出大观园，让坠儿一辈子没有生路可走。而她却悄悄的将此事化小，告诉宝玉房中办事稳妥的大丫头麝月，让她们冷处理，好给坠儿留一条退路。”

“第六十一回你父亲是怎么说的？”林峰阳侧过身来，借着环路边上橙色的灯光，注意看着陈芷兰轮廓分明的脸庞，在路灯忽明忽暗的映衬下，她的脸庞如同剪影一样。

陈芷兰边回忆边说道："我记得那次是林之孝家的想借在大观园厨房中发现宝玉等人正房内的物品为借口，给厨师柳嫂子和她女儿五儿扣上偷窃的罪名，将其赶出厨房，换上自己的人。为此她们还发动素日与柳家母女不和的人想买通平儿，给她送礼，奉承她办事简断，讲述柳家的往日许多不好。凤姐听说此事后，并不把这些下人的事情放在心上，只是简单地说让把柳家母女各打几十板子撵出去。但平儿这时候表现出了一个领导者可贵的精神品质，秉公办事，不偏听偏信林之孝家的等一些人的一面之词，也不收取好处、以权寻租，而是先把事情压下来，然后再亲自出去细细地走访调查，搞清楚了宝玉等人正房中的物品何以出现在厨房的来龙去脉，终于洗清了柳家母女的冤屈，还了她们以清白。最后还主持公道，仍然让柳家嫂子在厨房工作，挫败了林之孝家的等一些人想借此事赶走柳家母女，用自家亲戚掌握大观园厨房这个油水很大地方的阴谋。"

"我看了这么多遍《红楼梦》，对平儿的认识还真没有这么深刻过，"林峰阳赞叹道，"你父亲当过领导，站得高，看问题的角度就是不一样。这么说来，平儿的艺术形象在今天反腐倡廉的教育实践活动中仍然具有现实意义。……哎，那你母亲最喜欢《红楼梦》中的哪一位人物？"

这时高尔夫车已经到了林峰阳的学校，陈芷兰靠路边将车子停好，笑着说："今天没时间了，下次再告诉你吧！"

"我想她一定会最喜欢林黛玉。"林峰阳并没有要下车的意思，猜测道。

"不是，"陈芷兰眨了眨眼，抿嘴笑了，"她最喜欢花袭人。"

"为什么？"林峰阳大感意外，"这我可没想到，袭人是个被评论界认为毁誉参半的人物，她为什么会喜欢？"

"她说袭人身上体现有许多中国传统妇女的优点。"陈芷兰笑嘻嘻地说道，"她说在《红楼梦》书中写道，袭人服侍贾母时，心中眼中只有一个贾母；服侍宝玉后，心中眼中又只有一个宝玉，说袭人注重家庭、注重伦理，这就是中国妇女的传统美德。她批评我，说像我这样的独生女只以自己为中心，从来不想着关心别人，应该向袭人好好学习。……好了，天太晚了，你明天还有课，咱们以后再聊吧。"

林峰阳依依不舍地推开车门下了车，有些惆怅地站在路边。车子启动后向前滑行，又停住，陈芷兰将副驾驶座旁的车窗降下来，探身对伏下身子的林峰阳说道：“哪天你晚上没事，给我打电话，咱们一起吃个饭。……我还有好多关于《红楼梦》的问题要向你请教呢！”

“好的，好的！”林峰阳忙不迭地答应道，“我这些天晚上都没有事！”

高尔夫车加速驶远了，望着车子红色尾灯在夜空中划出的一道弧线，林峰阳的心中涌起一股从未有过的波澜。

十七

葛振早上刚到局里，就接到邵信局长的电话，让到他办公室去一趟。

葛振来到三楼左手最靠里的一间挂着“局长办公室”铜牌的房间，敲了敲门，听到里面传出“请进”的回答，便推开门进了进去。

邵信坐在办公桌后正伏案在一件报告上写着什么，见葛振进来抬起头。邵局长平时不苟言笑，话也不多，做事一板一眼的。

“坐吧，”邵局长将笔放在桌子上，指着办公桌对面放着的一把椅子说道。

葛振坐下来，望见坐在对面的邵信头发凌乱，两眼通红，像是刚熬了个通宵。他心想当个局长真不容易，他的这位前任刑侦队长刚当上局长不到一个月，两鬓的白发就已经多了不少。

“你那边的情况怎么样，有什么进展？”邵局长仍然是老习惯，开门见山，一句客套话也没有。

“进展不大，”葛振摇了摇头，“自从那个叫约翰·杨的美籍华人去了一趟门前村后，这几天一直就没有出饭店一步，每天就是吃饭，去健身房锻炼，去游泳池游泳，最多就是到饭店前的大街上闲逛一会儿，然后就回房间待着。而且除了那天那个叫宋显的修车行小老板来找过他一次外，什么客人也没有来访过。正常得都有些反常了。”

“他这显然是障眼法，”邵信一针见血地指出，“他不辞辛苦，万里迢迢地跨过太平洋来到这座城市，不是为了每天就躲在房费高昂的五星级饭店里睡大觉的。他这样做一是可能想把我们的注意力吸引到他身上，掩护他的同伙进行活动，因为他恐怕已经意识到，或者担心在那个曹教授家入室抢劫的时候有可能会留下踪迹。二是如果他没有这个考虑，那他就是在进行幕后指挥，让那个在抢劫现场出现过的大个子在前面冲锋陷阵。”

“可是这么多天了，那个大个子一次也没有出现过。”葛振皱起了眉头。警方这些日子采取的措施完全如同教科书般的正确，就是要通过对在现场出现过的车辆进行缜密侦查，进而扩大线索，发现嫌疑犯的踪迹。

这几天的侦查似乎也没有什么疏漏，除了没有发现进入老局长陈凌川住宅的人之外，通过对车主宋显的侦查，发现了那个约翰·杨，也搞清了他来此地的目的，就是为了那块致使曹希峰教授被杀害的“凤字对牌”。但这几天案情进展似乎停滞不前了，涉案的嫌疑人都在按部就班地过着正常人的生活，这真让人搞不懂。

“那个宋显的情况怎么样？”邵信又问道。

“也挺正常，每天都在忙着自己的修车生意。除了与修车行的修理工在一起外，没有见他与其他人接触。”

“这几天就一直待在那个修车铺吗？”

“那倒也不是，”葛振答道，“还去过卖汽车零件的大卖场……噢，对了，昨天他还和一个修理工一起去了一趟兴寿镇一个叫上家村的地方，那个村庄挨着大杨山国家森林公园，完全在大山里。”

“又不是节假日，去那么远的地方干什么？”邵局长看着葛振，不解地问道。

“我们了解了一下，修车行有一个修理工叫强子，那个村是他的老家，他父母都已经去世了，有一个姐姐也已经嫁到外村，但村里还有父母留下的房子。”

“他们在那里待了多长时间？”邵信拿起桌上的一支铅笔在手中转动着。

“上午去后，一直到下午才离开，”葛振回忆道，“就一直待在家里没出来，不知道在搞什么名堂。从城里去山里的路上也没有什么反常的举动。因为上家村的村子不大，来了生人很扎眼，我们没敢在村子里面多停留，只是转了一圈，熟悉了一下地形以后就撤到了外围。”

邵局长赞许地点点头。到这个阶段，不能让对方察觉警方已经介入调查，宁丢勿暴，否则会前功尽弃。“你们做得对，在这个时候是比耐力、比韧性的关键阶段。……这个叫强子的维修工的情况了解吗？”

“还不了解，”葛振回答，“凭感觉他与宋显的关系比较近，宋显也比较信任他，上次就是他到郊区去取的面包车，而且还负责修车行的采购。”

“从侧面了解一下，”邵信说道，“他既然是宋显信得过的马仔，也有可能去完成宋显交给他的重要任务。”

“好的。”葛振在笔记本上写了几个字。

“葛振啊，这个案子可能比我们预想得要复杂得多，”邵局长加重语气说道，“我们比较熟悉单一的抢劫、杀人、偷盗等一些案子的侦破，但对这种国际国内相互勾结，作案动机又不明朗的案件所知不多，老经验恐怕用不上，这就需要我们注意蛛丝马迹，及时总结，摸清规律。同时，现在国门已经打开了，对外交往越来越多，以后有可能还会遇到类似的案件，你们把这个案子办好，也可以为今后承办此类案件积累些经验……”

邵信正说着，葛振的手机突然响了，他拿出来一看，见是正在监控宋显的周培打来的，忙按下接听键。

“喂，是葛队吗？”手机听筒里传出周培有些着急的声音，声音很大，连坐在写字台对面的邵信都听得很清楚。

“我是，什么情况？”

“姓宋的又往山里去了，”周培的语速很快，“现在已经过了五环，一路向北扎下去。”

“还是两个人吗？”

“不是，只有他一个人，开着那辆宝马。”

葛振将手机从耳畔拿开，用另一只手捂住话筒，看着邵信局长。

“让他们继续监控，”邵信果断地说，“既然进山到森林公园只有一条路，平时路上的车又很少，跟控的距离可以拉大些，防止他突然调头返回打照面，造成不必要的暴露。”

葛振将邵局长的指示传达给前方的周培。

“你也过去吧，”等葛振打完电话收了线，邵信对他说道，“我总觉得他这么跑来跑去的有些奇怪，你过去后有什么情况及时通报局里。……另外，对那个约翰·杨的监控也不能放松，我们要警惕他们在酝酿一个什么阴谋。”

林峰阳用手指着黑板上写着的“元代杂剧”几个字说道：“讲完了元代杂剧的产生背景和发展轨迹，我们就不能不提到元代杂剧的一位代表性人物关汉卿和他的代表作品《感天动地窦娥冤》。”

按照古代文学的授课进程安排，中文系二年级这个季度进入古代文学赏析阶段，讲完了唐诗和宋词后，这段时间就要讲元杂剧了。从13世纪中叶到14世纪末叶蓬勃兴起的杂剧运动，在中国戏剧史上占有重要地位，而领导和影响这一运动的主要人物，当然要数中国文学史上的伟大戏剧家关汉卿。

林峰阳向上扶了扶眼镜，笑着对课堂上的学生们说道：“现在社会上一旦某人受了委屈，就爱说一句话，‘我比窦娥还冤呢！’从这一课开始我们就来看看窦娥受得是什么冤屈，是窦娥冤还是你冤。”

课堂里传出一片笑声。经过自己的不懈努力，林峰阳已经在中文系的年轻教师中崭露头角，他的课也逐渐获得学生们的好评。不少学生私下里说他讲课风格有些像曹希峰，既学识渊博又诙谐风趣。

林峰阳先从介绍关汉卿的一些基本情况开始。“关于关汉卿的生平历史，流传下来的资料很少，根据一些有关戏曲书上的零星记载，以及关汉卿自己在作品中所表露，我们仅仅知道他号一斋，老年时又号已斋叟，是大都、也就是今天的北京人。大约生在元太宗在位年间，公元1229至1241年，死于元成宗在位年间，公元1297至1307年。他在宋、金杂剧、院本和诸宫调的基础上，融合众艺之长，创造了元代杂剧。他写的剧本有六十多个，可惜多数剧本已经失传，保留到现在的不过十四五个。关汉卿成为伟大的戏剧家，应该说和他身为‘书会先生’是分不开的。”讲到这里，林峰阳回身在黑板上用粉笔写了“书会先生”四个字。

“‘书会’在当时是一种职业组织，专门给戏剧、说书之类的行业团体服务，书会先生是书会中编写说、唱、演各种脚本的职业作家，也就相当于现在的相声和小品编剧这样的人，”林峰阳停顿了一下，笑着说，“当然，元代的情况与今天不可同日而语，因为当时从事戏剧、说书之类的演员、说书人本身地位就很低下，为这些行业服务，无疑是置身卑贱，一般的读书人是不愿意干的，而关汉卿能够冲破这种传统樊笼，显然很不简单。”

这个班的学生有四十多人，一面听着林峰阳的讲述，一面在笔记本上记着要点。

“那个时代社会地位低下的艺人们，都经受着下层社会生活的磨砺，关汉卿和他们生活在一起，自然而然地会在思想感情上和他们互相接近起来。他的剧本，深深同情那些受害者的反抗，批判社会上层对他们的压迫，都有他的思想历史根源，而非出于一时的偶然。”

林峰阳看了一下讲义继续讲道：“关汉卿戏剧运用语言生动通畅，无论曲文、说白还是日常口语、戏剧习用语都能挥洒自如，没有一点造作的痕迹。在戏剧故事的发展中，每个人物的口吻，也都写得惟妙惟肖，准确地表达了他们在心理变化中的喜怒哀乐。他的文字风格和描写技巧都能适应题材、中心思想的需要而变化。他所写的剧本中，还有一个特色，就是选取许多出色的女性作为主角，构造了一些光辉的女性形象。现存的关汉卿十四五个剧本，所取的题材也非常广泛，既有英雄豪杰的传奇，有才子佳人的恋爱，又有社会、家庭日常生活的矛盾和反对恶霸的公案，艺术创作和当时政治相结合，这也是关汉卿作品获得成就的主要原因。”

讲到这里，林峰阳又停住话头，转身在黑板上写下了《感天动地窦娥冤》一行字。

“由于课程进度，我们不可能对关汉卿的戏剧面面俱到，今天和下一节课主要就讲他的代表作品之一《感天动地窦娥冤》。《窦娥冤》是一部出色的悲剧，是古典戏剧史上的名作，一直到如今，仍然为广大群众所喜闻乐见。”

林峰阳低头看了一眼放在讲台上的讲义，情绪饱满，似乎亲临了关汉卿创作《窦娥冤》这出戏剧的年代，“这部戏剧，作者利用汉代流传下来的‘东海孝妇’的民间传说，以元代的政治、社会环境作为背景，通过剧中主角窦娥的一生，描写了那个时代普通妇女的不幸。详细的剧情我就不向同学们讲了，下课后希望同学们到图书馆把剧本借来看一下，我只是借着故事梗概把阅读时需要注意的几个方面向大家介绍一下。”

坐在教室里的四十多个同学都停下手中的笔，全神贯注地看着站在讲台上的林峰阳，听他娓娓道来这一流传了上千年的悲剧故事梗概和中心思想。

“《窦娥冤》的故事并不复杂，”林峰阳站到讲台侧面，将身体倚靠在讲台上，“在这个故事里，我们首先要注意造成窦娥悲剧的原因，首先窦娥及其父亲是遭遇了高利贷的毒害。窦娥原名窦端云，其父窦天章是当地的一个穷秀才，3 岁时窦娥死了母亲，7 岁时她父亲借了以放高利贷为生的蔡婆婆二十两银子，第二年本利该还四十两，窦父还不起，蔡婆婆就让把窦娥抵债，给她做童养媳。窦父无奈，又正好要上京应试，就将窦娥给了蔡婆婆。第二是窦娥受到了恶徒的欺凌。窦娥 17 岁时与蔡婆婆的儿子结了婚，谁想两年后丈夫又病亡，不到 20 岁就成了寡妇。”

“真是够倒霉的！”听众中有一个男同学小声嘀咕了一句，引起了学生们的一片讪笑。

“倒霉的事情还在后面，”林峰阳点头同意，接着说道，“刚才提到蔡婆婆是放高利贷的，这一年，城南有一个开药铺的赛卢医也向她借了十两银子，第二年涨到了二十两，蔡婆婆催要，赛卢医还不起，就起了歹意，他把蔡婆婆骗到郊外，想用绳子勒死她，正在这时，一个张老头和儿子张驴儿路过，吓跑了赛卢医，救下了蔡婆婆。谁知这张驴儿也是个恶徒，听说蔡婆婆家中只有她和一个守寡的儿媳妇，就起了歹心，想要娶了儿媳妇，再让父亲娶了蔡婆婆，如果蔡婆婆不同意，就仍然勒死她。”

“这都是什么人啊，整个一个趁人之危的市井无赖！”同学们被故事情节激怒了，议论道。

“蔡婆婆被逼无奈，只好先应承下来，并把张氏父子带回了家中。”林峰阳看到同学们都已经进入了故事情景，感到很高兴。课堂授课，最怕学生们游移于教学内容之外，如何让学生们的注意力集中在所学知识上，在潜移默化中达到教学效果，是检验每一个教师教学能力的试金石。

“但在生活中一贯逆来顺受、性格柔弱的窦娥闻听此言却坚决不从，认为张氏父子救了婆婆的命应该感谢，但决不是以她和婆婆双双嫁给对方为代价。但恶徒张驴儿还不死心，想要用毒药害死蔡婆婆，然后霸占窦娥。这一天蔡婆婆病了，他就到赛卢医的药铺买了毒药，然后回来让窦娥给婆婆煮羊肚汤，窦娥煮好汤端上来，张驴儿骗她去拿盐和醋，趁没有人在将毒药下在汤里。谁知蔡婆婆这时犯恶心，不想喝汤了，劝张老头喝了，张老头刚喝一口就七窍流血而死。张驴儿一看自己的爹被毒死了，就栽赃是窦娥下的药，并说如果她嫁给自己，这件事就算了，否则就拉窦娥一起去见官。窦娥是一个质朴善良的平凡女性，相信人间有公道是非，也希求能够得到官府的保护，便说道：'我又不曾药死你老子，情愿和你见官去'，就和张驴儿一起来到了衙门。……"

说到这里，林峰阳的情绪有些激动，他停顿了一下，拿起讲台上的茶杯喝了一口水。"第三，我们就要注意贪污昏庸官吏的枉判屈断。衙门中的衙役是个昏官，听信张驴儿的一面之词，认定就是窦娥下的毒，并认为不打不招，结果将窦娥打得皮开肉绽。但窦娥就是不招，县官一看没辙了，就威胁说要对窦娥的婆婆动刑。窦娥可怜婆婆，就屈招了自己毒杀了张驴儿的父亲。"

"这可真叫屈打成招！"同学们忿忿不平地议论道，"这哪里还有老百姓说理的地方？……"

林峰阳接着说道："封建礼教、迷信思想的束缚，忍受了一辈子苦难，仍然免不了负屈含冤而死那样的结局。我认为关汉卿创作这部戏剧的中心思想就在这里。窦娥是一个质朴善良的平凡女性，相信人间是有公平正义的，因而敢于抗御强暴的逼婚，甘心一死去救婆母。及至她认识到'衙门从古向南开，就中无个不冤哉'，这时候她那逆来顺受的柔婉性格，变得坚强起来，从最初保持个人的贞操出发，最后却演进成为对正义公理的捍卫。"

同学们都不再作声，一些同学将林峰阳的话记在笔记本上。

"这部剧的结局当然是好的，"林峰阳舒缓了一下心情，继续说道，"到了行刑那天，窦娥对监斩官和刽子手讲，青天可鉴，我是冤枉的，若是我窦娥委实冤枉，一是刀过处头落，一腔热血休半点儿沾在地下，都会飞到挂在旗枪上的丈二白练上；二是如今是三伏天，我死之后，天将降三尺瑞雪，遮掩了窦娥尸首；三是从今往后，这个地方会连续三年大旱。监斩官和刽子手不信，还是将窦娥杀了，结果真如她所言，热血飞到白练上，六月满天飞雪，遮掩了窦娥尸体。"

"那窦娥的冤屈最后报了没有？"有一位男同学想知道故事的结局，着急地问道。

“这是后话，”林峰阳停顿了一下笑着说道，“我本来不想讲，怕你们知道结局不去看原书了，但不讲又有点遗憾，显得不完整，那我就大致讲一下。……刚开始讲这个故事的时候，我们说了窦娥父亲窦天章是个要上京应试的穷秀才，那一年到了京师，一举及第，后官至二品，深得皇帝信任。窦天章也曾经到本地找过自己的女儿，但因为窦娥改了名，没有找到。这一年窦天章被任命为提刑肃政廉访使，专门负责纠察各地的官吏善恶、政治得失和刑狱之事，正好巡到这个县，窦娥就给父亲托梦，诉说了冤情，最后窦天章经过调查了解，终于搞清了案情，法办了张驴儿及那个已经升迁了的县官，为冤屈的窦娥申了冤，昭了雪。……”

坐在课堂上的同学们长出了一口气，议论纷纷，有的觉得终归是善恶终有报，但也有的觉得还是不过瘾。

正在这时，走廊中的下课铃响了，林峰阳看了一下表，打住话头，笑着说道：“今天就讲到这儿吧，明天下午我们接着分析窦娥这个人物的艺术形象。……好了，下课吧。”

同学们纷纷收拾起课桌上的物品，起身离开了教室。有几个笔记没有记全的学生走上前来，又拿着笔记本问了林峰阳几个问题，然后也离开了教室。

林峰阳收拾起摊开在讲台上的讲义，装进书包也准备离开。今天他不想拖堂，因为他今天晚上约了陈芷兰一起吃饭，第一次约会，他可不能迟到。

在大学读书四年，后来又留校当了老师，他身边不乏女同学和女同事对他产生了好感，回到家中，街坊邻居也不断来提亲，但他都没有动谈恋爱的心思。他就像《平凡的世界》那部小说中的孙少平一样，想凭着自己的努力改变命运，没有达到目标，他宁可压抑住自己的感情。

但自从与陈芷兰接触过几次之后，他深深地被她爽朗活泼的性情所吸引。她和他不是同一类人，她生活无忧无虑，父母宠爱有加，人又长得漂亮，自然是社会上的宠儿。难得的是她与其父母一样，都为人随和真诚，平等地接人待物，没有丝毫的做作，与这一家人在一起使人心情十分放松，没有任何隔阂的感觉。

几天来，他时时有一种想见到陈芷兰的冲动，但他又一次压抑住自己的感情，没有主动打电话约她。依照他的理论，恋爱讲究得是两情相悦，谁知道人家是怎么想的，也许就是想与他探讨一下《红楼梦》这部古典文学的情节和人物，他这么冒冒失失的误会了人家女孩子怎么办？在几天的忐忑不安中，昨天晚上陈芷兰竟然给他打来电话，约他今天下午五点半一起吃个饭，而且地点就选在学校对面的当代商城楼上。听着对方热情的相约，语气一如平时爽快，他都感到有些恨自己没有出息，觉得自己这些年的书真是白读了，真是书越读越不谙人情世理。

他挎上书包径直向校外走去，虽然刚刚 5 点过 10 分，越过过街天桥到当代商城用不了十分钟，他决定一定要比陈芷兰先到那家饭馆，先找个座位等着对方。今天晚上他要热情一些，不能让人家姑娘老主动。

十八

负责在凯宾斯基饭店监视约翰·杨的章虹看到他从电梯间走出来，又步出饭店大厅乘上一辆出租车驶离饭店，忙招呼上一同守候的两位同事驾车尾随而去。

约翰·杨乘上出租车的时间是在下午 4 时，路上的车辆并不多，出租车沿北三环路一直向西行驶，过了联想桥才驶出主路沿中关村大街向北，驶出不远便在当代商城附近的路边停下。

约翰·杨下车后站在原地环顾了一下四周，然后上了过街天桥，走到街道对面的大学门口站住脚，一面四处张望，一面掏出手机拨了个号码。他与对方似乎讨论着什么，来来回回的在学校门前的广场上踱步。这时候正赶上学校放学，出入校门的学生很多，约翰·杨的行为并没有人注意。过了一会儿，他打完电话，将手机放回衣袋中，又迈着散步般的步履向南走，从三环主路桥下的人行横道穿过街道，返回了他刚才下出租车时的地点，站在便道上面朝刚才去过的学校门口眺望。

章虹看了一下表，这时已经差 3 分到 5 点了。刚才约翰·杨的反常举动让她提高了警惕，对方的目标似乎是学校门口附近，却不在门口下车，而是在街道对面下车后步行过去。当然这么做也还可以理解，因为这条路中间有隔离带，出租车到街道对面需要到前边路口调头回来，不方便。但既然目的地是学校门口，为什么却过去转了一圈后又回来呢？而且还远远地站着观察，好像在等待着什么事情发生似的。他在等待什么呢？

章虹感觉事有蹊跷，又拿不准，与她一起的两位同事，今天是第一天抽调到这个案子上帮忙，更是对情况摸不着头脑。为了预防不测，她用手机将这一情况报告了葛振队长。手机的信号不好，从断断续续的通话中，她得知队长现在的位置已经在大杨山国家森林公园附近的山里了，是跟着那个开修车行的宋显过去的。葛振听完她的讲述，让她注意观察，提高警惕，说这个地方就是那个曹希峰教授任教的学校，约翰·杨在这里出现可能要有什么行动，但具体是什么行动现在无法预料，并让她有什么情况及时通告给他。

打完电话，章虹思索了一下，这时候已经到了下班高峰时段，路上行人和车辆逐渐多起来，离得约翰·杨稍远一点，他的身影就忽隐忽现的消失在人群中。章虹用报话机告诉将车停在远处的同事将车辆开过来，停在距对方站得位置近一点的地方，这么乱的场合，靠路边停了一排车，离远了万一对方有什么突然行动根本来不及反应，离近了不会引起对方警觉。

挎着书包的林峰阳走出校门，往左拐准备上过街天桥。天桥距学校门口大约20米远，过去就是当代商城。但就在这时，林峰阳听到有人叫他的名字，他停下脚步，四下张望是谁在叫他。

“林老师！”叫他的是一个身材魁梧的大个子，头发卷曲，满脸胡茬，穿着一件半旧的蓝夹克衫，下身是一条牛仔裤，脸上堆出不自然的假笑，“是林峰阳老师吗？”

“我是，您是……”林峰阳有些迟疑，他不记得见过这个正向他走过来的男人。

“俺表弟是您的学生，他经常向俺提起您来。”大个子男人边搭讪着边走近林峰阳，与他肩膀挨着肩膀站在一起，林峰阳闻到一股男人身上的烟味。

“是吗？您表弟叫什么名字……”林峰阳客气地问道，虽然他有些着急，想赶快离开，但不应该失礼。

“俺和俺表弟想请林老师吃个饭，看您有时间不？”男人笑着邀请道，伸出一只手扶住林峰阳的胳膊。

“不行，我今天有事，马上要出去！……”林峰阳推辞道，想挣脱男人抓住他手臂的手。他没有注意到，正在这时，一辆黑色捷达车悄无声息地滑到他和大个子男人身边停下来。

“您别客气，……看车来了，……快上车吧！”男人脸上的笑容变成了狰狞，一手拉开捷达车的后车门，一手不由分说地将林峰阳往车内推，他的手像铁钳般有力，林峰阳瘦削的身体根本无法抗拒。

林峰阳被推进车内，男人也随着钻进来，捷达车随即开走，迅速融入路上的车流向南驶去。学校门前来来往往的人群没有注意到发生的这一幕，即使注意到，也认为是准备外出聚餐的朋友之间推推让让的举动。

“你们是什么人？你们要干什么……”被推进车内的林峰阳挣扎着嚷道，“让我下车！……”

尹亚提伸出小蒲扇一样的手掌，照着林峰阳的头顶重重砸下去，他顿时眼冒金星，倒在座位上昏厥过去。尹亚提掏出一根绳子将他的手臂反绑到身后，又拿出一个黑布袋套在他头上。

这时，捷达车已经在三环路桥下并到拐弯和调头道上，等拐弯放行的绿灯亮后，随着车流在桥头调头向北，接着又驶入便道，开到站在路边的约翰·杨身边。

约翰·杨走下便道，没等捷达车停稳便拉开车门坐到副驾驶座上，车子疾速开出，鸣着喇叭，又进了马路主道。

坐进车里，约翰·杨转过头来，探身过去将套在林峰阳头上的黑布袋揭开。林峰阳双眼紧闭，头耷拉在一边，仍没有苏醒。

约翰·杨笑了。他将黑布袋重新给林峰阳套好，对尹亚提点点头赞扬道：“干得漂亮，亚提！”说完又转过身来对全神贯注地握着方向盘的司机说道：“辛苦了，强子，我们现在就进山！”

约翰·杨上车的情况完全在章虹和另两位警察的视线之内，但他们并不知道刚才在马路对面学校门前发生的一幕。他们不敢怠慢，驾车紧紧跟住黑色捷达车，一边用电话把情况报告了身在大山深处的葛振队长。

陈芷兰 5 时 25 分到的当代商场位于四层的餐厅，这一层开了多家有特色的餐馆，其中一家香辣火锅店因为口味正宗，又有影视名人做广告推荐，深得年轻人的青睐。

其实她下午就到这家商城了，徜徉在琳琅满目的各种品牌服装中，她经不住诱惑，一下了买了五六条裙子。回去又要受母亲不会过日子的数落，但管她呢，她心里这时是满怀喜悦的。

她找了一个靠墙的卡座，把提着的大包小袋放在座位上，然后坐下，掏出纸巾擦了擦额头上的汗。林峰阳不会早来在她的预料之中。这是个饱读诗书、只会在学校的象牙塔里做学问的书生，可以滔滔滔不绝地讲学问、授业解惑，却不知道如何在社会上与人交往，而且他性格内敛，甚至有些害羞，与女孩子讲话都不敢直视对方。

但他这种性格却吸引了她。她在警官大学上了四年大学，又读了两年研究生，她的男性同学大多是线条粗犷、直人快语的典型警察性格，与这些人一块待了6年，她同样变成了一个性格爽朗、说话不会转弯抹角的“假小子”。

她的婚事成了母亲肖若霞的心病，父亲也希望她能在警察中找个男朋友，因为怕外人对这个职业会不理解。但她却有着自己的想法，她的条件并不高，只是认为一个女人一定要找一个能让自己心动、能被对方吸引的男人。这些年这样的男人她一直也没有遇到，谁知道却在与这个说话咬文嚼字、戴着一副眼镜的文弱书生的接触中被拨动了心弦。

笑盈盈的女服务员拿来了菜单，陈芷兰说还要再等一下。她看了看表，见指针已经指向5时45分了。她不禁心生埋怨：这次的约会是她主动提出的，且还约在离林峰阳学校很近的地方，她还早到餐馆占座位，可他还是迟到。“真是个书呆子！”她暗暗地咕哝了一句，拿起手机拨通了林峰阳的电话。

电话响了好久也没人接听，她有些奇怪，刚要挂断重拨，听到电话接通了。她先是听到手机中传出嘈杂的声音，有汽车喇叭声，有发动机的轰鸣，还有催促行人快些过马路的吆喝声。她刚要说话，又听到一个带着口音的陌生男人恶狠狠地骂了一句：“妈的，按错了！”接着手机被关闭了，传出一阵盲音。

陈芷兰手里拿着手机愣住了。她在警官大学上学时，曾经在课堂上听教师讲授过凭背景声音分辨发案场合的技巧，当时老师还用录音机现场放了一系列声音背景，并让这些以后将成为警察的学生分辨各是什么场合。

刚才手机中传出的明显是汽车车厢中的背景声音，她是已经有几年驾龄的司机了，经常在拥堵的城市街道上驾车，听惯了这种嘈杂的背景声音，又在警官大学专门受过这方面的训练，不会搞错的。

问题是林峰阳不会开车，也没有车，怎么会出现在行驶在喧嚣道路的汽车中呢？而且，手机本来是开着的，却被人故意的关闭了！

陈芷兰的脑海中本能地跳出一个词："绑架"！是的，联系到近期凤字对牌案的发展，她这个判断不会错。她一时感觉眼前一片空白，六神无主，不知道该怎么办。情急之中，她用颤抖的手拨通了家中的电话。

"喂，"手机中传出父亲陈凌川沉稳的声音。

"爸爸，是我！"陈芷兰如同溺水时抓住了一块木板，语调中带着哭腔，"林峰阳被绑架了，怎么办呀？"

"怎么回事？"陈凌川深感意外，但仍然保持冷静，"别着急，你慢慢说。"

"我今天本来约他一起在当代商城吃饭的，他今天下午有课，5 点下课，从学校到这里用不了 10 分钟，但 5 点半过了 15 分钟他还没到，我就给他打了个电话。谁知打通后听手机里传出的背景声音，他是在一辆行驶的车里，而且电话打通后又被人给挂断，再后来手机还给关闭了。……我判断他一定是被绑架了！"

陈凌川听完女儿的讲述，思忖了一下。"这样，我现在就给局里打电话，据我所知，那个约翰·杨和宋显的活动是在警方视线中的，我了解一下情况。……你现在还在当代商城吗？"

"是的。"

"趁这个空档，你现在就开车回家来接我。……到家后你不要上楼了，咱们在小区门口见，具体情况见面再详细说。"陈凌川吩咐道。

陈芷兰从座位上站起来，急急忙忙地就往餐馆外面跑。刚才给她拿菜单的女服务员在后面喊道："姐，你买的东西还在座位上放着呢！"

陈芷兰头也没回，一边跑一边说道："你先帮我收着，我有急事，回头再来取！"

她嫌商城内的自动滚梯太慢，从边门的步行楼梯一步三蹬地往下跑，像一只敏捷的小鹿。位于知春路的家离当代商城并不远，路上拥堵的交通状况使她耽误了点时间，等到小区门口时，见父亲已经在路边等待了。望见瑟瑟寒风中父亲依然挺直的腰板和坚毅的面容，陈芷兰仿佛有了依靠，紧绷的神经也松驰下来。

陈凌川拉开车门上了车，坐下后对陈芷兰说道：“不要停车了，调头直接往兴寿镇开。”

陈芷兰将高尔夫车调过头来，又汇入主路的车流，向这座城市的北部一直驶下去。

“我和邵局长通了电话，”陈凌川扭头慈爱地看着一脸焦虑的女儿，“我向葛振队长了解了一下情况。监控约翰·杨的警察发现5点13分的时候他在当代商城附近乘上了一辆捷达车，该车一直往北，估计现在已经驶过北六环了。在这之前，这个约翰·杨乘出租车从凯宾斯基饭店径直来到商城，然后步行到学校门口逗留，接着站在街道对面观察学校门口的情况。监控他的侦查人员注意力在他身上，没有发现马路对面小林老师被绑架的情况。但从时间判断，他应该是遥控指挥了这次绑架。……”

“那就赶快把捷达车截住，救出小林呀！”陈芷兰着急地打断了父亲的话。这时已经过了四环，路面上的车略少了一些，高尔夫车加快了速度。

陈凌川想了一下该怎么回答女儿的问题。“上面我所说的还只是推断，小林老师在不在那辆捷达车里还说不准，如果冒然把车截住，万一判断失误，就会使对方警觉，给全案的侦破造成影响。”

“可我们也不能眼睁睁地看着他陷入危险呀！”

“我和邵局长沟通了一下，认为一时半会儿小林老师的生命还不会有危险，”面对女儿咄咄逼人的话语，陈凌川仍然保持冷静，耐心解释道，“对方绑架他的目的是为了那块对牌，在没有拿到对牌或者知晓对牌上的内容的时候，不会危害他的生命的。”

陈芷兰不再说话了，父亲的分析显然是对的，她只是感情上接受不了林峰阳被绑架这一现实。不到一个小时的时间，她从甜蜜约会的憧憬跌入了惊魂未定的担忧，如果真有“冰火两重天”这么一说，那她今天真遇到了！

陈凌川继续说道：“前两天，本案的另一嫌疑人去了大杨山国家森林公园附近的一个村子，今天又去了。那个村子位于大山深处，平时很少有人去，邵局长分析，如果他们真的绑架了小林，很可能会把他拉到这个地广人稀的地方去，从捷达车现在一直往山里开的情况判断，这个分析是有道理的。”

“我们是不是应该把林峰阳可能被绑架的情况向他妈通报一下，好让她有个思想准备？”陈芷兰这时已经完全平静下来，思路又回到如何协助父亲或者说协助警方侦破此案，尽快捉拿住穷凶极恶的罪犯上。

陈凌川的眉毛虬结在一起，忖度片刻，一个新的想法浮现在他的脑海里。“你说得很对，”他点点头，“是该让她有个思想准备。……你有关艳华的联系方式吗？”

陈芷兰将自己的手机交给父亲。“关姨家的电话在我的手机通讯录里，您自己找吧。”

陈凌川接过手机，眯起眼睛想调出里面的通讯录，但却看不清。只好苦笑着说：“我没戴花镜，手机上的字太小，还是你来找吧。”

陈芷兰无奈的将车停到路边，接过手机从通讯录中调出关艳华家的电话号码，拨通后交给父亲。

“喂，是艳华吗？”陈凌川对着手机对面的关艳华说道。“我是陈凌川，……对，是这样，我有件事要和你说一下，……”

章虹和另两个侦查员的车一直跟在载有约翰·杨的黑色捷达车后面，逐渐接近位于远郊的兴寿镇，天色渐渐暗下来，路边的高楼大厦被一栋栋低矮的平房代替，道路也越来越狭窄。出了兴寿镇的街道就开始进山了，这时，葛振队长给章虹打来电话，让他们不要再尾随捷达车进山，先停在兴寿镇待命，并嘱咐说这是邵局长的指示。

几名侦查员把车子找了个宽敞的地方停下，章虹见路边有一家小饭馆，就掏出钱来吩咐一个侦查员去买几个烧饼。她明白，今天晚上要干个通宵了，无论是一直在这里待命还是一会儿进山去，他们得先填饱肚子预做准备。

捷达车在崎岖不平的山道上慢慢行驶，路面不宽，与前面过来的车辆会车时，只容得下一车停下，让另一车擦肩驶过。林峰阳早已经从昏厥中醒来，刚开始还挣扎了几下，但被尹亚提几拳打在胸口上，气都有些喘不上来，只好罢休，缩在了车座的角落里不动了。

车子驶到一块较平整的地方时，约翰·杨突然让叫强子的司机停车，并要求他调头往回开。强子不敢违抗，只好又小心地将车调了个头，顺原路开了回去。这时天已经黑透了，黑沉沉的山道上只有他们这一辆车开着远光大灯小心翼翼地行驶，再没有第二辆车的踪迹。

车子一直又开到山脚下的兴寿镇边缘，路上没有遇到一辆车。约翰·杨望着空荡荡的四野点点头，让强子再次调头进山，这一次，捷达车径直开到了山峦深处的大杨山森林公园附近的上家村。

强子将车直接开到自己家的家门口停下。约翰·杨和尹亚提将林峰阳从车上拽下来，与开门出来迎接的宋显一起进了院门。

他们的行动都落入了早已在此等候多时的葛振等侦查人员的视线之中。

十九

林峰阳被那双有力的手拉到屋里后，被按在一张椅子上，套在头上的黑布袋被摘了下来。他的眼睛已经在黑暗中待得太久，刚一接触到灯光还不适应，条件反射般的眯缝起来。过了一会儿，他环顾了一下屋里的情况。

这是一套典型的农村住房，他现在呆的正房居中靠墙放置着一张方桌，两旁各有一把木椅，方桌上摆放着两只掸瓶，和一个放着茶壶茶碗的托盘。靠边墙摆着一台老式的电视机，还有一个单开门的旧冰箱。正屋的两旁各有一个厢房，一间房中还是土炕，另一间房中有一张双人木床。

林峰阳坐到椅子上后，几个人走到门外小声商量了几句什么，等他们重新回到屋里，林峰阳看到除了那个在学校门口把他推入车内的大个子男人外，又多了两个人，一个是白净脸，尖下颏，一双眼睛看人时眼神不定，面部没有什么表情。他穿着一身做工考究的西装，一双黑皮鞋一尘不染，其他的人对他态度显得有些恭敬；另一个个子不高，身体微胖，脸上面皮松弛，头顶的头发已见稀疏。还有一个年轻的在屋里屋外忙活着刷杯涮碗、沏茶倒水，林峰阳想起被绑架时是这个人开的车。

约翰·杨拉过一把椅子坐到林峰阳对面，用没有表情的眼睛盯着他看了一会儿，平心静气地说道："林老师，实在对不起，用这种方法把你请过来。"

"你们是什么人？"林峰阳挣扎了一下，反绑到背后的手腕被绳子勒得很疼，"为什么要绑架我？"

约翰·杨淡淡一笑。"我们是什么人并不重要，重要的是我们想要林老师与我们合作干一件事。"

"我又不认识你们，凭什么与你们合作？"林峰阳没好气地回应道，"你们把绳子解开，我的手腕都勒麻了！"

约翰·杨朝尹亚提点了点头，站在林峰阳身旁的后者走上前来替他解开了绳索。

"直说了吧，我们找你来是为了那半副凤字对牌。对牌原来在曹希峰教授手里，你和他在一起共事，又是他的学生和助手，不会不知道吧！"

"曹教授原来是被你们害死的！"林峰阳揉着被勒出几道红印的手腕，想要从椅子上站起来，被尹亚提一把又按回到椅子上。

"他死是因为他不和我们合作，还欺骗我们，"约翰·杨的眼中露出凶光，恶狠狠地说道，"死一个是死，死两个也是死，如果你不和我们合作，与姓曹的下场一样！"

林峰阳摇摇头。"我不知道什么对牌不对牌的，我就知道教书，从来没有听说过。"

"我再提示你一下，"约翰·杨继续说道，"实际上那块对牌还是你母亲关艳华送给姓曹的，对牌原来是你家的东西，你一定知道这件事。"

"我不知道。没听说过。"

"你他妈的还嘴硬，看来你是不见棺材不掉泪了！"约翰·杨吼叫道。

他的话音刚落，尹来提抓住林峰阳的衣襟，一拳就打在他的肚子上，他疼得佝偻起腰，一下子就从椅子上扑倒在地上。尹亚提飞起一脚又踢在他胸口，刹那间，一股鲜血从他的嘴角里涌出来。

约翰·杨站起身来，走到躺在地上的林峰阳身旁，伏下身抓住他的头发将他的头拽起来，又问道：“说，那块对牌现在什么地方？”

林峰阳喘着粗气，血顺着他的嘴角流下，他咬了咬牙说道：“我不知道！”

约翰·杨把林峰阳的头摔在地上，站起身来冷笑道：“嘴还真硬，那好，我给你母亲打个电话，看她能不能告诉我？”

他掏出手机拨了几个号码，待电话接通后对着话筒说道：“是关女士吗？……我是前些天到您府上访问的那位邬姓台湾人，……对，这已经是我这些天第三次给您打电话了，您总是推三阻四的，怎么，还没有想起那块对牌的下落吗？……那么对牌上的诗句呢，也想不起来？……扔一块石头在水里都会有一声响，给了你20万却一点反应都没有，看来那些钱打动不了关女士。……是这样，您儿子林峰阳现在和我们在一起，他的嘴很硬，吃了不少苦，就是不告诉我们对牌在哪儿。……您跟他说两句，劝劝他。”

约翰·杨按下了手机的免提功能，将手机凑到了林峰阳耳畔。

“是峰阳吗？”手机中传出关艳华焦急的声音，“你在哪儿呢？”

“他们绑架了我，”林峰阳喘着粗气，一说话嘴角又流出血水来，“不知道这是什么地方。”

“他们把你怎么样了？”

“他们逼我说出什么对牌的下落来，我怎么知道什么对牌不对牌的！”

约翰·杨对尹亚提使了个眼色，后者抬腿又冲着林峰阳的胸口踢了几脚。

“哎哟！”林峰阳疼得呻吟起来，声音通过话筒传到了另一边的关艳华耳中。

“求求你们不要打他了！”关艳华哭着哀求道，“峰阳啊，你就把那个劳什子的什么对牌的下落告诉他们吧！”

“妈妈你怎么能这样？”林峰阳大惊失色，“我哪里知道有什么对牌？”

“那天我在你陈叔家不是跟你说了吗？”关艳华在手机的另一边继续说道，“那个破木头牌子害得咱们家够惨的了，那根本就是个没什么用的东西。咱们家世代务农，你妈也活不了几年了，就让你妈过两天舒心的日子吧！……”

听到这里，约翰·杨把手机的免提功能关掉，将手机重新贴在耳畔，踱步到一边，轻声说道。“关女士，这会儿你想起来对牌上的诗句了吧？……谁的？……‘千里东风一梦遥’，好的，好的。”

他收了线，笑吟吟地走到林峰阳身边，将他从地上拉起来扶到椅子上重新坐下，又撣了撣他衣服上的土。“林老师，俗话说，识时务者为俊杰，你母亲已经把那块对牌上的诗句告诉我了，怎么样，你能再说说对牌的下落吗？”

林峰阳叹了口气。“事到如今，看来你们不拿到对牌是不会罢休的，……看在你还给了我母亲20万元养老钱的份上，我就把对牌给你们吧。但我觉得那不过是个传说而已，费这么大的劲儿……”

“告诉我，对牌在哪里？”约翰·杨打断林峰阳的话，不想再听他的解释，急不可耐地催问道。

“就在我随身带着的书包里面。”

听到林峰阳这么说，进屋后一直站在旁边一声没吭的宋显，连忙把扔在一边地上的书包捡起来。他将书包里的物品都倒在桌子上，见里面除了课本、讲义和一些杂物外，还有一个小木盒。打开木盒，见一块半旧的擦眼镜用的绒布包着一个东西，揭开绒布，露出了一个小木牌。

约翰·杨拿过木牌，凑近屋顶不亮的灯泡仔细观看，见木牌的颜色暗黄，边缘还有些发黑。正面的中间是一个繁体篆刻字“鳳”的左半部分，背面有许多密密麻麻的篆刻小字，他轻声念道：“才自精明志自高，生于末世运偏消。清明涕送江边望，千里东风一梦遥。”

他又从西装内袋里掏出一块同样大小的木牌，将两块木牌对在一起观察。两块木牌无论是从色泽、形状上看都如出一辙，甚至分量在手中掂起来都完全相同。他知道这是黄杨木料的，在清朝时，黄杨木因为木质比较硬，是许多达官贵族家庭中用来雕刻佛像、雕花、雕琢工艺摆设或做盛酒器皿用的一种较为珍贵的木料。他记得《红楼梦》中贾府家喝酒的酒具就是用黄杨木做的。当然，要真正判断这块对牌的真伪，还需要用专门仪器来测定这块木料的年份，但现在没有这个条件，需要出境后再说。

他心中一阵狂喜。为寻觅这半副凤字对牌，花费了他将近半年的时间，今天终于如愿以偿了，距离最终找到曹雪芹原稿又近了一步。

“林老师，你早采取这样的合作态度，不就不会吃这么多苦头了吗？请问，这半副对牌上的诗句是什么意思？”他瞟见林峰阳也在看他手中的对牌，便和颜悦色地问道。

“这是《红楼梦》中对十二金钗之一探春的判词，”林峰阳不屑地答道，“是说探春才志虽高，但生不逢时，最后的命运只能是告别父母，远嫁海隅。”

“我不是问你这个，”约翰·杨摆摆手，“我是说这首诗与寻找曹雪芹遗失的原稿有什么关系？”

“这我可说不清楚，”林峰阳用下颏一点约翰·杨手中的对牌，“按诗的字面理解只能是这样。你手中的另半副对牌正是我这么多年想要找的，我想上面应该也有一首诗吧？只有两首诗互相印证，才能找到原稿的下落。……当然前提是世界上存在这份原稿。”

约翰·杨有些拿不定主意。从心底深处他是不愿意让对方知道他手中对牌上的诗句的，多一个人知道就多一分泄露的危险。但是他真的搞不懂另一块对牌上为什么会出现描写探春命运的诗句，探春是远嫁东南亚的，难道还要他再去印度尼西亚或者菲律宾跑一趟不成？对面这个林老师是教授古典文学的，如果能取得他的合作，利用他的学识，也许能帮助自己尽快揭开这个惊世骇俗的大秘密。而且退一步说，这个大学老师在自己的掌控之中，只要在找到原稿之前，切断他与外界的联系，也不会出现什么问题。

“可以给你看，但你必须要答应与我们合作，可以吗？”他凑近林峰阳，直视着对方的眼睛。

林峰阳咧嘴一笑。“我母亲拿了你们的钱，我又在你们手里，把我的对牌给了你们，还要我怎么合作？”

“那好，你看一下吧！”约翰·杨把手中的对牌递过去。

林峰阳用手向上推了一下眼镜，刚才跌倒时，一个镜片摔裂了，好在另一片还完好无损。

林峰阳接过对牌，只是把正反面扫了一眼，便还给了约翰·杨。“我明白了，”他点头说道，脸上毫无表情。

“你明白什么了？”约翰·杨接回对牌，狐疑地问道。

林峰阳朗声吟诵道：“‘欲洁何曾洁，云空未必空。可怜金玉质，终陷淖泥中。’你手中半块对牌上的诗句，是《红楼梦》中对遁入空门、带发修行的十二金钗之一妙玉的判词，是说清高孤僻的妙玉虽然出家了，但思凡之心犹在，虽然冰清玉洁、孤芳自赏，但终于逃脱不掉命运的摧残。”

“林老师果然是才思敏捷，”约翰·杨由衷的赞扬道，“但还是那句话，这两首描写妙玉和探春的诗词合在一起要表达什么意思？”

林峰阳思忖良久，屋里一时陷入了沉默，其他几个人都在等着他做出结论。

林峰阳一拿到那另半块对牌就确定那是真的。雕刻是他多年的爱好，因此一件雕品一上手，是不是原件，是不是做旧的赝品就能说出个十之八九，而且一般还能说出大致的年代。他的脑子充分运转起来，想要琢磨出个应付面前这几个人的办法。

“据我个人判断，当然也不一定准确，这两首诗合在一起如果是在隐喻一个地方的话，那可能是位于西山普觉寺西侧的广慧庵。”

“噢？为什么？”这一回不但是约翰·杨，而且连宋显和尹亚提都屏气凝神地看着林峰阳。

“《红楼梦》中描写妙玉是在栊翠庵出家带发修行的，但据专家考证，在西山地区百余座寺庙中，没有栊翠庵这个地方，而按照曹雪芹对栊翠庵方位和寺庙房舍布局分析，妙玉出家的地方应该是在广慧庵。”

“……广慧庵是怎么回事？你再详细说说。”

“你们先给我倒点水喝，”林峰阳气哼哼的冲着尹亚提说道，“这个傻大个下手太重，踢得我胸口现在还疼呢！”

“对不起，对不起！”尹亚提点头哈腰地朝林峰阳赔不是，“俺刚才是悠着劲的，不会留下内伤。”

强子从屋外拿进一个暖壶，约翰·杨亲自接过来给林峰阳倒了一杯水，端到他面前的桌子上。

林峰阳端起茶杯喝了一口，水有股土味，但他从下午被绑架到现在滴水未进，实在是太渴了，也顾不了许多了。

“广慧庵位于十方普觉寺西侧，”林峰阳把茶杯放在桌子上，用手抹了抹嘴，嘴角仍然有血迹，“这是个尼姑庵，过去因为庵门漆成黑色，当地人又叫这个庵为黑门。广慧庵建于明朝正统年间，过去是个有三进院落的寺庙。清末民国初年的时候，这个尼姑庵归为私人所有。现在该庵是蜜蜂研究所的所在地。”

“照你的说法，广慧庵和妙玉有关系可以说得通，”约翰·杨仔细端详着手中的两块对牌，有些疑惑，“……那这个和描写探春的诗词有什么关系？”

“这太有关系了！”林峰阳的语调显得不容置疑，“《红楼梦》第五十六回的回目是‘敏探春兴利除宿弊’，是说王熙凤身体有恙，无法正常管理大官园的一应事务，就由探春等人协理。探春针对大观园过去遗留下来的弊端，大胆提出了一系列改革举措，得到了贾府上下的交口称赞。也就是说，探春是与大观园的管理和生活联系最紧密的人之一。”

说到这里，林峰阳又喝了一口水，接着说道：“《红楼梦》书中说，贾府为给元春盖省亲别墅，‘是从东府花园丈量起，转至北边，一共三里半大’。据专家考证，曹雪芹构思的大观园实际上是东到四王府、西到樱桃沟这片广袤的地区，里面的建筑吸收了圆明园的建筑格局，这是因为曹雪芹曾经在圆明园当过门卫。那么妙玉出家修行的栊翠庵在什么位置呢？同样据《红楼梦》书中描写：‘栊翠庵原来就是贾府的地址，因盖省亲园子，将那庵圈在里头’，也就是说栊翠庵就在大观园内。既然两个地方密不可分，对牌上分别出现描写妙玉和探春的两首诗，合在一起不可能有第二种解释，只能是隐喻这个地方就是位于大观园中的栊翠庵，也就是现实生活中的广慧庵。”

林峰阳的一席话说得围在他身旁的几个人频频点头。

“言之有理！”宋显首先就表态说，“林老师果然是有学问，这么解释完全合乎逻辑推理。”

“俺听着也有道理，”尹亚提咧开嘴笑着说，“俺在家听老人讲古，贾宝玉经常去找妙玉，他们住得不远。”

约翰·杨没有表态，但也觉得林峰阳所说在情理之中。两块对牌上的诗句就摆在眼前，只能据此做出推论和判断，而这个在大学教授古典文学的林老师的解释确实说得通。他对于《红楼梦》没有对方熟悉，但书中的人物关系和故事情节还是知道的，他实在想不出还有什么可以推翻这个判断的更好的解释。

他笑着看了看表说道：“林老师的解释如同醍醐灌顶，使我们茅塞顿开。现在已经9点多了，这样吧，我们先吃点东西，然后等10点就往回走。林老师，今天太晚了，晚上我们给你找个旅馆住，你就不要回学校了。”

“我明天还有课，”林峰阳不满地抗议道，“该说的我都告诉你们了，为什么还不放我走？今天让我回去我什么也不说了，否则我要告你们绑架！”

“随你怎么说都行，再说耽误一天课也不会天塌下来，”约翰·杨的语气不容置疑，“你明天先带我们到广慧庵去看看，找到地方以后就让你走。”

“吃的饭已经准备好了，”宋显忙站起身来，“今天上午我先赶过来，忙活了一天呢！”

他说着走出去，一会儿工夫和强子一起走回来，手里端着一盆菜和一盆冒着热气的馒头。

众人都拿起筷子，趁这个空档，约翰·杨跟在座的人说道：“吃完饭往回走，宋显，你的车带上亚提和林老师，负责在旅馆给林老师找个地方，强子，你和我走。”

“我不和这个人一起走，”林峰阳梗起脖颈，用手指着尹亚提厌恶地说道，“否则我宁可不走！”

约翰·杨苦笑了一下，耸耸肩。“那好吧，小尹到我的车上来，我们回去后先一起到小尹住的旅馆，把林老师安置好再说。”

二十

这时候，在村子外围待命的警察已经准备行动了。陈凌川和女儿陈芷兰经过长途跋涉来到兴寿镇，与在此地待命的章虹等人会合在一起，章虹向陈凌川汇报了今天下午监控约翰·杨后发生的一系列情况，并报告说，葛振队长刚才打来电话，证实他们看到林峰阳确实被几个人带进了上家村那个叫强子的修理工家中，而且那几个人中间有一个体貌特征与在曹教授家案发现场十分相像的男人，先期到达上家村现场的葛振说已经制定了突袭那所宅院的方案，抓捕这伙人并救出被绑架的林峰阳老师。

陈凌川父女一人吃了一个章虹递过来的烧饼，然后又等了一会，趁着夜幕四合，一起驱车从兴寿镇出发进山。

他们到了上家村，将车停在离村子较远的地方。在这个偏居深山中的小山村，到夜晚就十分静寂，除了不时从村子中传出的狗吠，一点儿动静都没有。只有半个月亮高高地挂在空中，时不时地滑进飘浮着的云彩里。葛振远远地迎过来，带着陈凌川向那处侦查员们已经监控了一天时间的院落走去。

这处院落不大，位置在村子的东边，紧挨着一条已经干涸了的河道，河道里布满了大大小小的石头。院子的门向西开，院墙不高，能从外面望到里面的房屋，可以看到进去是个院子，左手是一排房子，大概有三间的模样，现在灯火通明，每间屋子都亮着灯。

“现在还无法判断里面的人今天晚上还离不离开，”他们来到山脚下的一片丛林里，借着月光，从这里可以俯瞰整个村子的全貌。葛振向陈凌川汇报道，“这个村子不大，农村人睡觉早，跟当地派出所的警察沟通，我们准备等到10点钟动手，这样不至在村子里引起太大的动静。”

“可以，”陈凌川点点头，觉得葛振想得很周到，“得手后马上撤离，剩下向村民解释的问题交给当地派出所的同志处理。”

“这个院子的墙不高，很容易翻越，”葛振打着手势，老局长的到来，使他对这次抓捕解救行动更加有信心了，“对方有4个人，而我们有8名警察，人数上占有优势，况且我们是突然袭击，对方来不及反应。”

陈凌川笑着纠正他。“不是8个，而是10个，我和我女儿也是警察，也要参加行动。”

“您就不要参加行动了！”葛振急忙劝阻他，“您年纪大了，就进行现场指挥吧！”

“现场指挥是你，”陈凌川摆摆手，“很多年没有执行现场抓捕任务了，让你看看我的身手，知道什么叫老当益壮！”

差5分到10点的时候，警察们开始悄悄地从几个方向向亮着灯的院子方向运动，一切似乎都在计划之中，谁知快接近院子的时候，院门突然打开了，一群人从里面走了出来，并走向放在院落门口的两辆车。

在月夜中，两伙人相隔有五十多米，几乎同时互相看到了，警察们立刻向前冲去，而从院子里先出来的三个人则慌忙向车奔去，另外两个人则互相扭打在一起。

约翰·杨和尹亚提、强子三人走在前面，看到追过来的警察连忙跑到捷达车旁钻进去，车子很快发出低沉的吼叫开动了，先是拐上通往村口的道路，见前面有警察阻拦，又猛一拐弯，顺着布满大大小小石头的河道颠簸着向村子的另一边驶去。

已经在周边勘查过地形的侦查员们并没有发现这条河道的尽头也通着一条荆棘满布的土路。结果捷达车从河道里又开上来，顺着这条土路上了公路，而且没有向出山的方向开，反而向大山深处去了。

措手不及的葛振大吃一惊，连忙和几个警察跑向停到村头的车辆，然后顺着公路朝已经没有踪迹的捷达车追去。

扭打在一起的是林峰阳和宋显，他们刚一门，见到远远的有警察跑过来，宋显就想把林峰阳拉回到院子里面去，但林峰阳知道警察来了，拼死挣扎，并牢牢地抱住宋显。

宋显毕竟平时经常干体力活，比林峰阳劲大，一下子将林峰阳摔倒在地上，提起拳头就打，但拳头还没有落下来，手腕就被人攥住了，他一抬头，见是一个穿着短风衣的姑娘。宋显松开抓着林峰阳的另一只手向姑娘挥去，没有想到对方将他的手腕向后一掰，又一用力，生生的就把他就地转了一圈按在地上，他还想反抗，姑娘将他的手臂别在身后，一只膝盖重重地砸在他背上，他惨叫一声，直挺挺地趴下再也动不了了。

一名警察过来递上一副手铐，陈芷兰给宋显铐上，这才站起身来。警察把宋显从地上拉起来，推到了院子里。

林峰阳这时也站起身，陈芷兰见状忙走上前，用手拍打着他身上的土，又见他的嘴角挂着血迹，赶忙掏出纸巾给他擦拭。

“峰阳，让你受苦了！”陈芷兰一边擦一边心疼地说，“他们把你打得够呛吧？”

“没事！”林峰阳咧嘴笑了，用手指了指破裂的眼镜片，“就是把眼镜给打坏了，现在看你都是双影。”

“在当代商城左等你不来，右等你不来，我就觉得出事了，一打电话果然不是你接的。”

“让你久等了，”林峰阳憨厚的说，“我今天本来是想先到商城等你的，早早的就出了学校，谁知在校门口让这些人给拉到这儿来了！”

陈凌川跑得慢，没有赶上刚才的搏斗，这时刚好走过来，关切地问林峰阳。“怎么样，小林，跟你母亲通电话了吗？”

“通了，陈局长，”林峰阳忙转身说道，“刚开始我还不愿意告诉那帮人对牌的下落，后来我妈一说在您家曾经跟我说过那个劳什子对牌没什么用，我就意识到你们已经商量好了，就告诉了他们。而且您让我做的假对牌就放在身上，准备今天让芷兰看看的，谁知正好就给他们搜去了。”

“对牌做得像不像？”陈凌川关心地问道。

“应该没有问题，”林峰阳说道，“昨天晚上我把对牌做了旧，不用仪器检验与真品看不出区别。而且刚才我一忽悠，他们也信了。”

“噢，他们怎么说？”陈凌川问道，月亮照着的黑夜中两眼仍然显得炯炯有神。

“我没提探春远嫁海隅的事情，因为我也看到了对方手中对牌上的诗句，怕他们疑心，就临时编了另外一套说辞。”

“你看到了另外那半副对牌了吗？”陈芷兰听到林峰阳如此说，异常兴奋地问道，“对牌上的诗句是什么？”

“是《红楼梦》中对带发修行的妙玉的词，‘欲洁何曾洁，……’”林峰阳把对妙玉的判词念了一遍。

“你是怎么结合两块对牌的判词给他们解释的？”陈凌川显得兴趣盎然，情况瞬息万变，本来林峰阳被绑架造成的被动局面现在突然出现了奇迹般的转机，也许过了今天，该研究一下他们下一步的行动方案了。

“我把他们支到普觉寺旁边的广慧庵去了，”林峰阳得意地笑起来，话题进入他熟悉的范畴，他的语速都加快了。“妙玉是在大观园中的栊翠庵出家修行的，而探春曾经协理凤姐管理过大观园，并且兴利除宿弊，干得有声有色。我告诉他们，两个人的交集之处是大观园的寺庙，根据专家考证，书中的栊翠庵就是现实生活中的广慧庵，因此原稿很有可能就在广慧庵中。……他们听了都觉得有道理，就相信了。”

“你可真行！”陈芷兰听完林峰阳的讲述，高兴地一拍手差点跳起来，“你这个故事编得毫无破绽，要是我也会相信的。”

陈凌川没再说话，这时他突然想到，葛振和几个警察去追另外几个逃跑的人，到现在还没有消息，他忙叫住一名警察，让他与葛振联系一下，看发生了什么情况。

约翰·杨和尹亚提坐着强子开的捷达车，顺着盘山公路一直向山内扎下去。静谧的公路上死一般沉寂，座座山峦像一只只蹲踞着的怪兽扑向疾驶的汽车，不时地，在山林中栖息的鸟群被刺目的车灯惊扰，扑簌簌地飞起来，飞向更远的山麓深处去了。

“好样的，强子！”约翰·杨紧紧抓住车窗上方的把手，两眼盯着前方黑黝黝一片的公路，“没有你选择的这条路线，今天我们是逃脱不出来的。”

强子被夸得咧开嘴笑了。“河道那边的土路早就已经没有什么人走了。河道里一涨水，村里人过不去，慢慢的杂草丛生，就掩盖起来了。警察在前面堵住路，我也是急中生智，想到了这条路。”

“那些警察不是本地人，根本不会知道河道边上还有路，”坐在后座上的尹亚提也很高兴，摇头晃脑地说道，“俺们村也在山里面，附近的山路怎么转弯俺也很熟，可外人一到准转向。”

“不知道宋老板他们怎么样了？”强子全神贯注地看着路面，有些担心地说道。

“恐怕是凶多吉少，”约翰·杨回应道，“那个姓林的不会老老实实跟着宋显跑的。……不管他们了，我们先逃命要紧！”

汽车经过一个拐弯处，这时他们正行驶到盘山公路的上一阶通道，他们突然发现在山下的公路上亮起了另两道车灯，车辆离得还远，但开得很快，显然是追着他们来的。

“警察追上来了！”强子紧张地说道，脚将油门踏板更深地踩下去，但在这么黑的公路上行驶，转弯又多，开得太快十分危险。

“这条路开下去还有没有岔道？”约翰·杨皱起眉头，这样一直开下去终究会被后面的车子追上的。

“没有，只有这一条道，翻过山就是怀柔了，但我们还没有到最高处。”强子回答。

“那就弃车上山，”约翰·杨咬咬牙，果断地说道，“强子，这一带的山区你熟悉不熟悉？”

“我就是在这一带长大的，小时候经常上山玩，大一些了就帮着家里砍柴、采些草药，这几座山的每一条道路都记在我心里。”

“那我们拐过这个山坳就弃车步行上山。”

“……这车就这么扔啦？”强子有些舍不得自己开了多年的汽车，“太可惜了。”

“有什么可惜的？”约翰·杨不以为然，“回头我再给你买一辆新的，现在保命要紧！”

“杨老板您看这样行不行？”对这一带地形十分熟悉的强子提议说，“拐过这个弯你们两人就下车，然后就一直向山上爬，山顶有一个移动通信的基站塔，你们就在那里等。我再往前开一点就跳车，让车自动跌进山涧里去，然后咱们在基站塔那里汇合。您看这样安排行不行？”

“好主意！”约翰·杨一拍大腿，“这样还可以给警察造成假象，以为我们连人带车都翻到山底下去了呢！……强子，别可惜这辆车，回头咱们的事办成了，我给你买辆奔驰车。”

捷达车很快就转到了山坳后面，强子一踩刹车，车还未停稳，约翰·杨和尹亚提便开门跳了下来，然后借着月色，手脚并用的顺着陡峭的山坡向山上爬去。

强子等他们跳下去后继续往前开，趁着公路向外拐弯的时候，将方向打直，拉开车门也跳了出去。失去控制的捷达车借着惯性，仍然向前走，越过路边的隔离墩，径直向深不见底的山涧扎下去。陡峭的坡道上的灌木丛挡不住向下直冲的汽车，车子打了几个横滚，一路栽下去，过了一会儿，便在沟底爆炸起火，发出很大的、略显沉闷的声响。

跟在后面的两辆车不一会儿就驶了上来。车子鱼贯停在路边，葛振和几个侦查员下车站在公路边探出头去，远远望着山涧下熊熊燃烧的汽车。

“这么黑的天，又开得这么快，是不是发生事故了？”站在他身旁的周培小声说道，“车上的人会不会连人带车一起翻了下去？”

“这帮混蛋，给我们出了一道难题！”葛振低声骂了一句。他朝下望着陡峭的山涧，又抬头向四周看看黑黢黢的山峦，知道在这个人生地不熟的山里，他们这些从城里来的警察，既不能下到山谷底下去察看那辆燃烧的车辆，又没有足够的警力去搜查鳞次栉比、一座连着一座的大山，此次抓捕行动只能到此结束了。等明天早上下到山谷底下面查看一下那辆车的情况，如果里面没有尸体，那就要在更大的范围内布网抓捕了。

这个时候，约翰·杨和尹亚提已经爬到了山顶，他们扶着基站塔，喘着粗气，也看到了那辆在山谷里燃烧的车辆。又过了一会儿，强子也上来了，三个人见了面，强子询问约翰·杨下一步他们往哪里去。

“我都有些转向了，” 约翰·杨抬头看看四周的山峰说道，“强子，你说一下方位。”

“我左边是北，再往前走翻过那座山，往下走就是怀柔了，”强子打着手势比划着，“往南走是我们刚才来的方向，也就是进城的方向。我们往哪儿走？”

“我们去怀柔干什么？当然是往南走进城了，找到那半块对牌并不算完，原稿还没有找到呢，现在还不到躲起来的时候！” 约翰·杨态度坚决地说道，“我们现在就去西山，去找那个广慧庵，怎么走，强子你负责找路。”

“如果那个姓林的老师现在警方手里，”尹亚提担心地说道，“他会告诉警方我们手中那块对牌的秘密，那么警方就会控制住广慧庵，我们再去会不会有危险？”

“这也正是我一路上所担心的，”约翰·杨点头承认，“警方现在和我们一起知道了两块对牌上的诗句，而且他们很可能会赶在我们前面动手搜寻。但我们已经没有退路了。这样，我们到广慧庵后先不急着进去，先看一下动静，然后再决定下一步怎么办。……强子，我们怎么才能尽快地去西山呢？”

“西山离这里可不近，”强子思索了一会儿，“这样吧，我姐就嫁到往西十余里路的一个村子里，我姐夫家有拖拉机，咱们先去他家，让他用拖拉机把咱们送到兴寿镇，然后咱们再想办法搭个车。到镇上就方便了，我有好几个中学同学住镇上，他们家里都有车。”

“太好了，真是天无绝人之路！”约翰·杨高兴地说道，“强子，你今天是首功，我会记在心上的。……咱们走吧！”

强子在前面带路，三个人顺着一条崎岖的小道向西走去，半轮月亮这时从浮云中飘出来，照亮了他们前行的山路。

葛振一行人驱车返回上家村，把嫌犯逃跑时乘坐的捷达车翻进山涧并起火爆炸的情况报告给了陈凌川，并说山涧陡峭，天又黑，今天晚上无法确定那几个人还在不在车里，并问老领导需不需要今天晚上通知山区邻近的派出所出动警力搜山。

陈凌川想了想说没有必要了，这里是山区，方圆几十公里的山峦连绵起伏、地势陡峭，山区派出所的警力有限，现在已经半夜了，就是动员起来，也只能是守住主要路口，根本没有力量搜山，到那时只能是挂一漏万、空耗精力。而且对方的人里面有一个本地人，熟悉这一带的地形，如果要跑，早就会寻找空隙跳出去了。

他让葛振请示一下邵信局长，说等明天再让当地的警察到山涧下边去看看，估计凭对手的智力水平，不至于不跳车逃跑，恐怕也是想给警方造成一个发生事故的假象，转移警方的视线。这些人已经通过对牌找到了寻找曹雪芹遗稿的线索，他们不会就此善罢甘休的。我们还是要把抓捕这些人的主要精力放在城里。

邵信局长在葛振打过去的电话中同意陈凌川的意见，讲他们成功解救人质，并抓获一名嫌犯，成绩已经很大了，今天就收队回城吧，有什么事明天再说。

葛振打完电话后，向当地配合他们工作的警察表示了感谢，交待了一下明天的后续任务，然后把戴着手铐的宋显押上车，就全部撤离了上家村。

在路上，坐在后座上的陈凌川看林峰阳总是用手捂着胸口，就关切地问他需不需要到医院看一下。林峰阳说没关系，刚才那个被同伙叫作尹亚提的大个子踢了他几脚，开始有点疼，现在好多了。

手握着方向盘的陈芷兰满怀柔情地转过头来望着坐在副驾驶座上的林峰阳，不自觉地伸出一只手和他的手攥在一起。

二十一

广慧庵地处普觉寺西侧，顺着一条坡道就可以到。现在虽然已经是中科院蜜蜂研究所的工作地点，但院门敞开，前半部分仍然是西山植物园内一处对游人开放的景点。进入大门，迎面是一座大影壁墙，上面写着“至诚至信 惟实惟新”几个镏金大字，随着岁月变迁，原来的三进院落的寺庙围墙已经被拆除，但院落的格局仍然可以辨认，院内种植着苍松翠柏，有的枝干需要用铁架子支撑住。

在第一进院落的东面，还有一个独立的院落，院落的门朝南开，是两扇对开的木门，漆成珠红色，上面有两个狮头拉环。进门后是一个夹道，游人的视线被一座石头影壁遮住。影壁上面雕刻着龙凤戏珠的图案，后面的院落应该是过去庵内尼姑休息的地方。

昨天晚上，约翰·杨和尹亚提在强子的带领下，经过近一个小时的跋涉，终于来到了强子的姐姐家。强子的姐夫是个没怎么出过山的当地农民，家里的事都听媳妇的，见强子这么晚了带来两个陌生人感到十分意外，忙将他们迎到屋里。当他听到强子说这两个朋友爬山迷了路，现在想请他开拖拉机送他们去镇上时，就面露难色，百般推脱。最后强子姐姐跟他发了脾气，而且又看到约翰·杨递给他五百元钱后，他才应承下来，将这几个人用拖拉机送到了镇上。到了镇上，强子又用同样的话和钱说通了他的同学，开车将他们送到了城里。

到城里时已经下半夜 2 点多了，他们不敢再去住旅店，而是找了一家仍然亮着灯的洗浴中心。洗浴中心也已经停止营业，他们陪着笑脸，又拿出了双倍的价钱，终于说动了前厅经理，给他们每人在休息区找了一个躺椅，勉强对付了一个晚上。

随着天气逐渐转暖，西山植物园内的游客多了起来，广慧庵的西侧是通往樱桃沟的道路，许多从樱桃沟游览回来的游客也会跟随着树立在每个主要路口的游览指示牌到广慧庵转一圈，捎带着买些蜜蜂研究所自制的蜂蜜产品。

上午时分，约翰·杨和尹亚提围着广慧庵周边转了几圈，熟悉了一下环境，然后又让强子进到院内，用手机把广慧庵的前后左右照了许多照片。他们俩人则站在不远处，观察着强子的活动情况。过了半个多小时，强子回来说，院内一切正常，除了闲散的到处游逛的游客和匆忙进出的研究所工作人员外，看不到有什么异常的情况，他试了几次，也没有被人监视的感觉。

三个人离开了广慧庵，走到东边一块空旷的地方，然后坐到草地上。约翰·杨让强子一张张地仔细讲解了刚才在院内拍摄的照片，并由此得出结论，随着两个世纪的斗转星移、时光变迁，广慧庵已经几经易手，而且经过多次拆建和修缮，就是曹雪芹的遗稿真的埋藏在这里，寻找起来也会非常困难。但寺内的东小院庵房自成系统，似乎也没有经过大规模的修缮，而且平时锁着门，外人进不去，倒有可能隐藏着什么秘密。

从昨天到现在，约翰·杨感觉如同惊弓之鸟，他自认为已经做得很周密了，但警方仍然在不知不觉中从天而降，打了他一个措手不及。他虽然没有说，但心里已经隐隐感觉到这次寻找《红楼梦》遗稿的事情可能会以失败告终。好在他拿到了凤字对牌的另一半，如果带到境外，同样可以在拍卖会上卖个好价钱，但他还是心有不甘。

他这次是奔着遗稿来的，是要用遗稿换回巨额金钱，来支持那个组织开展范围广泛的活动，那个组织对他这次行动寄托了很大希望，在经费紧张的情况下仍然给了他一大笔钱，还把尹亚提这名受过一些专门训练的人派给他。花费了这么多钱、付出了如此大的精力，最后只是得到半块对牌，对他来说就意味着失败，而且出境后也无法向雇佣他的组织交待。

事情到了这个阶段，也是他没有想到的，但开弓没有回头箭，现在寻找遗稿的第一步已经达到，他已经拿到了那半块对牌，也已经基本确定了遗稿埋藏的地址，事情已经到了这个地步，不是鱼死就是网破，他不能就此罢手。虽然困难重重，而且存在着被警方抓捕的危险，但比起真能找到原稿的价值来，这个险还是值得冒的。

"我们回去准备一下，" 约翰·杨把手机还给强子，站起身来，"先去买两把简易铁锹，最好像过去掘墓时用的洛阳铲那种样式，再有一把镐头更好，然后找个地方好好休息一下。今天晚上趁夜深人静的时候，我们翻到那座东庵房的院落进去找一下。昨天我听了那个姓林的老师讲的妙玉修行的栊翠庵后，今天早上上网查了一下《红楼梦》，发现在四十一回的‘栊翠庵茶品梅花雪’的情节中，写到贾母和刘姥姥吃完饭散步到栊翠庵时，妙玉迎出来笑往里让，贾母不肯，说我们才都吃了酒肉，你这里头有菩萨，冲了罪过，便到东禅房坐了。这个东禅房会不会就是这个位于寺庙东边的庵房院落呢？……不管它了，有什么发现最好，实在发现不了什么，我们也不遗憾了！”

“植物园的北边有一家普觉寺饭店，”强子建议道，“条件不错，而且与植物园相连，我们要不要去那儿休息一下，晚上再过来？”

约翰·杨摇摇头。“恐怕不行，警方现在一定在通缉我们，住店要登记身份证明，而且都是联网的，我们一登记就暴露了。……随便找一家农民开的旅店，多给他点钱，休息一下就行了。”

“那我们现在就离开公园吧！”尹亚提从地上站起身来，昨天晚上他没有睡好，现在都有些困了。

“先不急，”约翰·杨欲言又止，“昨天晚上我睡不着觉，总觉得我们从那个姓林的嘴里得到广慧庵这个地方有些太容易了，……凭我这么多年在这个行当中闯荡的直觉，凡事太容易得到反而就有些不真实，就可能出问题。”

“您的意思是姓林的可能骗咱们？”强子一愣，试探着问道，“可那块对牌上的诗句确实是这么写得啊！”

“我也说不准，”约翰·杨摇摇头，“他分析得有道理，我也同意。但是，来这座城市之前，我看了一些关于曹雪芹故事的传说，他的《红楼梦》遗稿会不会埋藏在地藏庵呢？……强子，你知不知道地藏庵在什么地方？”

“我不知道，”强子连忙摆手，“我没有看过《红楼梦》。”

“据书上说，地藏庵离曹雪芹住的地方不远，现在已经只剩下遗址了。曹雪芹在世的时候，经常到地藏庵去，与庵中的尼姑彼此十分熟悉，《红楼梦》书中的一些描写，甚至最后惜春出家都曾经从地藏庵的尼姑身上得到过灵感。如果我是曹雪芹，要藏东西，应该选择近一些、熟悉一些的地方，……而且妙玉出家修行的栊翠庵既然是虚构的，那真实的地方既可能是广慧庵，那为什么不可能是地藏庵呢？……这也是有可能的。”

“那您的意思……”

“两个地方我们都不能放弃，”约翰·杨想了想说道，“我们先不出园，去找一下地藏庵遗址，看看在什么地方，今天晚上我们先来广慧庵，如果没有线索，我们再去地藏庵看看。”

同一时间，陈凌川和女儿陈芷兰正在林峰阳学校的单身宿舍中讨论着同样的话题。

陈芷兰手中拿着那半块曹希峰珍藏在银行保险箱中的凤字对牌，仔细端详着上面的文字，不解地问道：“峰阳，你说从两块对牌上分别出现黛玉、宝钗和妙玉的判词看，埋藏《红楼梦》遗稿的地方应该是位于地藏沟口的地藏庵，你有什么依据吗？”

“从昨天晚上从山里回来后我就一直在考虑这个问题，如果我们手拿的对牌上是描写探春的判词，当然首先应该考虑广慧庵，但如果是描写黛玉和宝钗的判词，最大的可能就是地藏庵了。”林峰阳望着坐在对面的陈凌川父女说道，不时的还轻轻咳嗽几声。这间单人宿舍不大，摆了一张单人床和一张写字台后就塞满了，这时，他只能让陈凌川坐屋内唯一的一张椅子，而让陈芷兰坐在床上，自己坐在一张折叠凳子上。

“我觉得有三个理由，一是《红楼梦》中描写妙玉修行的栊翠庵离着大观园中众人住的地方都很近，如四十一回‘栊翠庵茶品梅花雪’中，贾母和刘姥姥吃完饭散步就到了栊翠庵；四十九回‘琉璃世界白雪红梅’中，宝玉从住处出来，走至山坡之下，就看见栊翠庵中有十数株红梅如胭脂一般，映着雪色；五十回‘芦雪庵争联即景诗’中，宝玉到栊翠庵去向妙玉要梅花；七十六回‘凸碧堂品笛感凄清’，妙玉听见大家赏月，又听见笛声，等等描写，都说明栊翠庵位置不远，这和地藏庵的位置十分相像。二是两首诗中分别有三处地点的描写，黛玉的‘玉带林中挂’，说明是在林木茂盛的树林中，宝钗的‘金簪雪里埋’，说明是在一个下雪的日子，地上全是雪，妙玉的‘终陷淖泥中’，说明是埋在很深的泥土中。这三句诗从远及近、层层递进，准确地网描写了遗稿埋藏的地点。”

“有道理，”陈芷兰听得入了迷，“真的是越说越近了。快说第三点，与地藏庵有什么关系？”

“这主要是与地藏沟是正白旗的义地有关，”林峰阳不紧不慢地说道，“前几天我们去参观了曹雪芹故居，介绍中称：据说曹雪芹死后即葬在地藏沟。不知道陈叔叔您还记不记得，我们从故居出来后往北走，就能望见东边在两山之间有一处稍显低矮的洼地，那就是地藏沟。”

“记得。”陈凌川点点头，他一边听着林峰阳的讲述，一边在脑子里构想着下一步如何行动。

“曹雪芹死于除夕，死后就埋葬在地藏沟正白旗义地，而地藏沟得名于沟口的地藏庵，是曹雪芹住宅到地藏沟的必经之地，如果旗营负责料理曹雪芹丧事的差役要埋藏他的遗物，应该是选择离得近的地藏庵，而不会舍近求远，跑到离着三里地的广慧庵的。还有一点，广慧庵是个正规的尼姑庵，不会由像妙玉这样二十出头、带发修行的女孩子主持寺内事务的。”

“我记得前几天我们去时，到过已经坍塌毁坏了的地藏庵所在地，是在一个高坡上，上面建有一个亭子。”陈芷兰回忆道。

“是的，陈叔叔当时还说，一般的庙宇都会建于高处，”林峰阳点点头，“那座亭子脚下的沟壑痕迹仍然能看出来，过去水势大时，从地藏沟流出来的洪水一定是通过沟道流入西边的湖中的。”

“老爸，你怎么看？”陈芷兰见父亲一直没有怎么说话，便问陈凌川。

“小林分析得有道理，我都同意，”陈凌川笑着说，“我觉着我们不妨试着到地藏庵遗址去看看。”

“您是说我们自己去地藏庵遗址处去发掘？”陈芷兰惊讶地说道。

“整个故事的情节环环相扣，”陈凌川沉着地点点头，“看似很有道理，也符合逻辑，但整个故事都是建立在凤字对牌的传说之上的。这个传说的可靠性如何，还没有经过实践的检验。我想，这个时候只凭一个传说就去麻烦文物部门有些莽撞，不如先由我们实地去勘查一下。……小林你意下如何？”

“我觉得这个办法好，”林峰阳同意，“先不要兴师动众，一但我们发现了有用的线索，需要文物部门参与进来，我们再通知他们也不迟。”

“那我们什么时候去？”陈芷兰兴奋地站起身来，像是一个想要上战场的士兵。

“事不宜迟，今晚就可以去。”陈凌川说道。他心里还在惦记着那几个仍然在逃的嫌犯，经过连夜突审，被拘留的宋显已经如实交代了他们一伙人这几天在本市的行动。为了寻找凤字对牌，他们甚至策划了入室抢劫、残忍杀害曹希峰教授的行动，现在他们自认为已经拿到那半块对牌，又知道警方在抓捕他们，更可能会狗急跳墙，加速他们的行动步伐。葛振等侦查员已经在几个主要地点进行了布控，他们这方面也不能耽误时间，以防夜长梦多，出现什么不测的事件。

“今晚上可以，”林峰阳说道，又咳嗽了两声，“天气预报说今天晚上是多云，不明不暗的，既隐蔽又能看清四周的景物。”

“你的身体能行吗？”陈凌川有些担心地问道，“怎么总是咳嗽？”

“没事，等明天我去医院看看。”

“今天下午就去吧！”陈芷兰关心地说道，“我陪你去。”

“今天下午我还有课，不能耽误了，”林峰阳说道，“如果晚上就去地藏庵遗址，你下午还要准备一下。”

“需要准备什么？”

“最好能找一个地下探测仪，”陈凌川说道，“地藏庵遗址所在的那个高坡面积近一百平米，虽然不大，但我们是勘查，又是在晚上，不可能大范围挖掘。”

“这个我来解决，”林峰阳应声说道，“我有个同学是考古系的老师，他们系就有几个探测仪，国产的、进口的都有。……问题是谁会操作呀？”

“我会呀！”陈芷兰笑道，“别忘了我学的是警察专业，地下勘查也是一门必修课。……对了，工兵作业用的便携铁锹和镐头我来准备，下午我去一趟学校。……对了，昨天我买的衣服还放在当代商城的餐厅里，我得先去取一下！”

“下午我上完课咱们就可以出发，”林峰阳也显得挺兴奋，“植物园北边就是普觉寺饭店，有一次开红学研讨会我在那儿住过，与植物园就隔一条马路，晚上我们过到园里很方便。”

望着两个人你一言我一语的谈论，陈凌川感到很高兴，这两个年轻人都好学上进，又有共同的志向和爱好，在一起挺般配的。

离开林峰阳的宿舍，他们分头行动，陈芷兰开车去警官大学借铁锹和镐头，林峰阳去找考古系的同事借探测仪，而陈凌川则先一步往西山去了。

快到中午的时候，葛振给陈凌川打来电话，告诉他今天上午在广慧庵发现了那个叫强子的修理工的行踪。他一个人在院子里四处转悠，对着各个景物用手机拍照，盘桓了有半个小时才离开。他十分警觉，多次采取走着路突然返回、在玻璃窗前站立通过玻璃查看身后的动静、蹲下身子系鞋带往后看等办法观察有没有人跟踪。现场侦查员分析，这个强子的出现很像对方放出的诱饵，想要试探警方的反应，为了不打草惊蛇，现场的侦查员没有对他进行监控，而是放其离开了广慧庵。但强子在西山出现显然是一个信号，表明对方并没有因为警方的抓捕而放弃自己的行动。葛振电话中说，邵信局长让他请老领导去一趟现场，一起分析一下情况，看下一步如何完善布控方案。

二十二

普觉寺饭店倚山而立，进入大门后先是一排有着画栋雕梁的平房，在西边则是几排住宿的客房和餐厅，整个饭店模仿古代王府的建筑风格，在这紧邻植物园的偏远山区倒也别是一番景象。

林峰阳下午上完课后，陈芷兰便驾车来到学校，与他一起来了西山。他们顺着植物园东北侧的柏油路，一直驶到普觉寺饭店，在饭店保安人员的指挥下在停车场停下车，然后进到正对大门的平房，在服务台订了两间客房。办完手续后，服务员递给他们两张房卡，他们回到车旁，将探测仪和便携式铁锹和镐头搬进了客房中。

林峰阳带来的是一套先进的盖瑞特探测仪，可以将地下 5 米深探测到的物体成像，回传到计算机屏幕上，而且它不仅能探测埋藏在地下的金属物体，对陶瓷、玻璃等物品也可探测。

陈芷兰在房间里将探测仪组装好，又戴上耳机，拿起探测器在客房中试验了一下。探测器的长柄前端是一个圆盘，有连接线与仪器和耳机相连。看到陈芷兰戴着耳机、全神贯注的模样，林峰阳忍俊不禁地笑起来。

“你笑什么？”陈芷兰停下脚步问道。她穿着一身的黑衣黑裤，打扮得像个武侠电影中的夜行者。

“我看你的样子，就像电影《地雷战》中探地雷的鬼子兵。”林峰阳笑着说。

“你别笑话我，”陈芷兰做了个鬼脸，“今天晚上挖掘的任务可主要是你的，到时候挖不动就有你的好看了！”

“真要是能找到那份曹雪芹的遗稿，把我的腰挖断了也值了，”林峰阳抬起头来，“而且对我来说，最大的心愿，是可以告慰我老师的在天之灵了！”

陈芷兰摘下耳机，整理一下头发。“有一件事我一直没敢问，我们这次挖掘《红楼梦》遗稿的任务胜算有多大？”

“……我心里也没数，不好说，”林峰阳吸了一口气，又咳嗽了几声，“《红楼梦》问世已经近二百年了，书的后半部为什么会遗失、到底遗失在什么地方，不可胜数的文人骚客和爱好者都在猜想和寻找，有的时候，希望就在眼前，最后又都是无功而返，带来更大的失望。而且……”林峰阳欲言又止。

“什么？”陈芷兰好奇地问道。

“现在由高鹗续写的《红楼梦》，已经得到历代广大读者的认可，”林峰阳说道，“对于后四十回，鲁迅先生就曾给予肯定，认为基本能与前八十回本意相符。况且，埋在地下的是什么都是凭传说，也可能不是《红楼梦》遗稿，而是别的什么物品。……比如是他写得其他稿子，或是用于祭奠的物品。”

“你是说我们也要有两手准备？”陈芷兰用手捋了一下额前的乱发，心情也平复了一些。

“是的，”林峰阳点点头，“我想，我们也要有发生各种可能性的思想准备，今天晚上我们有重大发现更好，那就是轰动文坛的大事，如果没有如愿以偿，真能找到些踪迹和线索也是值得的。”

“你说得对，”陈芷兰把探测仪小心地装在旅行袋中，又把拉链拉上，“那句话怎么说来着？……只要努力了就不后悔。”

“尽人事，听天命吧！”

他们正说着，陈芷兰的手机响了，她拿起来一看，见是父亲陈凌川打来的。

“老爸，我们已经住下了，”陈芷兰对着话筒说，“设备也调试好了，就等着您了。您什么时候到？”

“我就先不过去了，”陈凌川在电话中说，仍然是沉着冷静的语调，“我现在广慧庵，与葛队长在一起。从种种迹象分析，那伙绑架小林的人今天晚上很可能会有所行动，我们已经在这里布控。你们先去吃饭，然后休息一下，听我电话。……如果没有什么意外，我们就晚上 10 点在地藏庵遗址会合。"

陈芷兰挂上电话，心里感到有些没底了。虽然今天晚上的行动只是一次私人性质的勘查，也没有什么危险性，但有父亲在身边她心里就感到很踏实，而父亲不在，她总感到有一丝不安。但她毕竟是个经过专业培训的警察，虽然刚刚毕业，但在基层实习时也执行过几次任务，出过几次现场，不能在林峰阳面前显出不安和紧张来。

"我父亲让我们先吃饭，他晚一点再来电话。"她笑着说，"你不是来过这里吗？你带路，咱们去餐厅吃饭吧，今晚上我请客，算是为你昨天压惊吧！"

两个人说笑着去了餐厅，点了一顿丰盛的晚饭，边吃边说，像一对出来度假的恋人。

下午 6 时 30 分，太阳将最后一抹余晖隐藏到西山山脉后面，天色渐渐变暗，刚开始还些朦朦胧胧的，但很快就完全黑了下来。植物园的广播中传出美国萨克斯管演奏家肯尼斯·金《回家》的悠扬乐曲，提醒游客到了闭园的时间了。而这时，约翰·杨带着尹亚提和强子借着夜色开始向广慧庵附近移动。

约翰·杨提出等公园一闭园就开始行动，尹亚提和强子有些不解，觉得等到半夜时分万籁俱寂再动手岂不更稳妥？约翰·杨解释说，经过广泛测试，下班的时候是人一天中思维最容易松懈的阶段，这时候的人，不是想着下班回家，就是想着去吃饭。如果警察在广慧庵布控等着抓捕他们，一定会认为他们会在夜深人静的时候动手，而他们这时候去，就可以打他们一个措手不及。

广慧庵的东墙外种有几棵槐树，还有几间平房，约翰·杨等三人蹑手蹑脚地走近这几间房子，见里面传出看电视的声音，空气中还弥漫着炒菜的香味。忙碌了一天的公园工作人员，这时候一定在准备吃晚饭。他们躲在墙边的黑暗处等候，间或会看到有个别游客急匆匆地向公园门口走。山区的天气凉得很快，刚才还有一些暖意，入夜后山风一吹，一下子就变得冷嗖嗖的了。

"时间还早，不用着急，"约翰·杨在心里对自己说。他们又待了一会儿。

等一切归于平静后，尹亚提就先攀上一棵挨着墙的槐树，然后悄无声息地登上不高的围墙，轻轻纵身跳了下去，接着约翰·杨和强子也如法炮制，鱼贯而入。

他们进入的这个独立的庵房院落并不大，南边和西边的两排房子显然已经经过改造，后窗户对着院落，北边的一排房子前面有一条廊道，高出院子地面有20公分。这排房子也经过了修缮，窗户很大，可以看到里面有办公桌椅，显然是工作人员办公的地方。整个院落的地面上铺着青砖，十分整洁干净。

三个人面面相觑，知道即便地底下埋藏着什么宝物，他们也不可能不出一点儿声响地把地砖都挨个刨开来寻找。约翰·杨仰起头来望着天空上被云彩严严遮住光线的月亮，不禁长叹一声。

"我们既然来了，就不能什么也不做！"约翰·杨清理了一下思绪，对站在旁边的两个助手说道，走到那座矗立在院落西南角，为了遮挡外人视线的石头影壁前，用手抚摸着影壁上面雕刻着的龙凤戏珠的图案，"这个影壁是个原物，沿着这个影壁四周用镐头刨一圈，看能不能有所收获！"

尹亚提从旅行袋中将一个锯断了木把的镐头拿出来，向手心里吐了两口吐沫，将镐头抡起来。

"不要把砖砸碎了！"约翰·杨忙用手止住他，"先将砖头起开，然后再往下刨。……我们不要在这里待过长时间，我们还要到地藏庵去，那里是土坡，而且地势开阔，反而好挖一些。"

尹亚提的镐头落在青砖之间的接缝处，迸出几点火星，在黑夜中分外显眼。

约翰·杨看着尹亚提的镐头一上一下地挥着，心里明白在广慧庵寻找遗稿的事情不会有什么好的结果，但费了这么多的心思，怎么着也要出这口气。好在他手中还有那副完整的凤字对牌，一切都留待今后从长计议吧！

尹亚提将沿着石头影壁一侧的青砖撬下了几块，累得喘着粗气，强子将撬下来的砖小心翼翼地搬到一边，约翰·杨俯下身去，一只手拿手电筒照着亮，伸出另一只手抠了抠青砖下露出来的泥土。砖下的土被夯砸得十分结实，用手使劲抠下去也只能划出几道印迹。他站起身来，对看着他的两个同伴说道："太硬了，估计土里掺了不少石灰。这么挖，到天亮也不会有什么结果。……填上吧，咱们到地藏庵再去看看。……填的时候尽量恢复原样！"

尹亚提和强子按照约翰·杨的吩咐，又将刚刚撬下来的青砖一块块地搬回去按原样放好，将洒在地面上的泥土也仔细地清扫干净。待一切都恢复原样后，约翰·杨拍了拍手，说道："好了，我们顺原路出去。时间还早，地藏庵那边地势开阔，现在就动手挖掘动静太大，容易引起别人注意。我们先找个僻静地方躲一会儿，等天黑透了再过去。"

三个人又蹑手蹑脚地顺原路回到刚才翻墙进来的地方，翻过围墙，消失在漆黑一片的树林中。

尾　声

陈芷兰和林峰阳吃完晚饭，正在普觉寺饭店的庭园中散步，接到了父亲的电话，说让他们带上探测仪和工具径直去地藏庵遗址，然后他们在那里汇合。陈芷兰一看表，时间还不到 8 点，她有些纳闷，不知道为什么父亲想提前行动？

他们背着装有探测仪和工具的旅行袋走出饭店的大门，发现门口的保安对他们并不在意。谁知道呢？也许过去不少年轻人也会在这个饭店登记住宿，但会背着行囊去野外露营，保安也见怪不怪了。

他们越过马路，进到了植物园内，又顺着路一直向南走，黑夜中的公园内分外静寂，空气中飘散着松树发出的清香气味，落在树林中的鸟群不时在树梢间跳来跳去，使树枝不停地晃荡着。每到夜晚山区就会刮起山风，不知从什么时候起，风越刮越大，不时有冷风在树梢间盘旋，引起树林间阵阵涛声。

他们来到地藏庵遗址，刚把背着的旅行袋放在地上，看到陈凌川从西边走了过来。

"爸，为什么提前行动了？"见父亲上了高坡，陈芷兰不解地问道，"不是怕巡逻的保安发现怀疑，要等到半夜再来吗？"

"一个多小时前，有保安报告在广慧庵那边发现了几个行踪可疑的人，"陈凌川一指他刚才来的方向，"但时间不长，就又在公园里消失了，到现在也还没有发现踪迹。"

“会不会是那几个绑架我的人？”林峰阳焦急地问道，“我把他们诳到广慧庵，但恐怕他们很快会察觉的！”

“有可能是那几个人，”陈凌川点点头，“但公园内面积太大，一时半会儿也找不到他们。为防夜长梦多，我考虑我们这里就提前行动吧！”

在陈凌川和林峰阳说话的时候，陈芷兰已经从旅行袋中将探测仪取了出来，一阵风刮过，差点儿把空的旅行袋给刮走，陈芷兰忙伸手一把按住。“这风可真够大的。”她嘟哝着说道。

“怎么样，都调试好了吗？”陈凌川看着女儿手中的探测仪，关心地问道。

“调试好了，”陈芷兰将探测器的连杆插好，将数据线与笔记本电脑和耳机连接在一起，然后将耳机戴在头上。接着她站起身来，双手握着探测器连杆，用探测器在地上认真探测起来。

随着探测器的移动，笔记本电脑屏幕上开始出现一些不规则的图像，许多都是石块和砖瓦的残片。这些埋在地底下多年的物体，随着探测器的移动，纷纷呈现在屏幕图像中。

陈芷兰沿着穹顶很大、飞檐高耸的亭子四周从里向外一圈圈的仔细探测，每遇到石头等物体，戴在她头上的耳机中都会发出刺耳的啸叫声，在寂静的夜晚分外清晰。林峰阳调整着探测仪上的旋纽，让声音尽可能小一些。

探测了有半个多小时，整个遗址高坡上的地面从内到外都过了一遍，但一无所获。陈芷兰摘下耳机，用手抹去额头上的汗水，长出了一口气。

“什么也没发现，”她沮丧地说道，“全是些断壁残垣上的砖头瓦块。”

陈凌川也一直在盯着笔本电脑的屏幕，他紧锁眉头，站起身来，向暗夜四合的周围眺望了一下，转向林峰阳问道：“小林，寺庙的门一般是向哪个方向开？”

“一般都是向南开的，”林峰阳答道，“除非地理位置不允许。按照中国古代的建筑风格，修建庙宇都讲究坐北朝南。”

“我们来设想一下，”陈凌川若有所思，“在一个冬天的雪夜，如果要埋藏曹雪芹的遗稿，会埋到庵里还是庵外？”

“如果是和庵内的尼姑一起，应该是藏在庵里，但要是为了避人耳目，应该埋藏在庵外，”林峰阳答道，突然意识到陈凌川的意思，“您是说我们不应该只局限在庵内的范围，而是应该也在地藏庵的外围进行寻找！”

“‘玉带林中挂’，这句诗应该理解为是在树林旷野中，应该不是指的庵内一小块地方。”

“我的妈呀！”陈芷兰望着山坡下黑黪黪的林子吐了一下舌头。这时又有一阵风刮过，树枝被刮得“咔咔”直响。“这片树林这么大，这可到哪儿去找啊？”

“先去南边的坡下边探测一下，”陈凌川仰头看了看夜空。空中的云走得很快，不时露出月亮和几颗星星，他确定了方位，用手指着山坡下说，“这个位置应该是寺庙的南门，我们再试试。”

在遗址的南边，一条甬道通到坡下，虽然经过多次整修，地面上的石阶已残破不全，但仍能依稀看出过去的模样。

几个人小心地踩着残破的石阶来到坡下，陈芷兰又戴上耳机，用探测器在地面仔细地勘查起来。又过了有十多分钟，她突然将探测器停在一处不动了，耳机里传出更加响亮的啸叫，陈凌川和林峰阳连忙伏在屏幕前仔细观看。

屏幕上隐约出现一个小罐子形状的物体，图像不是很清晰，只是这个物体的颜色比旁边稍微深了一点。

“芷兰，你不要动！”林峰阳将笔记本电脑拿起来凑到陈芷兰身旁，让她通过屏幕上的显示调整探测器的角度。物体更清楚了，确实是一个陶瓷罐子，外表似乎是黑色的，屏幕上的刻度标尺标出它的位置深度在地下 0.6 公尺。

“看来我们找到它了！”陈芷兰高兴得差点跳起来，她从地上捡起一根木棍，顺着屏幕上的标尺在地上丈量了一会儿，然后划了一个圆圈。“就从这里挖吧！”

林峰阳从旅行袋中拿出短柄工兵镐，刚要往地下刨，被陈凌川叫住了。“小林，你的伤还没好，这个活让我来。”

“我没事，陈叔叔！”林峰阳说道，“您年纪大了！”

“还没那么大！”陈凌川笑着说，从林峰阳手中拿过镐头，抡起来一下一下地向地面上刨去。

已到了春暖花开的季节，地面上的土并不是很坚硬，随着陈凌川的镐头落下，不一会就出现了一个直径一米的坑。林峰阳和陈芷兰轮流用铁锹将松动的土铲出来，渐渐地就挖到了小罐子埋藏的深度，露出了罐子被封住口的顶部。

“不能再用镐挖了，别碰坏了，”陈凌川放下手中的镐头，蹲下身子，拿过铁锹，开始在罐子四周小心地挖掘。渐渐地，罐子的主体部分露出了地面，看到这种情况，陈凌川又放下铁锹，蹲下身去用两只手抱住罐子左右轻轻摇晃，待罐子松动后将它小心翼翼地搬出来。

这是一只毫无特色的普通陶瓷罐子，与农家冬天腌制咸菜的罐子并无二致。黑色的釉面由于在地底下埋藏过久而失去了光泽，罐子口被几层油纸封得很严，外面似乎还裹着一层蜡，但因为年代太久的原因，只是黑乎乎的一层。

陈凌川抱着陶瓷罐，感到并不重，他轻轻晃动了一下，里面似乎没有什么东西，他又借着透过云层照过来的月光仔细端详，并用手轻轻抚去沾在罐子表面的泥土。

“坏了！”这时，站在他旁边的林峰阳也在仔细看着罐子，突然轻声喊了一句。

“怎么啦？”陈芷兰诧异地望着他，不解地问道。

“你们看，罐子上有一条裂纹，”林峰阳指着陈凌川手中捧着的罐子一侧说道。

陈凌川父女凑近了看，果然在罐子上面看到了一条裂隙，虽然不深，但仔细看，仍清晰可见。

“这么细的裂纹有什么关系？”陈芷兰问道。

“短时间当然没事，但如果这个罐子埋在地底下二百多年，遇到水淹或者潮湿的泥土长期侵蚀，很可能会对里面的物品造成损害。……况且里面如果是纸张。”

“把它打开看看吧！”陈芷兰建议道。

陈凌川有些犹豫。如果里面真的有纸张等物品，打开后一遇空气，很可能使纸张变质变脆，甚至碎裂，可如果不打开，里面是什么都不知道，万一是个空罐子……

“看一下吧，”林峰阳也同意打开，“这么多年了，我怕里面的物品已经被腐蚀得什么都没有了。”

陈芷兰将陶瓷罐从父亲手中接过来放到地上，又掏出两张湿纸巾，认真把罐子表面擦拭了一遍，经过擦拭，朴实无华的罐子黑色釉面稍微有了些光泽。

陈凌川拿出一把折叠水果刀，蹲下身子，沿着罐子顶部边缘将封蜡和油纸一层层地剥离开，林峰阳和陈芷兰围在旁边，屏住呼吸盯着他的动作。

罐子口被打开来，陈凌川举起罐子。借着月光，他们看到里面竟然塞满了卷起来的纸！再仔细端详，可以看到纸微微泛黄，表面出现了许多细纹，像是因纸变脆而出现的裂痕。纸张上似乎有字迹，但密密麻麻得看不清楚。

“什么也不要动！”陈芷兰兴奋地刚要将手伸进罐子里摸一下纸，被陈凌川止住了，“赶快将罐子口用油纸盖上，防止纸张因接触空气而进一步氧化。我们得把这个罐子和里面的纸张送到专业部门去，让专家去处理！”

在一旁被眼前的景象惊呆了的林峰阳闻听此言缓过神来，连忙从地上将刚才剥开的封蜡和油纸捡起来，又扣在了罐子口上。这太不可思议了！虽然还不能认定罐子里的纸张就一定是曹雪芹的《红楼梦》遗稿，但只凭着一副对牌上的两首诗词，竟然按图索骥地找到了古人深埋在地下二百多年的物品，这本身就是个奇迹。他的恩师、已经死去的曹希峰教授一生的遗愿是将两块对牌合璧，搞清诗词隐喻的内容，他的愿望终于实现了！而如果罐子里的纸张真的是曹雪芹的遗稿，那么……

“还送给什么专业部门的专家，就送给我们好啦！”林峰阳的思绪正在如天马行空般地飞奔，突然从旁边的黑暗处传来一个男人阴鸷般的声音。他一愣，扭过头去，见是那个在农家小院中曾经盘问过他的那个白净脸，尖下颏的男人，他手中还拿着一把匕首，锋刃在暗夜中闪着寒光。他身后还跟着两个人，也是林峰阳昨天曾经见过的。

“林老师不够意思呀，”男人走到林峰阳的面前，眼睛紧紧盯着他抱在怀里的陶瓷罐子，“把我们诳到广惠庵，自己却跑到这里来吃独食。……你抱着的东西是什么，能让我们见识一下吗？”

林峰阳抱着罐子向后退了两步，躲到陈凌川父女身后。

陈凌川已经意识到面前站着的是什么人了，他向前走了两步，正色说道：“你就是约翰·杨吧，你让我们好找啊，没想到你自己送上门来了！我劝你把刀子放下，赶快投降，争取宽大处理。”

约翰·杨冷笑一声。他斜睨着陈凌川，不屑地说道：“我也猜出来你是谁了。但不管是谁，都别想挡住我！这么些年来，我想要得到的东西从来就没有失过手。识相的就赶快把那个罐子给我，否则别怪我不客气！”

“不客气？”陈凌川也冷冷一笑。“你想怎么样？我告诉你，你们的图谋是不会得逞的……”

“少说费话！”约翰·杨没等陈凌川把话说完，向后一挥手，“尹亚提，把那个罐子给我抢过来！”

站在约翰·杨身后的尹亚提听到约翰·杨的吩咐，一个箭步冲过来，想去抢林峰阳怀里的陶瓷罐。陈凌川见状忙横过一步，挡住了尹亚提的去路。尹亚提见陈凌川挡道，挥起右拳打过来，陈凌川身体向旁边一躲，闪过尹亚提打来的重拳，顺势用双手拉住对方的胳膊用力一拽，同时伸出脚一绊。尹亚提身高力大，重心不稳，一下子扑向前摔倒在地上。

刚才与尹亚提并排站在一起的强子看到同伴摔倒了，便朝陈凌川冲过来，抱住他的腰死不放手。而陈芷兰见对方两个人与父亲扭打在一起，怕父亲吃亏，也急忙跑上前。她先揪住强子的一条胳膊，然后飞起一脚踢向对方的脸，强子躲闪不及，被踢得向后一个趔趄，松开了抱住陈凌川的手。他向后退了几步，站住脚，定睛一看见陈芷兰只是个女的，便又挥舞着拳头朝她冲过来。

林峰阳见陈凌川父女与对方扭打在一起，便抱着罐子向土坡上的亭子跑去，约翰·杨看到他的身影，也尾随追上去。林峰阳终于跑到了亭子，约翰·杨也追了过来，他左躲右闪，但亭子的空间不大，他怀里又抱着罐子，眼见约翰·杨用手中的匕首比划着刺向林峰阳，趁他分神躲闪刀子的时候，一步上前，将陶瓷罐抢了过来。

林峰阳见罐子被抢走了，急红了眼，扑过去就与约翰·杨扭打在一起。在两个人拼命争夺中，圆形的陶瓷罐从他们手中滑落到地上，顺着坡道颠簸着向下面滚去。坡道很陡，罐子越滚越快，在快接近坡底的时候撞上了一块突起的石头。随着“啪”地一下闷响，陶瓷罐从原来就有的裂纹处摔成了两半，装在罐子里的纸滑出来掉到地上。正在这时，一阵风掠过山坡，将滑落在地上的纸又刮散开来，还有几张飞到了半空，不少已经十分松脆绵软的纸似乎再也经受不住风的蹂躏，破碎成了几片。

“你们是什么人？”“在这儿干什么呢！”正在这时，不远处一下子涌来了十几个手持明晃晃手电筒的人。陈凌川一看，见是刑侦队的葛振队长带着几名警察和一些公园的保安，一些身体强壮的保安或是民工模样的小伙子，手里还拿着木棒和铁棍。他们扑向前来，围住扭打在一起的几个人，接着帮助陈凌川父女和林峰阳分别制服了对手。

“陈局长，您没事儿吧？”葛振过来扶住陈凌川。

陈凌川长呼出一口气，说道：“……没事儿，这个大个子劲儿可真大。”他指着被几个保安摁在地上的尹亚提，“看来我是老了，你们再晚来一会儿，我就坚持不住了！”

在山坡上的约翰·杨也被几个人押了下来，一名保安将一把匕首交给陈凌川，说道：“这是从他身上搜出来的。”

陈凌川接过匕首，看到满身是土的强子也被带过来。他的脸肿得很厉害，两只眼睛眯成了一条缝，显然是刚才被陈芷兰踢的。

“我警告过你，”陈凌川对垂头丧气的约翰·杨说道，“可是你还想负隅顽抗，这里怎么能成为你撒野的地方？……”

陈凌川的话还没说完，突然，被几个人摁在地上的尹亚提一下子挣脱开来。他跳起来，抄起一把短柄镐头，大喊一声，抡起镐头就向旁边的人打去，好几个人躲闪不及，被镐头给打倒，他边抡着镐头边向前跑去。但没跑几步，便被追来的一个小伙子打在他的腿上，他腿一软，一下子栽倒在地上。

葛振冲上去刚要夺下尹亚提手中的镐头，却被拥上来的保安们推到一边。这些急红眼的小伙子们抡起手中的木棒和铁棍，朝着躺在地上还没爬起来的尹亚提没头没脑地打起来。尹亚提疼得满地乱滚，刚开始还大声惨叫，一会儿工夫就如同一摊泥一样躺着不动了。

葛振见状连忙上前把还在打个不停的保安们劝开，大声喊道：“行了，别打了，再打就把他打死了！……把他交给我们处理吧！”

小伙子们住了手，葛振把躺在地上一动不动的尹亚提翻过来，见他的头被打开了几个大口子，血流满面。大概是被打成了内伤，他嘴里也往外流血，人已经昏迷不醒了。

过了一会儿，有两辆警车闪着警灯开了过来，几名警察将约翰·杨和强子分别押了上去。尹亚提则被几名保安放到一块木板上，他的胳膊可能被打折了，在木板边不规则得晃荡着。几个保安抬着他往公园门口走去。刚才葛振让公园派出所叫了救护车，看他的情况，需要到医院进行急救。

等人们都散去后，林峰阳带着陈凌川父女走到摔破了的陶瓷罐子旁边。地上散落着零乱的纸张，不少已经残损不全。三个人小心翼翼地把一张张纸片收集起来，放入一个大的塑料袋中。陈凌川拿起一张稍完整些的纸，借着手电筒的光，试图辨认上面的字迹。

纸上显然是写着字的，但字迹已经很浅，甚至都不能看出是什么字。陈凌川叹了一口气，将纸片也放入了塑料袋。“还是那句话，还得把这些纸送到专业部门去，看看他们采取什么办法能够复原。但现在这种情况，他们处理起来恐怕就更难了！”

“《红楼梦》流传到今天已经有了十几种抄本，但都是残本，”林峰阳苦笑了一下，“这么看来，又要增加一个残本了！”

“怎么会是这样！”陈芷兰压抑着声音说道，语气中带着哭腔，“我们费了这么大的劲，太让人失望了！”

“我们已经尽力了，”林峰阳倒显得很平静，“时间太久远了，这么多年，埋在地底下的东西不容易完好保存的。”

“我们确实尽力了，”陈凌川默默地点点头，看了看神情有些黯然的女儿，“沧海桑田，不以人的意志为转移的。好在我们终于按照凤字对牌的提示找到了这个埋藏罐子的地方，而且还抓获了杀害曹希峰老师的凶手，也可以告慰他在天之灵了！”

“您说得对，”林峰阳点点头，“首先，曹教授的遗愿我们帮助他实现了，他毕生都在寻找凤字对牌的另一半，现在终于让两块对牌合璧了；其次，现在也不能认定这里埋藏的纸张就一定是曹雪芹的《红楼梦》遗稿。”

“交给专家去鉴定吧，”陈凌川说道。这时云层已经完全打开，一颗流星划过夜空，不知落到什么地方去了。“另外，明天早晨我们再来一趟。风太大了，可能还有一些纸被风吹散了，今晚上天太黑，明天再找找。”

林峰阳拿起铁锹，将刚才挖出来的土又回填进埋陶瓷罐子的坑中，然后用脚在上面踩实。陈芷兰则将探测仪拆卸开，放回旅行袋里。

“寻找《红楼梦》原稿的工作还需要一代接一代人的不懈努力，相信最后总会有一个好结果的。”陈凌川将装着纸张的塑料袋连同摔成两半的罐子一起拿到手中，见两个年轻人有些沮丧，便笑着对他们说道。收拾完毕，三人离开地藏庵遗址，顺着原路返回普觉寺饭店。走到饭店大门口时，门口的保安见到走在前面的陈凌川立正敬了个礼。

“您好，陈局长！”保安朗声说道，他高高的个子，身体很结实。“您辛苦了！”

陈凌川笑着向保安招招手，显然保安也参加了刚才在地藏庵遗址的抓捕行动，因此认识他。他们继续往里走，陈凌川兜里的手机突然响了，他掏出来，按了接听键。电话是葛振队长打来的，告诉他嫌犯约翰·杨和强子已经押回局里，尹亚提经过抢救也已经脱离危险，但人被打成脑震荡，胳膊、腿和肋骨都被打得骨折了，需要在医院住上一段时间。邵信局长说请他明天回局里，一起参加对约翰·杨等嫌犯的审讯，并问他现在在哪里，好派车来接他。

陈凌川告诉葛振自己在普觉寺饭店，和女儿在一起，今天晚上太晚了，他就准备住在饭店，明天一早再回去。女儿有车，就不用麻烦局里的司机来接了。

挂上电话，陈凌川转身对两个年轻人笑着说道：“今天晚上我们可以好好睡一觉了。……峰阳呀，你和我住一间客房吧，我还有一些关于《红楼梦》的问题想向你请教呢！”